墨径人

何庆华 著

百花洲文艺出版社
BAIHUAZHOU LITERATURE AND ART PRESS

图书在版编目（CIP）数据

缪泾人 / 何庆华著. -- 南昌：百花洲文艺出版社，2021.10

ISBN 978-7-5500-4388-6

Ⅰ.①缪… Ⅱ.①何… Ⅲ.①中篇小说－小说集－中国－当代②短篇小说－小说集－中国－当代 Ⅳ.①I247.7

中国版本图书馆 CIP 数据核字(2021)第 181953 号

缪泾人

何庆华　著

出 版 人	章华荣
责任编辑	郝玮刚
封面设计	书香力扬
书籍装帧	兰　芬
制　　作	书香力扬
出版发行	百花洲文艺出版社
社　　址	南昌市红谷滩区世贸路 898 号博能中心 A 座 20 楼
邮　　编	330038
经　　销	全国新华书店
印　　刷	成都兴怡包装装潢有限公司
开　　本	880mm×1230mm　1/32　　　印张　8.75
版　　次	2022 年 1 月第 1 版第 1 次印刷
字　　数	200 千字
书　　号	ISBN 978-7-5500-4388-6
定　　价	48.00 元

赣版权登字　05-2021-325

网址　http://www.bhzwy.com

图书若有印装错误，影响阅读，可向承印厂联系调换。

序

范培松

何庆华是电视媒体人，却迷上了文学。这是一种折磨，电视媒体人的时间是按秒计算的，时时盯住现实，紧跟时代步伐，客观真实地报道是她的天职。文学却要闲庭信步，天马行空，拈花一笑。媒体报道和文学创作是两副面孔，两种思维和两套话语。何庆华就在这两种面孔、两种思维和两套话语的不断转换中挣扎，完成了《缪泾人》的创作，其艰难不是一般作者所能想象到。

何庆华的《缪泾人》创作精神源在她出生地缪泾，这是她的血脉所在。她从缪泾出发，到安徽多年，以后又回到故地。时空的变换，使她时时思乡，缪泾水于她而言不亚于萧红的"呼兰河"。乡愁所牵，让她又一次精神返乡，寻觅故土上那些她熟悉的灵魂。她说不出对这些缪泾人是爱，是恨，还是爱恨交加。她有太多的疑问，郁结心中，需要倾诉，《虎姐》就是这样形成的。虎姐是个村女，她的父母，在20个世纪八九十年代改革浪潮中，倾所有积蓄，为虎姐买了一个城市户口。当时，农村户口和城市户口中间的天然的鸿沟，使得多少像虎姐这样的青年男女，梦想农村户口能变成城市户口，但是当虎姐捏着城市户口进城时，城市里的光怪陆离生活，又迫使她回到了农村。虎姐的生活轨迹，居然是这样一个奇特的圆圈，这是江南农村城市化进程中的一个横截面，也是一部分人命运的缩影。在改革开放大潮中，虎姐还算幸运，还有一个缪泾可归，这将使她绝地重生，小说结尾"天就要亮了"。预示她或许有一个灿烂的明天。

由于何庆华从出走到回归的特殊经历，促使她对这类题材特别敏感和亢奋。《虎姐》的姐妹篇《小焉》也是写出走到回归。但是却完全是另一番天地。小焉是乡村小镇的评弹演员，她用手中的琵琶赢得了无数粉丝，成为地方上的名角。另一个人物主角萧师傅，是做旗袍的高手，忠实的传统文化的代表。小焉在改革浪潮中，被挤压到省城，成为商品文化的附庸。最后经过无数折腾，终于又回到乡村小镇，和坚守在乡村做旗袍的萧师傅走到一起。评弹和旗袍获得了新的生命。

《虎姐》和《小焉》是显示何庆华文化理想的两根重要精神支柱。《虎姐》中的虎姐名"虎"实质是只乡村的野猫，她在改革潮流中，到城市里东突西撞地乱窜一番，最后落荒而归。在作者看来，虎姐的回归，是生命的"根"的回归。《小焉》中的小焉是文化的突围和回归，评弹是苏州传统文化的标志性符号。小说着力写小焉和老评弹艺人唐伯君的忘年恋，他们是文化知己。却又相依为命地坚持着传统文化，在波涛汹涌的经济大潮中，它坚硬地存在着，却又脆弱得不堪一击。旗袍也是一种江南文化的符号，萧师傅对旗袍的痴迷，是坚守的文化自觉。他们痴迷传统文化，看起来是一种实际的生活存在，但是却有美丽的文化浪漫。无论是生命的回归，还是文化的回归，他们都是缪泾水的"根"中孕育出来的。这两篇小说从不同角度显示了缪泾这个"根"的非凡。因为作者的出走到回归的经历，感受到的是故乡的"根"复活了她的蓬勃的生命力。虎姐和小焉两个不同人物的命运，诠释了蕴藏在作者的内心深处的"根崇拜"的文化密码，也触动和抚摸到了中国转型期社会的神经末梢。这是《缪泾人》的文化意义所在。

《缪泾人》中的《蓝月亮》是令人耀眼的篇章。主人公缪根生是喝缪泾水长大的一个爱的布道者。他肩负着爱的使命，来到秦岭，走到哪里，把爱播种到哪里。扶贫是中国史无前例的改天换地的大事，放眼世界，哪一个国家能做到？我们做到了，因为有千千万万的像缪根生这样的共产党员在默默奋斗。小说像绵延的秦岭，波澜迭起，把缪根生在扶贫路上所遇到的艰辛困苦，真实地展示出来。作者是怀着一颗爱心来写的，并且亲自深入到秦岭的山区采访、体验那里的变化，正如一个哲人说的，真正的文学家，应该"是分散的基督"。

《缪泾人》以有浓郁江南文化特色的乡村——缪泾为深厚背景，真实记录在这块土地上的人们近半个世纪的心灵变迁史，特别是改革开放以来城乡发生了巨大变化，展示他们的心理紊乱，挣扎、悲欢，以及成功的喜悦。它为世人展示了一个江南的人物画廊，这些人物中都有作者的亲朋好友的影子，所以我们对这些人物倍感亲切，如我们的邻居。《半夜猪叫》中的屠女，我在生活中也遇到过，她第一次杀猪，回家反复洗手，个性化地写出了人物的心灵感受。《最后的老克拉》中的主角被生活折磨得变形，在痴呆中呼喊出压抑的理想。这些生动的人物都接地气，有生命力，令人难忘。

随着新农村建设、城市化的推进，保留原始风貌的江南村落日渐消逝，《缪泾人》写出了在巨大转型时期的变化和新生的希望，在挖掘乡村田园风光之美、人性之美的同时，也怀着深切的同情展示了江南农村的痼疾，如《马桶西施》讲述缪泾的一个普通夫妇的畸形的爱。正如《锺山》杂志编辑评论："马桶和西施是两个对比强烈的意象，马桶指向生命的困境，西施则指向美好而弱势的生命。小说讲述美好的生命如何应对生命的困境，善良与邪恶、顺从与坚韧都在其中得以展现，那些人类亘古不变的欲望和人性的复杂始终如魅影般在人间挥之不去。"小说最无奈的是作者面对的是罕见的畸形的爱：丈夫对妻子是囚禁式的爱，妻子对丈夫的囚禁式的爱是甘愿服从和认同，这样的社会痼疾使作者手足无措。她没有办法使这畸形的爱恢复常态，但是她要真实地把这些制约人发展的因素告诉人们，让我们感受到《缪泾人》的浓重的历史沧桑感。

在半个多世纪前，我从江南乡村走出来，浓烈的思乡情，时时袭来，《缪泾人》慰我乡愁，和这些缪泾人在一起，重温生活的酸甜苦辣，谢谢作者。

范培松，苏州大学教授、博士生导师、苏州大学文学研究所所长，中国作家协会会员，苏州作家协会名誉主席。

目 录
CONTENTS

题 记

　　这是一个有着很多故事的地方——缪泾。这片土地上每个镇，每个村的名字都沾着水。柔情似水的江南，也曾有兵荒马乱、天灾人祸，但只要下一场渐渐沥沥的春雨，草气氤氲的田野上，飞过白蝴蝶、花蝴蝶，很多死去的灵魂就会复活。

马桶西施

缪泾，在双凤和沙溪两个乡镇的夹缝中，成了被遗忘的角落。如果世人真遗忘了缪泾，那是多么有福。

只是缪泾人不善于遗忘，他们总想出出风头，唱唱暧昧的双凤山歌："摇一橹来扎一绷，沿河两岸好花棚。好花落在中舱里呀，野蔷薇花落在后艄棚。"缪泾水边的小儿女们火辣辣地打情骂俏，不管是灾年还是丰年，这种风俗已经沿袭了几百年。

双凤山歌据传在晋代开始传唱，到了元朝，成了流行歌曲，比现在周杰伦的歌还流行。明朝万历年间，文渊阁大学士、首辅王锡爵——王阁老，是音乐发烧友，他太仓的家乐班，更是历时两朝四代八十多年。汤显祖的昆剧《牡丹亭》，在太仓写就的，《牡丹亭》的首演不在别处，就在王锡爵的家乐班，家乐班的老师是魏良辅得力助手张野塘和嫡传弟子赵瞻云。百戏之祖的昆曲，很多元素都来自双凤山歌，魏良辅当年就在太仓南码头研究出了昆曲水磨腔，那腔调，分明是我们双凤水磨糯米团子的味道，绵长，柔腻，婵媛……

缪泾有个马桶西施小琴，天生一副好嗓子，山歌唱得滴溜转，眼睛眉毛都会说话，当年是缪泾村里的刘三姐。

这么一个香甜的美人，低着头干着最臭最脏的活计——倒马桶！

双凤街长三里，一半是碎石子路，沿街的一溜马桶，多半是小琴刷的。

从小，村里人都叫她马桶西施。她在马桶里出生，她的娘是湖川桥边的破落地主，狠心的爹想用马桶盖闷煞这个女囡，是她的小舅舅抢下来，救下了小琴。命中注定，她要倒一辈子马桶。

别以为马桶是秽物，在双凤，乃至吴地，马桶被尊称为子孙桶，谁家女儿出嫁没有几个红漆马桶，里面放了红蛋、甘蔗、花生，新郎新娘初夜前，必然请村里标致的童子，撒一泡尿，才能有子孙万代。

小时候元宵节，最神秘的一个仪式就是请厕所神"坑三姑娘"，厕所壁墙上挂了一双不到两寸的绣花鞋，是早已过世的太婆做的，一尘不染，给"坑三姑娘"穿的。洗干净的竹编畚箕是接送"坑三姑娘"的轿子，方格子的新兜头布也是"坑三姑娘"的遮脸，祖上传下来的凤凰银簪，更是"坑三姑娘"手里的画笔。正月半的夜里，只要村里的出客细娘，心诚心善，吃苦耐劳，对着香烛，抱着盖好兜头布的畚箕，在厕所边点三点头，就能接到神秘的"坑三姑娘"。年景如何、收成怎样、婚配与否、吉凶如何等等人生大事，"坑三姑娘"都会用银簪在面粉上画图，泄露天机。这个执掌"混元金斗"（马桶）的"坑三姑娘"，比灶公公、财神爷还灵验。

马桶西施小琴的娘，万事都要请"坑三姑娘"做主，一年到头，就正月半能请动，她请"坑三姑娘"看罢灯、吃好茶，就捏着喉咙问："三娘娘，我们小琴要去锡剧团唱戏，阿来三（苏州方言，可不可以）啊？来三就画一朵喇叭花，不来三就画一只癞蛤蟆……"

村里最出客的细娘——巧英和梅子，屏气凝神，感觉"轿子"里有了分量，随着"轿子"的移动，她们鬼使神差地跟着畚箕转动，凤凰银簪在面粉上一笔一画地走动，一只奇丑无比的癞蛤蟆出来了……小琴娘哎呀叫了声。

马桶西施的喉咙本来是喊山歌的，一个马戏团来村里发现了小琴，要带她走，小琴娘死也不肯。一个锡剧团的团长，看中了小琴，说这个细娘喉咙真好，会成为名角，小琴娘是一把眼泪一把鼻涕，不答应女儿远走高飞，因为"坑三姑娘"也不赞成。后来，苏州市评弹团来太仓招生，小琴瞒着家里人去应试，考官一听，这个嗓音百年难寻，如百转春莺，醉心荡魄，活脱脱又是一个评弹名家朱慧珍啊！小琴的爷听说女儿要去唱戏，大冬天跳到结了冰的缪泾水里，宁死不让女儿做戏子，更要命的是：马桶神"坑三姑娘"不答应！他们家不能断子绝孙！

是啊，小琴样样来事（苏州方言，做得好），莳秧能双手，挑担不输男人，是家里的正劳动力，一天能挣八个工分，怎么能去"登格里格登"，弹弹琵琶，说说书，那叫正经活儿啊？那真格是拆嚓头脑，瞎卵抖！

让小琴真正成为马桶西施的，不是别人，是村里的大队长胡强生。

胡强生是苏北人，外来和尚好念经。他的爷是"大跃进"的标兵，胡强生能当上大队长，全部靠爷老子，他五短身材，长了一对三角眼，爱吃生姜，一日也离不开姜，早上吃粥菜是嫩姜，中午吃饭菜必有醋泡姜。人家嘴巴里叼根香烟，他不，嘴巴里时不时嚼块糖姜片，走到哪里嚼到哪里，背地里，大家都叫他"胡姜生"。

胡强生是识货人，第一次听小琴唱山歌就走不动路了。"莳秧要唱莳秧歌，两膀弯弯泥里拖，姐朝着郎啊，只看着阿哥背朝黄天，眼窥六条稻田水，手拿黄秧莳六棵。"小琴双手莳秧，是缪泾莳秧最快的细娘。只看一双巧手在秧田里翻飞，食指和中指如在弹拨琵琶三弦，又如书生行云流水写毛笔字，一行一行下去，嫩绿的秧苗舒展开来，从蝇头小楷到一片锦绣田畴，小琴在秧田里更是鹤立鸡群，山歌伴随着她滴答的香汗，总是醉倒一批男客客。

胡强生一打听，小琴还没给人家，她娘是破落地主，她是可以教育好的子女。他窃喜，把她弄到手，是三个指头捉田螺，稳牢。想方设法接近小琴，开社员大会，总是让妇女队长把小琴留下来。胡强生话没开口，就喷出一股辛辣的生姜味，他嚼着生姜，围着小琴转了三圈，才发话："小琴啊，看你长得截（苏州方言，这么）嫩，哪能叫马桶西施，最近大队里缺一个广播员，你声音这样好听，应该是广播西施，对吧?"小琴不敢得罪胡强生，只好讲自家成分不好，只读到初中毕业，没有文化，当不了广播员。

胡强生一笑，乡下狮子乡下调，你小琴当不了广播员，谁当。你回去，和你大人商量商量。说完，居然伸手撩了一把小琴的面孔。

小琴不敢声张，当晚，胡强生挽了妇女队长到他们家。洋油盏下，妇女队长拉着小琴娘说："小琴是老鼠跌了白米缸里，要过好日脚（苏州方言，日子）了，大队长看中你们细娘了！"

小琴娘还是半夜请到"坑三姑娘"，虽是八月半，但家里急事，马桶神定不会怪罪。小琴娘烧香请茶后，问"坑三姑娘"：我们小琴阿可以嫁给胡强生？可以你用银簪画棵葱，不可以，你就画只知了蝉。小琴眼睁睁看着"坑三姑娘"画了只活灵活现的知了。

胡家难吃饭，胡强生的爷恶头恶脑，坏事做尽，胡强生花嚓嚓，第一个老婆难产死了，他见了出客细娘就动歪脑筋。看来，"坑三姑娘"上知天文下知地理，还知胡强生的为人。他们家小琴，是死也不能嫁到胡家去的。

小琴娘一口回绝了妇女队长，说小琴太小不懂事，要过两年再找对象。

正巧，隔壁四队的张建刚从部队复员回来，原来是当炮兵的，一次训练出了事故，把耳朵震聋了，被安排在大队看粮库。小琴娘带了小琴去看了张家，五间七路头的瓦房，张家三代贫农，张建刚人高马大，两家子一眼相中，很快男家担了两箩团子，一个带蹄猪腿过去，算定了亲。

胡强生心里窝拉不出，真是老鼠咬脚背，越想越倒霉。横肚里杀出一个张建刚来，自己一个堂堂大队长，还配不上你一个地主子女！蛮好，你不让我吃饭，我不让你拆屎！我要让你朱小琴成为缪泾最臭的女人！

正好全大队在搞防治血吸虫病工作，一是阻止鲜粪入水，二是消灭钉螺，再由"赤脚医生"和血防员收集大便样本，用粪便孵化法查病，用血防——846油剂治疗病人。血防员经常拎了装大便的破篓子走村串户，狗要咬，调皮的小孩跟在后面起哄，拍手拍脚地叫，"收屎医生，验屎医生"。大队里，每家每户的粪便要统一管理，不能倒入河浜里。这个工作比较艰巨，缪泾大队共有十个小队，三百家农户，平均一家有两只马桶，一天就要倒六百多只马桶，这么多马桶，谁愿意倒？可以讲没一个人愿意，即使给十个工分，也没人高兴！只好强行摊派，朱小琴被摊派每天倒一百只马桶！

马桶西施呆了，躲在家里哭了一夜，小琴娘说：哭啥哭，"坑三姑娘"昨夜画的就是只马桶，不是一般的马桶，是子孙桶。倒马桶有啥不好，掌管人间的"混元金斗"，积德的！

第二天清晨，小琴穿了件平时最喜欢的列宁装外套，外加了一个带花边的假领头，发间还夹了一个红塑料发卡，戴好了护袖，开始了她的工作。

腰路上山歌飘来了，队里人就会说，马桶西施来哉！

其他队里，倒马桶的女人，都是一副痛苦状，皱着眉头，撇着嘴，拎起马桶倒进粪车，扭头就走。马桶西施呢，她轻手轻脚，不卑不亢，倒好马桶，挽了井水，用马桶刮篓"噌噌噌"刷个干净，碰到五保户的臭马桶，她就在马桶里撒一把细石子，加把槿树叶、无患果，"唰唰唰"几下就干净了！

胡强生远远看到小琴和她的粪车过来，停止了嚼生姜，尴尬地笑笑，随后得意地喊："马桶西施，早啊！"

小琴狠狠剜了他一眼。

胡强生自讨没趣。

奇怪，马桶西施身上没有一点异味，清清的香、淡淡的香裹着她。马桶倒到哪里，哪里就围着一帮人，小细娘看她如何快狠准地倒马桶，小媳妇看她怎么把马桶刷得干净，男客客更是死盯着她的一举一动，她樱桃的唇，浑圆的胸，棉柳的腰身。有人说，马桶西施倒的马桶就是不一样，新鲜马桶三日香，她倒的马桶日日香，便秘的人，坐上她倒的马桶，马上就解个舒畅！看来马桶西施不是浪得虚名的，她的道行，在娘胎里就得了！

一百只马桶，平均倒一只，刷干净花五分钟的话，那也要倒八个钟头，经常是从一早上五点多折腾到十二点多，倒完马桶还要帮"赤脚医生"清理大便样本。小琴是铁打的，也吃不消。一个礼拜下来，臂膊、手腕痛得贴伤筋膏。

张建刚耳朵有点背，疼起小琴来也是要命的。看仓库消磨的是时间，他只要一有空，就拎了一个红网兜，用小抱被包紧，里面是一个白搪瓷杯，塞满了家里最好吃的东西，黄豆炖猪脚、腌笃鲜、葱油河虾、炒时件，反正使出了十八般武艺，烧好吃的饭菜给小琴。小琴忙起来啥也不管，张建刚只好抱着饭菜痴痴傻等。但见她熟练地操起马桶刮篆，那动作身手倒像在演奏，人家敲击的是锣鼓，她敲打的是马桶，先是清水注入马桶，大珠小珠落玉盘，再抡起右臂狠刷马桶壁，马桶在她手里三百六十度滴溜转，无数细流撞击，马桶刮篆更是变幻着节奏，在马桶里发出悦耳的声音，一会儿是江南丝竹的"快花六板"，一会儿是"大弦嘈嘈如急雨，小弦切切如私语"的三六，到了高潮部分就是金蛇狂舞，水龙一泻千里，马桶从里到外，从桶身到桶盖都被缪泾水冲洗得一干二净，看的人更如醍醐灌顶，臭的在小琴手里变成了香的，真正是化腐朽为神奇！

马桶西施让马桶有了生命，有了性别，有了年龄。那些红漆的子孙桶是新娘子、小官人，那几个剥落了颜色、木质疏松的是老太婆马桶，而那些没有娶亲的小出棺材（方言，未结婚的少年）的马桶，有一股特别的味道，估计是荷尔蒙太多无法发泄，这种马桶倒起来比较费劲。

小琴也给自己的男人倒马桶，给公婆倒马桶，这种微妙的感觉只有她清爽。结婚不到半年，她怀孕了，直到五个月，大家才发现。有人看不下去，就和胡强生说："缪泾就没有其他女人啦，让一个大肚皮去倒一百只马桶，阿过分！"胡强生嘴巴里嚼着生姜，嘟囔："俗话讲，做样生活，换一样骨头，种田也苦恼的，难道让大肚皮去挑担、斫稻？有啥，人家养囝都养在田埂上了！多倒两只马桶，说不定养囝养得更快！"

一趟落雨天，小琴去河边挽水，不小心一滑，连人带马桶蹿到河里去了，她不会游水，幸亏她死死抱牢这只马桶，借了浮力划到岸边，马桶救了小琴和她肚里的囝。浑身湿透的小琴，抱牢马桶大哭了一场，她准备倒一辈子马桶！

小琴的女儿张丹，倒是生在双凤卫生院的，苏州下放到双凤的妇产科徐主任给她接生的，胎儿脐带绕颈三圈半，刚生下来时不会哭，徐医生把她倒提起来，狠拍她的脚底心，嘴里说："养出来就打，养出来就打！"孩子清脆的啼哭声穿透了好几个病房。徐主任笑了："这个囝，喉咙好听的，说不定以后能成为歌唱家！"

孩子出生不过三个月，张建刚和他娘就被大队派到郑和七下西洋的起锚地——浏河塘兴修水利。挑土、挖沟、开河、拉车，男女齐上阵，八万民工，夜以继日地劳动，下着雨，结了冰，都没有停歇。

自从张建刚去了浏河，公公就代儿子去给媳妇送饭，张老大总是挑着担子去，一头箩筐里放着小张丹，一头箩筐里放着农具和热乎乎的饭菜。他的牙齿早就掉光了，红红的鼻子，眼睛眉毛挤在一起笑，像个游走乡下的换糖人，孩子们看到了总是跟着他屁股后面奔跑，喊叫："老换糖，老换糖，换一块麦芽糖！"张老大被一群囝喊得不好意思了，还真的在口袋里放了一包晒干的毛豆结，给那些皮囝吃。小琴总是找个僻静的场合，给小丹丹喂好奶，就赶紧扒几口饭。

一次小琴在仓库场上喂奶，给胡强生撞着了，胡强生的脸突然像吃醉了老酒一样宣宣红（方言，非常红），他厚着脸皮说："小琴，外头风大，人多眼杂，你还是到村委会的一间扫盲班来喂奶吧，白天没有人。"

小琴鼻子里嗯了一声，懒得睬他。

不久老换糖给她送饭的路上滑了一跤，连人带担子跌倒在水渠里，幸好水渠里没有水，孩子没事，他的脚摔断了，肿得像大馒头，连蒲鞋也穿不进，只好在家里躺着。小琴只好把六个月大的孩子带在身边倒马桶，饭也没人烧，孩子不停的啼哭声，弄得她心神不宁。幸好，妇女队长凤英看不过去，帮她看看孩子，还在扫盲班里放了只煤油炉，小琴中午可以在那里下碗面吃，给孩子喂个奶，打个盹。

天气渐渐热了，扫盲班成了小琴中午吃饭喂奶休息的荫蔽所。再过几天，丈夫和婆婆就能回来了，苦日子也熬到了头。一个蝉声嘶鸣的中午，毒热日头晒得扫盲班门口的桑树果果，"吧嗒吧嗒"往下掉黑果子，桑果子很甜，但放进嘴里一嚼，满嘴乌黑，像吃了墨汁，顶讨厌的是，桑果掉到白衬衫上，那就染了一坨黑。吃了碗猪油面，孩子也躺在课桌上睡着了，小琴赶紧脱下被桑果染黑的白衬衫，打了肥皂洗，里面只穿了一件汗背心，酥胸前一片珍珠汗。这时门突然开了，闯进来的人一下子把小琴摁倒，迅雷不及掩耳之势，扒掉了她的裤子，扎人的胡子如茅柴，满口的生姜味堵住了小琴的嘴……

胡强生有扫盲班的钥匙，他在扫盲班隔壁的办公室凿了一个小洞，已经偷窥小琴好几个礼拜了，看到小琴鲜嫩的身子，就不顾一切了。

很多年后，小琴都不敢回忆那惊魂一幕，她才知道，世上的男人有各式各样，有的是温情脉脉的绵羊，有的是发情的公猪，有的是发狂的野牛，胡强生前世恐怕就是公猪和野牛，她几乎昏死过去，不省人事。

巧的是就在当日下午，张建刚和他娘就从水利工地回来了。小琴还来不及换掉湿透的白衬衫，就被丈夫抱到了床上。在进入小琴身体的一瞬间，张建刚呆住了，再笨的男人，都会发现妻子的变化。他一下子瘫坐在地上，撕扯着头发。

小琴哭了，告诉他事情的原委。张建刚从厨房操起一把菜刀，被小琴死死抱住，谁能惹得起这个畜生，除非他们远走高飞。

从此，缪泾水边出现了这样的一幕，马桶西施头也不抬，挨家挨户倒马桶。她的丈夫，跟在她后面，寸步不离，她到河边，他跟到河边，她推粪车，他帮着推车。他的腰里别了一把小菜刀，只要他坐下来，就会拿块磨刀砖，哗啦哗啦地磨刀，一把明晃晃的菜刀，充满了杀气和愤怒！

胡强生，再也没敢靠近小琴，有的男人，只要多和小琴说笑几句，张建刚就如黑塔般站在边上，怒目圆睁，那把越磨越薄的菜刀在腰间晃动着，说话的男人寒飕飕的，赶快溜也。

多年以后，他们的女儿张丹，成了我中学的同班同学。马桶西施也从乡下倒到了镇上。

我常常骑着自行车走过三里长街，家家门口的马桶，一字排开，十分壮观，似乎等待检阅，等待马桶西施的抚摸和清洗，每个马桶上都留下了马桶西施的体温。这样的景观终于成为过去，马桶西施和张建刚都在环卫所退了休。他们的女儿考取了上海音乐学院声乐系，成了一名花腔女高音歌唱家，后来去了奥地利定居。逢年过节，我都会去缪泾看他们。

去年年初三，我摁响了他们家的门铃，只有小琴阿姨在家，门是反锁着的，她从二楼阳台上抛下一串钥匙，让我开门进去。

"哎，我们家建刚，去镇上了，真不好意思，这么多年来，他都习惯把我锁起来，还把我当成十八岁的大姑娘哦！"马桶西施声音依然清脆，腰肢依然如棉柳，只是脸上多了皱纹，像一朵盛开的菊花。

我说："小琴阿姨，你倒了大半辈子马桶，又被这个半聋的退伍军人，看了一辈子，真的太可惜了！"

马桶西施连声说："庆华，你不懂哦，这是我修来的福气，是前世千百个木鱼求来的，是'坑三姑娘'安排的，我这辈子值了。我的丹丹成了歌唱家，我还有什么不满足的啊！"

"什么时候带我见见'坑三姑娘'，她肯定和你一样勤劳出客，说不定你是'坑三姑娘'转世哦！"

"罪过，罪过！"马桶西施双手合十。

我离开他们家时，她的老伴还没回来，不知道他的腰里是否还别着那把明晃晃的菜刀。马桶西施央求我，再把门反锁好，这样老头回来放心。

她费了老大的劲，从二楼阳台颤颤巍巍挑出一根长竹竿，里面有个网兜，让我把钥匙放进去。

我哑然，谁说岁月是把杀猪刀，在马桶西施家里，我看到的是一段凝固的时光，他们家用的七八个马桶，依然被张建刚像宝贝样安放，似乎那些马桶，就是他们不老的青春，别样的爱情……

蓝月亮

根生仰望着天空，指着柳树梢头说："妈，看这月亮是啥颜色？"

"痴头怪脑，啥颜色，银子的颜色。"她枯瘦的手腕晃动着的不是一枚银镯子，而是月亮。

"蓝色的，月亮！"

这是根生的秘密。每当他想爸爸时，一轮蓝蓝的蓝月亮就会拥抱着他，做着美丽的彩色的梦……

一

缪根生是吃缪泾水长大的。命苦，三岁时父亲得了伤寒病，走了，是娘一手把他拉扯大。他瘦骨伶仃，似乎一阵风就可把他刮上天。他记不得父亲的样子，只有一张一寸的黑白照，父亲的眼睛亮亮的，头发黑黑的，嘴唇紧紧抿着，似乎有一稻箩的话没有说。他也不大说话，忽闪着那双大眼睛。他失去了爸爸的爱，可是全村人喜欢他，常常有阿婆阿伯会偷偷地塞给他一个鸡蛋或一把毛豆结。村里有新小囡回乡或者办竖屋酒，村人不会忘记给他们娘俩一些剩菜，即便是剩下的，对根生来说都是美味，他的确是穿百家衣、吃百家饭长大的。

缪泾水是爱之水。根生不苦，他是爱之水里泡大的。他想爸了，夜晚就仰望天空，一轮蓝月亮就会伴他入眠。

娘说，爸鸡叫就起身到地里去干活，锄地、插秧、割稻、挑稻都是一把好手。娘说根生长得和他爸一模一样，看见根生就是看见他爸了。娘说，根生，你大学毕业了最远只能到娄城，不能去远地，我只有你这一棵独苗。

他不想离开娘，不想离开这片土地。他在苏城读大学，每到礼拜天，都会从城里回缪泾，和娘一起锄地、割草、种菜、一颗汗珠子摔八瓣，他踏着父亲的脚印，汗水和他父亲一样流在泥土里，太阳温柔地照耀着他，空气中弥漫着父亲的气味……

他还是一跺脚走了，离开娘，离开了妻子儿子，离开曾经贫穷过的缪泾，到了遥远的贫困县。

二

汽车在秦岭山脉里走着，在一望无际的山脉中，人是那么渺小，车也成了甲壳虫。太阳还没有下山，一轮皓月就升起来了，没有一声寒暄，也没有预告，贴在了缪根生的车窗外。月亮从空谷升起时，惊醒了山鸟，扑棱着翅膀。

他刚下车，一片红叶飘落在衣襟，像一个特殊的邀请。

"一点撩上天，黄河两道弯，八字大张口，言字往里走，你一扭，我一扭；你一长，我一长；当中夹个马大王……"

秦岭脚下，一群放学的孩子你一句，我一句，边走边跳，跳跳蹦蹦地念叨着。

一个又黑又瘦的小男孩在塬上放羊，呆呆地望着他们。

其中一个男孩喊："月娃，你的扶贫羊跑啦，快去追啊！"

还有一个女孩冲他扮鬼脸："咩咩咩，喜羊羊！懒羊羊！臭羊羊！"

月娃一声不吭，咬着下嘴唇看着他们背的书包。

村支书李青，推着辆自行车上坡，车上放着一袋面粉，瞪了眼闹事的孩子们，"你们这几个碎（淘气）娃，又要欺负人家没大（爸）的娃，小心揍你们！"李青长得比较喜庆，乍一看像喜剧演员严顺开，训斥人时，嘴角也微微翘着，像在笑。

"送面粉，做馍馍，狗烧火，猫上灶，馍馍香，馍馍大，馍馍……"孩子们拖着鼻涕笑得嘎嘎的。

李青支起车子，冲他们挥了挥拳头，嘴里嚷："灰丝（屁事）不懂，清鼻两筒！"摸了下月娃的头说："你娘呢？"

月娃抱起一只小羊，嗫嚅道："娘在屋里！"

李支书的手机突然响了。"李支书，扶贫的缪县长马上要来你们村驻村！"

"啥，缪县长要来？"

"是的，帮扶咱们的缪县长和刘主任马上到！赶紧准备一下！"

李青挂掉电话，嘀咕："扶贫扶贫，越扶越贫！指屁吹灯，就是蜻蜓点水镀镀金！"

捣蛋的孩子们嚷嚷道："县长要来了，快去看县太爷啦！"

"这是中国历史上战争故事最多的山脉，我们华夏的龙脉啊！"透过车窗，八百里秦川逶迤绵延，从长江之尾来到黄河流域华夏文明的发祥地，缪根生有点激动。"这就是塬，你看车外的塬只是个边，就如冰山一角，好像是长长的山岭一样，其实，塬的面积很大，不仅仅边缘长长的，还很宽……"刘俊下了车，顺着缪根生手指的方向望。

"八百里秦川风调雨顺，秦汉唐朝绝代无双，为什么这里还有全国贫困县、贫困村？把脱贫攻坚作为'天字号'工程？"刘俊费解地问。

"是啊，全村3200多人，建档立卡的贫困户有70多户。猕猴桃是他们的命根子，靠天吃饭，天上的太阳是他们独轮车，他们走啊走，走不出那条黄泥的小路……"

"前面就是青化村！"刘俊说。

缪根生透过车窗打量着沿路的苗木和猕猴桃田。"这样的土路，一到雨天就寸步难行啊！"

车子在青化村村委会门口停了下来。这是四间小平房，边上是个礼堂，原先唱戏的土台子。

村书记李青笑容可掬地在门口迎候："欢迎缪县长，欢迎刘主任!"

刘主任从后备厢里抱出一床被褥。

李青有点惊讶："啊，领导还抱着被子来！是我工作没做好，没做好！"

缪根生拍了下李青的肩膀："我们初来乍到，还要你帮忙啊，今晚召集村民们先开个会，了解下情况！"

李青抢过被子，苦笑了下："啥，今晚？缪县长风尘仆仆，要不就明晚……"

刘主任："李支书，就是今晚，村里的大喇叭喊下，我们大家见见面！"

李青咧了咧嘴，用腿拱开一扇破旧的木门，说："好吧，辛苦缪县长，我们这里条件差，这是村里最好的办公室。"

这是一间阴暗潮湿朝北的小房，西北风正吹得紧。一张剥落了油漆的办公桌，两把咯吱作响的靠背椅，一个破旧的沙发靠着墙根，一个取暖的小太阳让这个屋子有点生气。

李青转了几个身，最后把被子放在靠窗的一个木框上，为难地说："您看，这里连一张床都没有，只有几个木框子，要不到我家炕上睡，这北方的冬天难熬啊！"

缪根生和刘俊把四个大木框子摆在一起，拼成一张床，又环顾了下四周，说："不错不错，就住这里！"

刘主任摸了下桌面，一层灰，问："厕所在哪？"

李青："在屋后，走过去三十多米，旱厕，条件艰苦点！"

刘主任："带我去打点水来！"

天已经擦黑，缪根生撩开蜘蛛网，摊开被褥，从包里取出一个充电的小夜灯，那是一轮满月，散发着淡蓝的光芒，这是儿子亮亮送给他的宝贝。

亮亮才五岁，是个戏精。第一次妈妈送他去幼儿园，他双手叉腰，挡在车前叫："你要是带我去幼儿园，就开车撞我吧！我死也不会去幼儿园……"结果还是被妈妈送到幼儿园。到了幼儿园之后，他跪在幼儿园的栏杆前，冲着对面马路上的警察大喊："叔叔快来救救我，我被关起来了！快带我离开这里，我要找我爸爸，他在扶贫！"

缪根生离开娄城的最后一夜，头一遭六点前到家。亮亮嘟着嘴说："爸爸是月亮，妈妈才是太阳，太阳不跟人走路，月亮跟着人走路，爸爸我能看到你吧？"

"当然能，只要月亮一升起，就看见了！"

"我要送你样东西！"亮亮抱来一个纸盒子，说："快闭上眼睛！"

缪根生睁开眼后，看到一轮"蓝月亮"。

"爸爸，想我了，就看看这'蓝月亮'，只要你睡着了，它就会在夜里飘起来，守护着你！"

忽然窗户外传来一阵孩子的嬉闹声，一群孩子扒着窗口在看他，小鼻尖都抵到了玻璃窗上，嚷嚷："县太爷好，县太爷孬，县太爷手上有手表，你掏钱，我戴表，你没媳妇我给你找，找个谁，找个猪头大耳朵，你说好不好！好不好！……"

李青赶来气得脸都青了："去，去，去，你们就知道玩闹！"

缪根生笑了："好，好，好，都是青化村的娃娃吧，来，我带好吃的了！"

孩子们一拥而上，有拿了缪县长巧克力的，有的拿了肉松，只有月娃一个人愣愣地看着桌上发光的"蓝月亮"。问："这是啥？"

缪县长小心地捧起"蓝月亮"说："这是'蓝月亮'。"

月娃痴痴地盯着"蓝月亮"，用脏兮兮的小手轻轻抚摸。

"我儿子说，这里有童话里的城堡。你喜欢，就送给你！"

月娃抱起"蓝月亮"就跑，跑了两步，又转过身，感激地说："谢谢县长！"

李青叹了口气："可怜的月娃，他大从脚手架上摔下来没了，只有一个疯妈，娃娃辍学在家！"

秦岭脚下，一间简陋的屋子，几只小羊在叫。

客堂里点了一盏灯，灯下坐着一个披头散发的女人。桌上有一个缺了口的碗，碗里有几个辣子和一个白馍。

月娃推开门，抱着"蓝月亮"进来。喊了声："娘，我回来了！"

月娃娘慢慢转过身子说："你去哪了？小羊肚子还瘪的！"

月娃："我给它们喂草，娘，我也饿了！"说着抱着"蓝月亮"准备进里屋。

月娃娘恍恍惚惚地走过来，说："这是啥？"

月娃："这是'蓝月亮'！"

月娃娘扭着头，眯缝着眼左看右看："'蓝月亮'，天上摘的?"

月娃:"娘,是缪县长送我的!"

月娃娘:"缪县长是谁啊?"

月娃:"是来给我们扶贫的!"

月娃娘:"哦,扶贫?缪县长长啥样?"

月娃想了想说:"长得像我大!"

三

村委会议室,放了几张条凳,刘主任看了几次表,已经晚上八点了,才来了十来个人,一个新媳妇在做虎头鞋,一枚银针在大红的鞋面上绣着金黄的胡须,簸箩里放了五颜六色的绣线。一个肿眼泡的中年妇女在嗑瓜子,还有七八个男人,在拉呱(方言,聊天)。

李书记主持会议,介绍了缪县长和刘主任后,就请缪县长讲话。

缪根生站了起来,竟然有些莫名的紧张,见鬼了,他自言自语,在娄城,自己好歹是一个响当当的明星镇党委书记,几千人大会上,不用稿子,可以讲半天,今天面对十几个村民,怎么就慌了?他定了定神,明白了,在娄城,一切都熟悉,知根知底,这里是一片模糊,陌生的地方陌生的听众,有些不踏实。

缪根生为了缓和气氛,和村民拉近距离,走到了村民中间,和大家拉起了家常,他自我介绍:"乡亲们好,我来自上海边上的娄城，是来扶贫帮困的，县里派我到青化村来，就是要和大家一起摘掉贫困的帽子。我初来乍到，两眼的一抹黑，想请大家说说知心话、摆摆困难、出出点子，早日摘帽!"

那个青年吸了吸冻得通红的鼻子，把缪县长的话粗枝大叶地复述了一遍。

李青动员着，"大家伙说说，哪里有困难啦?"又偷偷地朝一个张嘴要说话的村民挤眼睛。

"县长，我家先开始种猕猴桃，到了秋天水果贩子来收，收成不错。可后来村里人都开始种猕猴桃，结果，现在猕猴桃价格越来越低。"一个长得像兵马俑的中年人说。

"你老说这话不中听呢，咱这里不种猕猴桃种啥呀? 你就知足吧，你家地在村口，贩子上门还不费力。我们几户的地远，碰到下雨天，这条破路，谁都进不来，成片的猕猴桃白白烂在树上!""肿眼泡"边嗑着瓜子边抢白。

"日白撂谎（方言，说假话）……""兵马俑"想骂，欲言又止。

"县长，我们好不容易猕猴桃上赚了点钱，买了几头仔猪，结果死球了两头，损失大了。说到底吧，还是钱不够，担不起风险啊。"一个老汉磕了下烟袋锅抱怨。

刘主任一一记录着，缪根生连连点头，李青不停地擦着鼻子。

缪县长拿起一只大红配着大绿，憨态可掬的虎头鞋，啧啧称赞，说："这么好看的鞋子，给谁做的啊?"新媳妇脸一红："邻居要给娃办满月酒了，我给弄个虎头鞋、虎头帽，轻重是个礼嘛！"

缪县长："这手艺可以开一家网店啊，专卖虎头鞋虎头帽。一天能做几双？"

新媳妇："一天可以缝两三双。这都是农村人的老手艺，不稀罕的，成不了气候。"

刘主任："你们家有啥困难吗？"

新媳妇放下手中的活计："我们就靠天吃饭，种苗木，靠板车拉苗，运不出去啊！"

刘主任："那为什么不修路呢？"

新媳妇："我们村穷，缺钱……"

这时李青过来打断了他们的对话，并使了个眼色给新媳妇，李青说："缪县长，今晚来得人少，真对不住你们，大家都回吧啊！"

缪根生把他们一一送出门口。一轮冷月挂在天上，路边的冷杉也冻得有点发抖，如果下了雪，一定是棵美丽的圣诞树，可以挂满闪亮的星星和五颜六色的礼物，这也是亮亮最喜欢的树。他想儿子了。一阵风吹来，他不禁打了个冷战，搓着手哈着气，却感觉不到一丝丝暖意，这时刘俊跟了过来。

"听村民们说的，啥感想？"缪根生望着远处几间民房，点了根烟，问。

刘主任："反正就是缺钱，县长来了，村民指望着财神爷驾到！"

"走!"

"去哪儿?"

"我要走走夜路,亲自去村民家看看,去听听货真价实的月下心声。"

"啊?现在?"

"扶贫不是给两个钱就能解决问题的,扶贫一定要扶心、扶智!"缪根生掐掉了香烟,打起手电,径直往前走,走到月亮的阴影之中……

四

缪根生的脚踏在龙脉上,龙脉分南北。山南诞生了长江,山北流淌着黄河。"秦岭,天下之大阻!"难道是这"大阻",阻挡了百姓的财路?阻挡了致富之路?他的铁脚板一寸寸地丈量着山地、台塬和平原,不同的地形地貌孕育了不同的神奇,国槐、黄杨、冬青、侧柏、红柳、小叶女贞、卫矛……。一种叫青荚叶的植被,颠覆了他的认知,浅绿色的小花聚生在叶片的中央,每朵花上点缀着三枚造型别致的白色花蕊,真是别出心裁,奇花叶上开。成熟的果子像一颗颗黑色的珍珠,镶嵌在叶子中间,也许这种不起眼的青荚叶,就是用这种特殊的方式来繁衍后代,生生不息。很多村庄和民房,也像这叶上珠一样,藏在秦岭的深处。

月下心声,他真切地听到了。阳光下的秦岭,更是蕴藏了很多不可知的秘密。他开始了访贫问苦,李支书推荐他到贫困户王宝珍家去看看。

这是一家三间红砖房，屋檐下挂着一溜金灿灿的玉米棒，玉米曾经的青衣裳被脱到头顶扎起来，晒成了黄金甲，棒子威风凛凛地悬挂在屋檐下，像挺拔的哨兵，秀着它颗颗饱满的黄肌肉。场上晒着通红的辣椒干，隔着老远，缪根生的喉咙就发痒发干，想咳嗽。一只大黄狗冲了出来，汪汪叫着，直摇尾巴。

王宝珍在不远处坡地里侍弄，十一月份的天气，一人多高的猕猴桃树就像一个生育了一茬儿女的老母亲，胸前已经空空荡荡，碧绿的叶子掉尽，只剩下发黄干枯的藤蔓，在枝丫间低垂。王宝珍剪下来几颗幸存的果实，果皮也是皱皱的。

李青远远地喊："宝珍姐，缪县长来看你了！"

王宝珍头也不抬地剪枝，直到他们来到跟前。

缪县长："大姐，我们来看看你，需要我们做些什么？"

王宝珍停了手中的活，鼻孔里出气，说："圪蹴哈！"

缪县长丈二和尚摸不着头脑："圪蹴……哈？"

李青急了："宝珍姐，这是贵客，请屋里喝茶啊！"

王宝珍不理睬，仍说："圪蹴哈！站着腰疼，坐下窝，圪蹴说话最受活。"自己在路边蹲了下来。

李青忙解释说："圪蹴就是蹲下。"

王宝珍从布兜里掏出一个猕猴桃，塞到缪县长手里，打眼看着这位长相斯文戴着眼镜的干部："这个品种叫哑特，哑柏镇买来的苗，你尝尝甜中带酸，味道可好了。这两亩多猕猴桃，我种了第三年，原本等着今年挂果，丰收后卖个好价钱，却没承想，心血白费，希望成空！"

"都是我不好，三年前，是我给宝珍说人家种猕猴桃都赚钱了，你快把高粱地转种猕猴桃吧，她向村人借了钱买了种秧，没想今年十月一直在下雨，烂泥路是进不来出不去……"李青的眼睛红了。

"李支书，怨不得你，是我命不好，嫁鸡随鸡，嫁狗随狗，嫁个要饭的沿街走。我们没路可走了，到了雨天，那是一条阎王路啊，我们种的猕猴桃，只好眼睁睁地看着烂在树上！"说着抹起了眼泪。

刘主任："我们就是来解决这个问题的！"

王宝珍擦干了眼泪。

缪县长："路不修好，我驻村一辈子！"

王宝珍一下子跳了起来，说："吃了没？"

缪县长："不客气，吃饭还有点早！"

王宝珍不由分说，拉起缪县长的手："走，我给你打个搅团，再下一碗"**𰻝𰻝**"面！"

王宝珍端出新油罐子，抱出新醋坛子，割了块吊大肉做臊子。舀上一升雪花面，擀起"**𰻝𰻝**"面，下到锅里一条线，捞到碗里莲花转。

泼上红红的油辣子，端到缪县长面前。

缪县长平素不喜欢吃面，惧怕辣，看着近一尺宽的白瓷青花大碗里，裤带一样宽的面，直皱眉，王宝珍如辣椒那样热烈地劝着，趁热吃。他决然地端起来，一口下去，辣得额头冒汗，眼睛发红，艰难地咀嚼着，一口吞下去，眼泪直流。却频频向王宝珍致谢，含着泪，不停地说："好吃！好吃！好得很！"

王宝珍："好吃不？歇歇，再稀稀来一碗？"

缪县长打着饱嗝："不能了，罪过罪过！"

李青慌忙打圆场，说："缪县长，吃这种面要圪蹴下吃，才香！"说完蹲下吃起来，大海碗完全盖住了李青的脸，缪县长乐了！

"第一次开会很多人都没来，也没说到点子上，我们今天再换一拨人来了解情况。"缪县长说。

"还得再开一次会？"李青刚吞下一口红油面，翻了翻眼睛。

"塬上西边孙二妹家，还有村口大皂角树边上的五保户家，还有……"刘主任打开笔记本说。

"今天，我们还是要走一趟！咱县长走过村里的夜路，他说啊，月下的声音才是百姓的心声！"刘主任啪地合上了本子。

缪县长起身和厨房里的宝珍道别，硬塞给她五十块钱。

刘主任走出了大门，李青迟疑了一下，放下面碗追了上去，回头，冲王宝珍喊："宝珍姐，我们走咧！"

宝珍追到院外，大黄狗也跟到院外，缪根生冲女人和黄狗挥了挥手："回吧，等我的消息！"

五

缪泾的冬天，最怕就是下雨，一落雨，阴冷潮湿，那种湿冷，钻到你的骨头缝里。冬雨打湿了桑树、榉树、朴树和冬青，白粉墙后的竹园也静静的，偶尔传来几声麻雀尖细的叫声，也是湿漉漉的。

缪根生和娘住的是三间瓦房，泥地。一到这种天气，泥地微微泛潮，脚底冰凉冰凉，即便穿着妈妈做的蚌壳棉鞋，也是凉透。娘怕根生长冻疮，早早就用一捧秕谷放上热的稻草灰，装进黄铜的脚炉里，给根生边做作业边暖脚，她在一边纳鞋底。

天好的时候，缪根生常跟娘挑荠菜，宅边地，竹林边，田埂上。紧趴在地上的青紫、灰绿色的荠菜才是野生的，不像现在菜场上买的荠菜，肥头大耳碧绿生青的，都是人工种植或是温室大棚里的。娘告诉他，荠菜，是最安静、最有美德的植物，它随处可生，不择土壤，贴地而长，献茎叶以报春，有着倔强的生命力。它甘心做配角，不争宠，却哪里也少不了它，做人就要像荠菜一样。

根生娘会做面食，揉粉擀面，一根长长的擀面杖，在八仙桌上滚动，白瓷盘里的面团，一会儿就变成一片白云朵，云朵越变越大，越变越薄，把云朵叠起来，一层一层的，再用薄刀切成韭菜叶的宽度，面就成了。也没有什么作料，能放一筷子猪油，半勺子酱油，再撒上一把蒜叶，那就是一碗香喷喷的阳春面了！

缪根生今天吃了宝珍的红红的又宽又大的辣椒面，只觉得心里暖暖的，胃里很妥帖、受用。

孙二妹是青化村的一枝花，人称麻花西施，长得细皮嫩肉，柳眉杏眼，天生一副好嗓子，音域宽，音质厚，音色甜，吼起秦腔来，全村的男女老少都叫好，在戏班子上也能混个脸熟。

她在廊檐下炸着麻花，心里憋着一股子气，她这一辈子，就是投错了胎，嫁错了郎！院里的大槐树时不时地飘下黄叶子，像一只只自由的蝴蝶。屋门口孙二妹的男人喜旺，头发乱得像个鸡窝，愁眉苦脸地蹲在地上抽烟。油烟腾起，呛得孙二妹连声咳嗽，她翻腾了两下油锅，夹起一根麻花数落："你个哈锤子，你问我怎么办？你咋不问老天爷呢！苗木运出不去，你个大老爷们蹲家里光在那抽烟，有个球用！"

喜旺依旧抽着烟，不吱声。

孙二妹："你哑巴啦？"

喜旺："你又嚷嚷个啥，我这不跟你商量嘛，没人上门收苗，我雇人往外送，你又嫌花钱！"

孙二妹竖起柳眉："你也不想想，炸这点麻花的钱还不够给工钱！"

喜旺回嘴："总不见得让我一捆捆全部扛到村口?！要我说，就这个穷村没啥出路，你就安心炸你的麻花，当你的麻花西施吧！"

孙二妹："就你这尿样！"话音刚落，"哪"一声，一个大漏勺突然从院门口飞出来，差点砸到缪县长的脸上。

李青吓得脸都青了："反了你个孙二妹，马上给我去皂角树下开会！"

六

这是村里的守护神，一棵一百多岁的皂角树，三个大人伸开手合抱都抱不住它的树干。皂角树根用金色的布包裹了一圈，边上还香烟袅袅，五保户任福田老汉，早早就坐在树底下。那天晚上，缪县长深一脚浅一脚地去看他睡的窑洞，他觉得这一辈子太寒碜人了，他给村里丢了脸，拖了脱贫的后腿。

说这棵皂角树是神树，一点儿也不假。二十个世纪六十年代三年严重困难时期，任福田不到十岁，如果没有这棵大树的嫩叶和树皮，他们村肯定会饿死几个人。附近的村子有人浑身浮肿倒地没了气，也有人吃黏土拉不出来病死了，只有他们村，没有饿死一个！村里能扒的树皮都扒了，到了最后，还是有人乘着夜色对神树下手。先是有人偷偷撸了树叶子，再是有人爬上去，扒了枝头的树皮，就是再饿，也没有人胆敢去扒树根的。那是村里的命根子，村里唯一的希望啊！任福田记得他大拉着他去撸嫩叶，先是给神树跪下，磕三个响头，再轻轻地撸，边撸，他大边流泪，说："请神树宽恕，等来年给你上最好的鸡粪，给你上香，扎红腰带，保佑全村人平平安安！"任福田跟着磕头，可心想，全村都没有一个鸡蛋，哪里孵得出小鸡来呢！

他记不得第一只小鸡是从哪来的，他只记得父亲兑现了诺言。皂角树来年长得特别茂盛，还挂下了很多碧绿的荚子。村里人把长得大点的荚子采下来，把绿皮在衣服上搓一搓，当肥皂用。还留了很多变成黑荚的果实，剥开了，里面是一粒一粒的雪白的皂角米，在水里泡上一夜，可以熬成又稠又厚又解饥的皂角米汤。后来日子慢慢好过了点，有个外地人看中了这棵树，要花三万元买下，大伙都没有答应，正是因为有了这棵皂角树，村里几辈人才平平安安生活到现在。这棵皂角树成了他们荫庇的场所，特别到了夏天，外面再热，皂角树下一片清凉。村里人吃过晚饭，就来树下唠嗑。

皂角树上的大喇叭开始响了，李青的声音有点沙哑，树下开始聚集起了人群。"肿眼泡"和新媳妇也搬了小马扎坐了下来，"兵马俑"和他的老婆在树下搓着玉米棒子。

"肿眼泡"说："任叔，那天晚上，你就没让县长进窑洞见识见识？"

任福田叹了口气："我这老脸没地方搁啊，那是猪羊待的地方，真是脏了他的脚！"

新媳妇说："县长答应给你修房没？"

"兵马俑"说："这些年咱这地方，来扶贫的，从来就是稍微给几个钱，也没见个起色！"

"县长来了，县长来了！"李青一路小跑过来。"县长好！"

"大家好，大家好。"

"来来来，坐这里！"

缪县长坐到任福田的边上，给老汉递了一支烟，老汉受宠若惊地站起来，被一边的李青摁了下去。

"肿眼泡"说："城里来的县长就是不一样，看来我们村要变魔术了，我们的腰包要鼓起来了！"

缪根生说："我可不是魔术师，说变就变。扶贫光给钱没用，今天给了，明天怎么办？不能彻底脱掉贫困的帽子。"

李青："当这个村支书，我是真的难，能救济的都救济了。

咱们村属于市级贫困县，享受不到更多的扶贫政策，镇上的财政资金也很有限，我跑断腿也多要不来钱！"

缪县长："李支书，你别着急。咱这一圈走下来，你肯定比我更清楚，青化村问题不是单靠扶贫经费就能解决的，必须得帮助村民找到经济来源的出路才行！"

刘主任："是啊，咱们青化村这些年在大家努力下，还是有基础的，猕猴桃、苗木都可以通过网络销售，那不就有出路了吗？"

李青眨眨小眼睛："咱这穷乡僻壤的，出得去吗？"

"办法总比困难多，不试试怎么知道不行。"缪县长说。

"村里这烂泥路哦，真是一言难尽。外面人家进不来，咱也出不去。说到底……"

缪县长掐灭香烟："说到底啊，咱们就不该是简单地扶贫，先是应该内平躁动心、外铺致富路！"

"兵马俑"高兴起来："对！路！县长说得对着哩！"

李青一脸心酸："不瞒你们说，为了烂泥路，我到县政府都跑了五年了，每次去一等就是大半天，人家就是不理你，我们人微言轻啊……"说着说着眼睛噙满泪水。

缪县长："接下来我跟着你一起跑！"

"缪县长，你就是这棵救苦救难的神树啊，我任福田盼星星盼月亮，终于把你给盼来了！"任福田起身，差点想给缪县长磕头，被刘主任一把扶了起来。

七

北方的冬天是难熬的。

南方的冬天是阴冷，那种阴阴的冷，带着股邪湿。北方的冬天冷得毫不含糊，风像一把小刀，可以割开你的脸。

夜里的风像狼嚎，卷过冷杉和侧柏，卷过空无一人的土戏台子。

秦岭已经把更凶猛的寒潮挡在岭外，远远的跟天边接近的地方，就是传说中的终南山，道教全真派发祥圣地，传说中，那里是太阳和月亮的梦之谷。在这群峰里，坐落着天帝在凡间的家，还有月亮女神的家，更有得道成仙的人。传说隐士在山中松下，吃松针，饮清泉，打坐，参禅，修行，而后羽化成仙。

缪根生踏上这块土地，不仅是上级派遣他来扶贫，而是想遵从严格的戒律，去修内心的行。他不怕吃苦，没有父亲的男孩常常更有担当，他天不亮就点起煤油灯读书，到镇上中学要走 15 里的泥路，江南多雨天，只要一下雨，路就泥泞不堪，他背着书包和饭盒，每天跋涉在泥路上的时间就是三个小时，常常一只脚陷进泥浆，另一只脚无法自拔，大冬天都走得大汗淋漓，走得脚跟起泡，泡破了出血结痂再磨破出血……烂泥路鼓舞着他拼命读书，他一定要走出泥路，走出一条阳关大道！他有的是眼力和脚力，他不单单要拥抱江南的风雨，更要拥抱广袤无垠的秦岭，他懂得，只有用爱才能拥抱世界。

秦岭成了他修炼的熔炉。

他蜷缩在秦岭山麓一个荒凉冰冷的小北屋里，他甚至羡慕五保户任福田家的土窑，土窑一烧炕，还是很暖和的。他更想念他的妻儿，很多时候，忙到深夜，才打开手机和妻子说说话。他的妻子是中学老师，知书达礼，贤惠多情，他想念她温暖的嘴唇和柔软的身体。距离让他们加深了理解和思念，他还是习惯给她写邮件，他把来这里的点点滴滴都记录下来，写好了发给妻，这是他每天的必修课。

琴：

这是我来青化驻村的第 50 天，村里平地积雪 30 厘米，室外气温零下 17 度。这是我有生以来度过的最冷的冬天。躺在电热毯上，还是浑身发冷，再开了一个"小太阳"取暖，我的咳嗽好多了，渐渐适应了这里的气候。这一个多月来，我深切感受到这块土地的贫瘠和富有，其实，这里不贫困，蕴藏着各种各样的宝贝，它有着丰厚的历史和过去，对于秦岭而言，我只是一个过客。传说中 2500 年前春秋时期的老子，骑着青牛缓缓而来，在楼观台写下的《道德经》，距我这里很近很近。我们扶贫，是按客观规律办事，不是揠苗助长。我深深感受到默默无语的秦岭，它所承受的压力！

你问我这里最缺的是什么，让我想想，最缺的是一种打破陈规陋习的勇气。这里有冗长冗长的会议，有时会开到深更半夜，问题依然没有解决。一条土路可以计划修筑三年五载，却依然如故！

我多么想暑假时，你带亮亮过来，看看美丽的秦岭，等退休啊，我和你去终南山住住，去得道修行！

亲亲你和亮亮！

根生

2018 年 12 月 20 日

他蜷缩在被窝里，用冻僵的手指摁着笔记本键盘，担心信件发出的声音，会惊醒已经在江南入睡的妻儿。

越是寒冷越容易饿，到了这里，他的饭量大增，一碗裤带面根本不顶事，他饿得肚子"咕咕"直叫，赶紧披衣起身泡方便面。

门口传来一阵"唰唰"声，他以为是起风了，推门一看，不知是谁放了一堆干树枝。

一轮明月悬挂在微微起伏的山峦上，如月之恒。

八

一根根金灿灿香喷喷的麻花出锅了。

这锅麻花可是孙二妹用心炸的，麻花里加了鸡蛋、白糖和盐，用的是新碾的花生油，麻花又粗又脆，隔着老远就闻着香味。

"你让我送这给县长，我开不了口。"喜旺支吾着。

"我说你啥时候长长脑子，伸手不打笑脸人，开口不骂送礼人，'肿眼泡'都说了，县长夜里驻村挨饿，靠方便面填肚子，你送个麻花算什么，又不是送牛啊羊啊的！"

"呃，好，就说给县长夜里吃点零食充饥，你的小算盘是让他如果修路，一定要绕开我家的苗木，我说不出口！"

"昨天晚上我怎么教你的，咋老学不会！"说着，二妹就想拧喜旺的耳朵，喜旺赶紧提着麻花跑出屋。

喜旺把还热的麻花抱在怀里，一路小跑，远远地望见缪县长驻村的小屋子。快到门口时，低头整理了一下衣服。

正巧李青拿着一摞文件边走边看，和喜旺撞了个满怀。几根麻花滚落在地，喜旺慌忙拾起。

李青："你搞啥子嘛？"

"李支书，正巧找您商量事情，这就撞上了！"

"村里修路占了你们家地的事儿？"

"可不，我媳妇跟我闹半天了，半尺地损失太大了，我来找县长，看看能不能给通融通融……今儿刚炸的麻花，还热的呢！"喜旺说着就把一根麻花塞到李青的嘴边。

"你别瞎折腾！修路多大的好事儿，你们怎么就……光看着碗里的，不想着锅里的呢?！你看看县长那会议室，除了你，还有好几户，也都因为这事儿。"

李青说完，转身指指房间里，然后一溜烟走了。

九

这是镇上的狂欢节。

刺激人味蕾的各种美食沿街一溜铺开。布棚、席棚下，是一家家的凉粉、面皮、饸饹、油茶、胡辣汤、鸡蛋醪糟、羊肉泡馍、粉汤羊血等等。家家摊前人头攒动，满街香味扑鼻。远远的闻听锣鼓铙钹板胡高亢，还有用生命吼出来的秦腔。

大戏开演了，人群沸腾了。孩子骑在大人的脖子上，婆婆老汉们站在摞起的凳子上，顽童们在人丛中穿进穿出，追逐打闹，更多的人拉长了脖子看着戏台上。

简陋的后台，孙二妹洗干净指甲缝里的面粉，在克里马嚓（方言，快速地）地描眉画眼。

二妮忙着整理金花的戏服："你俩听说没？这路怕还是修不成。"

"那敢情好，占着咱家半尺苗木地呢。要是真修……切！我孙二妹也绝对不让一分一毫！"孙二妹对着镜子自言自语，刷地把粉刷子扔在桌上。

金花瞪了眼二妹，回头和二妮说："怎么就又修不成了，缪县长不是很有本事嘛？"

"再有本事要不来钱也白搭，听说还差这么多！"二妮比划着手势。

"8万？"金花说。

二妮："哪是这么点，再加个零。"

"80万呐！"金花吐了吐舌头，二妹有些幸灾乐祸。

"缪县长卖力了，县财政局是真没钱，前段时间听说啊，申请都已经打到省交通厅去了，能走的门路都走了遍！"二妮像个情报员，知晓一切。

"到底是个难事儿，昨儿路上碰上缪县长，还真是老了一截子。"金花叹了口气。

二妹眼珠子骨碌碌转了转说："我让喜旺他弟蹲地里看着动静呢，看他们敢来我家地里!"

外面锣鼓声一阵紧似一阵，台上正演着《关公挑袍》。只听关公唱：倘若是曹阿瞒统兵来挡，青龙刀管教他命丧疆场。催车仗保皇嫂灞陵桥上……"

"孙二妹，该你上场了。"催场人噔噔噔地跑过来。

孙二妹笑盈盈地出场了，她今个跑龙套，演甘夫人，只有两句台词。

台上演得正酣，台下叫好连连，台上台下一台戏。

突然台下一个后生一嗓子："嫂子，修路啦!"

孙二妹突然变了脸，猛一把夺过关公手里的青龙偃月刀，关公呆了。她自顾从舞台上跳了下来，坐上后生的电动车一溜烟跑了，台上台下霎时乱作一团。

只见那旦角孙二妹，不脱戏服不卸妆，杀气腾腾地擎着长柄青龙偃月刀直奔村口，模样比关公还关公。一辆黄色的挖掘机正在施工，大刀"当"一声扎在地上，孙二妹眼里喷火，大喊一声："停下! 都给我停下!"

孙二妹也不管戏服粘上泥浆，颤抖着嘴唇说："你们到底还是修上了路了!"

挖掘机驾驶员停下车，探出头："大妹子，咋回事儿了!"

"赶紧都给老娘停工! 修路可以，占用我家地总得有个说法吧?"

驾驶员斜睨了眼二妹,鼻子里哼了声:"大妹子,这是在做路基,没碰到你们家的地啊!"说完,拉起档杆,自顾开动起来。

"谁要再挖,就从我身上碾过去!"孙二妹不顾死活,扑倒在挖掘机前。

突然一只手强有力地把她从地上拉起,她回身一看,竟然是那个窝囊的老公,以前在她面前是只猫,今天凶巴巴像只虎,不由分说,死死拽着她,往家拖,边拖边吼,"你不能断了村里的发财路!"

✛

这是一个月圆之夜,月亮不会因为寒冷而躲藏,它是夜之神。

漆黑的村委会,只有缪县长的屋里还亮着灯。淡淡的银辉抚慰着屋边的冷杉和侧柏,脱贫攻坚指挥室的牌子在月光下影影绰绰。门开了,缪根生披了件大衣,拿水壶去门口打水,冰冷的水龙头让他打了个寒战,拧了两下,不行,他用尽全力再拧,水龙头还是无动于衷。他无奈地仰空长叹,望见月亮的背影。

他拿出了手机,向遥远的娄城拨了个电话:"老领导。"

"怎么样?冻僵了吧?"

"是啊,水龙头都给冻上了。"

"怎么了?水管冻住了就不能浇上热水化开?"

缪根生又看了一眼冰冷的水龙头，说："水不够热啊！"

"要是在长征路啊，一泡尿都能把冰解冻！"

缪根生心里一动，把一只手放在水龙头上，捂着，说不出一句话。

"怎么，夜风把你也冻住了？"

缪根生还是没说话。

"你是代表我们娄城的共产党人去扶贫，不忘初心，攻坚克难，这才是共产党员的本色！我们盼望你交出一份合格的答卷啊！"

"明白！老领导，谢谢！"电话挂断了，缪根生慢慢放下手机，把它放进上衣口袋，再次用力握住冰冷的水龙头。一分钟，两分钟，三分钟，终于有一滴水，慢慢地淌了下来，像一个人的眼泪。

一阵刺骨的痛，让他突然松开龙头，赶紧把手揣进胸口，半天掏出来，在嘴边哈气。他刚想回屋，突然看到边上戏台有个人影晃动，走过去一看是个孩子。

"月娃，咋一个人坐在这啊？不是要上学了吗？早点回去吧。"

月娃的小鼻子冻得通红，他看了眼缪县长说："你咋不回去呢？"

缪县长搓了搓手，坐在了月娃旁边。月娃看着他冻僵的手。

缪县长说："我的'作业'还没完成，回不去啊。月娃听话，早点回去。"

月娃："等我娘睡了再回去。"

缪县长心疼地摸了摸月娃的小脑袋："月娃好好上学，医生啊，很快就会给你你娘来看病的！你娘的病会好的！”

月娃晶莹的泪从清澈的大眼睛里流出，慢慢流到鼻尖。

缪县长又哈了口气，暖手。月娃慢慢抓过缪县长的手，那是一双有力的大手，比他大的手要柔软。他将自己的双手捂在了缪县长的手上。

缪根生的眼泪也止不住了，用大衣把月娃裹紧，把他的小手放进了自己的怀里……

蓝色的月光，把他们照得透亮。

十　一

雨天，土路上。

村支书李青带着县长和刘主任，穿着雨衣，艰难跋涉，考察路况。

几个上学的孩子背着书包，缩着脖子，在泥地里蹒跚而行。泥浆溅满了全身，几个幼小的孩子，在一个白发爷爷的搀扶下，蹚过泥浆。

缪县长抹了把脸上的雨水：“苦了娃娃们了，这是新的二万五千里长征啊！”

李青：“这条路，路面宽，堡坎高，一到雨雪天气，到处是积水，车子出不去，也进不来，摩托车也别想开！”

刘主任：“资金还缺80万，上哪儿弄去？”

一双沾满泥浆的深筒黑胶鞋，放在了市交通局局长的办公桌上。

门口围着几个工作人员，在交头接耳。

一身泥浆的缪根生，坐到了局长办公室。

局长看着胶鞋发话了："好个缪根生，上门逼宫来了！还给我整这样的'厚礼'！"

缪根生目光炯炯地看着局长，丝毫没有露怯。

局长把视线移到泥鞋上，有点尴尬："脚底有泥，心里才有底啊！"

缪根生："我小时候，就走这样的泥路，30年过去了，居然还有这样的路！局长不能不管，能否再调拨一部分苏陕协作项目资金，修一条百姓出行方便的水泥路、致富路，孩子们上学的平安路、希望路？"

局长："这样吧，我们市里解决一部分，再向省厅申请，能修一条是一条。"

缪县长："五条路，一条都不能少！"

局长看着脸上都是泥浆的缪根生笑了："去洗洗你的大花脸吧！"

皂角树上的大喇叭里传来了村支书李青的声音："村民们，好消息，好消息，盼星星盼月亮，我们的资金到位了，青化村要修路了，等我们的路修好了，我们的产业就能做大做强了，咱就有出路了……"

声音荡漾在百岁神树的枝枝杈杈间，回荡在塬上，五保户任福田抹了把老泪，扑通一声跪了下来，给神树磕了三个头。

十 二

一辆皮卡在泥泞的土路上行驶，车轮在泥浆里打滑，缪根生使出了浑身解数，用最慢的速度蜗牛一样地往前爬，可就是这样，车后轮还是掉进了泥坑里，再加足马力，也无济于事。

他和刘俊从城里借了辆皮卡，联系好了一家收苗木的客户。没料到，不足20公里的路，一进入青化村就像陷入了沼泽地。

他们穿上高筒靴，围上皮围裙，一起下车推，刚好有村民路过，七手八脚，费了吃奶的劲，才把车子推出泥坑，开进苗木园，他们个个变成了泥猴子。

苗木园里已经有不少村民在等候，他们兴高采烈地抱着紫叶矮樱、侧柏、女贞、紫玉兰、七叶树、丝棉木，像是抱着一个个金娃娃。

这时孙二妹和喜旺也来了，二妹是来查看她家的三亩苗木地的，看见有人居然在搬他们家的紫叶矮樱。

"干啥？你们这是在干啥？"二妹跺着脚喊。

刘主任："二妹，你别着急，告诉你一个好消息！"

孙二妹："什么好消息坏消息，光天化日，还抢上了，俺就知道你们是盯上咱的地了，想斩草除根是吧！休想！"

喜旺赶紧拽二妹的袖子，二妹一把把他推出老远。

孙二妹撸下袖套："你们都给放下！"

刘主任："苗木卖出去了，苗木卖出去了！"

缪县长："是的，还没来得及和你说，你的苗木我们找到销路了！"

二妹看了眼县长，还是犟头倔脑地说："那我家地也不能就这么占咯。"

这时村支书李青跑来："二妹，你咋还闹呢。占地占地，你就知道占地，你想不想让咱村脱贫?!"

缪县长："刚刚我们的车卡在了泥坑里，多亏乡亲们帮忙推车，乡亲们，我们村一旦被卡住了，连一条活路都没有啊。我今天就是来亲自试试这条泥路的，的确不好走。如果能不占地，我坚决不占用，可是如果说让咱们修的那条路绕着弯走，那卡住的不是你二妹一家，是卡住了全村的路！"

孙二妹脸红了，低下了头。

"我们全村的活路就在你这了，二妹，我恳求你，为让咱们把这条路给修好，你就带个头，做个榜样，好吗?"

宝珍也挤上来："二妹，俺南岸的地有三分多呢，你种吧，俺不要了，行不?"

"兵马俑"说："不就占了你家一分地嘛，我家地给你一分。"

五保户任福田也凑到跟前说："二妹，我给你磕头了！"

"还愣着干啥！"二妹抱起一捆苗木往喜旺怀里一塞，喜旺笑了。

宝珍也抱起了苗木，缪县长和刘俊欣慰地笑了。

李青突然蹲下，抓起一块黄泥，高高举过头顶，悲喜交集："村民们，咱马上要告别烂泥路了，修——路——了！"话音落下，黄泥巴被砸得粉碎。

喜旺也抓了一把泥，村民们都弯腰抓泥，二妹看看周围也弯腰拾泥，任福田手里的泥巴啪地砸在地上，大家的泥巴都纷纷落下，在地面上升腾起一阵黄色的烟雾，老的少的，男的女的，各种各样的手臂举起又落下，像是在宣告，又像是在诀别，这突如其来的砸泥仪式，让缪根生鼻子一酸。

"修路啦——"声音此起彼伏，在秦岭下回荡……

十　三

秦岭春又来，花开千里香。能在春天的秦岭走上一遭的，这一生一世没有白活。

野生的树、野生的花、野生的鸟，连空气都是野生的，人到了里面，也会慢慢复归本性。

黄泥最留客人，粘满你的双脚。黄的迎春和连翘，粉的山桃，白的野梨花。一些树还没有从冬眠中彻底醒来，刚刚冒出一丁点黄绿的芽，像小鸟的喙。山谷里细密的枝条绿蒙蒙的，若有似无的绿，会让你的眼睛犯迷糊。

这里的猫、狗和羊，也跟着在太阳底下打盹，用迷离的眼神打量你。即便是枝头各种叫不出名字的鸟儿，也一样，咕噜咕噜转动着眼睛，用不同的鸟语和你打招呼，让你觉得人类的语言一点不美，鸟语和着花香以及村庄和人家，这里真是个好地方。

山谷里有养蜂人，与缪根生记忆中的养蜂人大为不同。

在江南缪泾，农人刚用铁搭翻开泥土的清香，根生厚重的蚌壳棉鞋还没有脱下来，养蜂人就带着一个一个的木箱子过来了，他们很早就知道春的消息。他们一来，紫云英就跟着开了花。小蜜蜂非常听养蜂人的话，一打开木箱盖子，它们就嗡嗡嘤嘤地飞出去，飞到成片成片的紫云英上采蜜，也有几只迷路的蜜蜂，飞进他们家后院，停在早桃花上喘气。

秦岭的蜜蜂是中蜂，很多都是野生的，它们最怕其他物种打扰，常常把巢筑在树洞或岩缝里，繁衍的后代会飞出来在附近的树杈或岩石下栖息。老蜂人会把大树劈开，掏空树心，做成最原始的蜂箱，把它们放在野蜂出没的地方，里面涂上蜂蜜，一些蜜蜂就会在里面安家，老蜂人就用这种方法，把野生的蜂蜜诱捕回来，慢慢繁衍培育。

这种"甜蜜的事业"并非想象的那样甜蜜，虽然秦岭得天独厚的环境，让这里的百花蜜，抿一口就占有了整个春天。

要致富先修路，这是傻子都明白的道理，缪根生修路只是万里长征的第一步，电商+产业+扶贫这个三位一体的建设，需要更大的心血和投入。

缪根生已经把秦岭当作自己的家了，而千里之外的故乡倒有点陌生，只有在梦里，他一个猛子扎进缪泾水里。

娘的腰不太好，根生经常帮娘采了门前篱笆上的槿树叶，揉烂了，打了井水给娘洗头。

娘留着很长的辫子，很粗，很黑，他的小手，一把都握不过来。根生想，长大了也要找一个扎麻花辫的女人做老婆。娘唯一的首饰就是一个绞花银手镯，她平时舍不得戴，干农活更舍不得，只有去寺庙上香，过年祭祀的时候，才洗干净手，小心戴上。娘说，这个镯子是缪家祖上流传下来的，是他爸给她的定情信物，以后要给儿媳妇的。

根生出发前，娘说，人能帮助别人是最大的福报，唐僧去西天取经要经过九九八十一难，根生，你一路上多照顾好自己，娘等你回来！

娘非要给他洗头，用毛巾擦干他的黑发，摸了摸他的脖子，眼里含着泪说，你看你的后颈长这么大的一个疙瘩，这辈子是牛转世吧，所以也是个劳碌命！

根生没有说话，他低着头擦头发，早已泪流满面。

妻子手机里传来的是亮亮画的秦岭、猕猴桃和蓝月亮。亮亮说，爸爸变得像孙悟空一样聪明了，原来是吃猕猴桃吃的，爸爸可以一个跟斗翻十万八千里，那就让他每天腾云驾雾回来嘛！

妻子还告诉他，娘中风住院了，已经脱离了危险，可以说话了。

那晚，缪根生在秦岭脚下走了很久很久，月亮跟着他走了很久、很久……

十　四

又是猕猴桃成熟的季节，中国猕猴桃网、电商体验中心和猕猴桃主题馆相继成立。

秦岭肥沃的土壤，孕育了这种特殊的果实，酸中泛甜，芳香怡人，有红心、绿心和黄心，糅合了草莓、香蕉、凤梨的滋味，他最喜欢的还是徐香，皮薄肉厚，软糯，清甜，那甜蜜的滋味是徐徐的、幽幽的，一点不刺激味蕾。

缪根生都不太敢进村，只要村民一见到他，就会把他"绑架"到猕猴桃园里，他的口袋里塞满了各个品种的猕猴桃。他们的猕猴桃在电商平台上价格翻倍，供不应求，娄城物流配送中心直接到农家田间地头装货。

李青也成天乐呵呵的，开上了桑塔纳。只是他有些奇怪，最近一个礼拜了，怎么缪县长都没来村里，他的驻村办公室的灯也不亮了。

"刘主任，我是李青啊！是不是缪县长扶贫结束，打道回府了？"他还是拨通了刘主任的电话。

"李支书啊，虽然你们村摘帽了，整个陕西摘帽了，但是致富路才刚开个头啊，缪县长是回家乡了一趟，他妈妈病重。他马上就回来的，只是……"

"只是个啥……"

"他又接到一个新的任务，马上就来搬东西！"

"啊！还是要走啊，这庆功宴还没摆呢！"

"千万别告诉乡亲们，千万别，拜托你了！"

李青的手机攥在了手里，突然想哭一场。

月娃捧着一盒子猕猴桃过来，看见红着眼睛的李青，说："咋了，眼睛吹到灰了？"

李青揉揉眼睛，说你来得真巧。

天已经擦黑了。一辆车停了下来，缪根生走下来，仿佛和三年前一样……

走廊上，他们的手紧紧握在一起。

"有什么困难，需要我，给我电话!"缪根生用力拍了拍李青的肩膀。

"缪县长，你要走了吗?"月娃捧着猕猴桃，哑着嗓子说。

缪根生摸了一下月娃的头，帮他整理了下红领巾，说："月娃，你带我去塬上看看吧!"

月娃和缪县长手拉着手，走在塬上。

夕阳已经落下，一轮晶莹剔透的蓝月亮升了起来，像是要和缪根生告别。他俯瞰着这个村庄，远远望见了那棵皂角树、戏台子，还有像丝绸一样蜿蜒伸展的水泥路。

"月娃，以后的路要靠你们自己走了，我要去开辟新的路了!"缪根生望着月娃清澈的眼睛，多像他少年时的眼睛。

月娃望着县长："你又要到哪里造路啊?"

缪县长："也许吧，我的任务还没有完成，乡村振兴是更漫长的路。你看，月娃那条路是通向你学校的，还有那条路是通向苗木交易市场的，再有那条路是通往猕猴桃冷库的……"

一只白色的鸟从林间飞起，一直飞向月亮的方向，蓝色的月亮像灯中之灯，把逶迤的秦岭照亮……

附注:《蓝月亮》根据太仓赴陕西周至扶贫干部朱永明县长的真实故事改写，并拍摄成微电影，获得第八届亚洲微电影节作品类最高奖——最佳作品奖。特别鸣谢上海戏剧学院赵武教授。

虎　姐

一

芦粟（一般指甜高粱）和玉米长着相同的叶子。

王妹拖着大辫子，给它们锄草，像给两个双胞胎儿子，脱掉沾满泥浆的裤衩。

汗珠子从王妹的额头直滴到眼睛里，比太阳辣。

芦粟和玉米，刚从地里冒出来，就成了同胞兄弟。种了二十年地的王妹，根本分不清哪棵是芦粟、哪棵是玉米。

还有一个月，玉米长出羊胡须，就和芦粟分道扬镳。它骄傲地昂着头，满口的白牙齿，等着城里人、乡下人去咬。一口一颗珍珠米。

芦粟晚熟，个子高。玉米哥哥被掰尽了，它才有出头之日。

它那出秀的头发，沉甸甸地，是乡村里的思想者。

芦粟在缪泾被叫作路济，缪泾有句俗语：做贼偷葱起。不过，这个两米多高的路济，谁拽一根走，都不算偷。

王妹的芦粟种得特别粗，甜。

一把镰刀，割倒一片，芦粟光荣捐躯，沉甸甸的头颅拖过缪泾的田埂。顽童们喜欢王妹的芦粟，远远见了她，就喊："王妹牺牲笔立绷硬!"随后就齐刷刷地倒地，笑成一团。

她甩甩大辫子上的汗水，扔一根过来。

王妹家的深井，吊出来的水，就是甜。那是她今天放芦粟，明天放香瓜，后天放西瓜的缘故。

吊上来的芦粟，冰甜冰甜，比什么冰淇淋都好吃，咬一口嘎嘣脆，连渣都舍不得吐。

木吊桶"扑通扑通"吊上来一个夏天，井水浇得泥地"嗞嗞"响，像油锅里的糍糕，冒着热气。

一张木门板扛出来，搁在两条长凳上。豁了口的青边碗盛出一碗碗碧碧绿的米粥。光膀子男人就着酱瓜，呼噜呼噜吃得适宜（苏州方言，舒服）。

王妹在猪棚里洗澡。她喂的猪娘干净雪白。一窝小猪围着它"嗞嗞"吃奶。猪圈里飘着酱糟、麦秕拌着青草的味道，猪娘摇头摆尾带哼哼地享用，猪娃挂在母猪奶子上吃得起劲。

王妹抱着一大桶洗澡水钻出猪圈，木桶里飘着光荣肥皂的白沫子，噗啦一下泼在场角。她只穿了条花裤衩，两个大奶子摆动着，大辫子被高高盘起。双胞胎儿子刚从河滩洗澡上岸，六七岁了，跑上来左右一个，抱着吮吸，王妹咯咯地笑。

有时王妹干完农活，敞着外套，风鼓起她的花格子衬衫，一根大辫子，像乌梢蛇，盘桓在她的腰间，金黄色的面孔像一株盛开的向日葵，看得男人眼珠子都要掉出来。有些大胆的，和她迎面从小桥上走过，突然伸出手，撸了把王妹的胸，她不恼，咯咯地笑骂：你只戆出棺材，夜里去摸你娘子去！

虎姐的大脚丫，在雨后初晴的软泥上，敲着章子。她喂的白脚花狸猫，跟着深一脚浅一脚地摁梅花掌。每摁一下，它喉咙里嘀咕一次：这是我的！

虎姐的"走猫"，是她从雪地里救回的，刚抱回家，怯生生，有气无力地哼哼，没多少日子成了村里的河东狮吼，人们见了，畏惧三分，呼它为"虎猫"。它是虎姐的翻版，有事没事，弓起身子龇牙咧嘴，竖起的尾巴是一杆旗。

虎猫在屋顶藐视人群，因为她是虎姐家的。

虎猫有着虎姐一样的两颗虎牙，猫额上也有虎姐一样的川字纹，一副苦大仇深的模样。叼王妹家的小鸭子玩耍，掏张家的鸡窝，跳脚抱住丁家屋檐下挂的咸鱼，拽走一条是一条。

虎姐为了虎猫几乎和左邻右舍吵遍了，也和王妹翻了脸，人和畜生计较，你说人不等于畜生了嘛。

虎姐属虎，妈妈属鼠。村里人都知道，虎妈是从县里交界处的海盗村嫁过来的，不过，虎妈为人宽厚，安分守己，邻里关系和睦，倒像君子国里来的。虎姐却不得了，穿着虎头鞋戴着虎头帽，学步走就叉着腰。猫猫狗狗们见了她就躺到，打滚，露出肚皮来。村里顽劣的男孩，见她躲得远远的，猫三狗四的都喜欢跟在她后面，一放学，有人给她背书包，有人替她拿饭盒。放学路上，从村东到村西，她引领着一支奇怪的队伍一路行进，绕鸡鸭棚、河滩地、沟渠边，带着温度的鸡蛋、鸭蛋、鹅蛋就差没有手榴弹，装进她的书包。尽管虎姐只有十三四岁，缪泾人都惧她三分，敬称她虎姐。村人背后常常议论说："隔代相传，活忒是个强盗胚子。"

虎姐无长兄，只有一双懦弱的父母，老实巴交。虎姐认为村中无真理，靠力气和骂功说了算。你撒泼，我就得比你更泼。走路也得横着。

金娥家夹在王妹和虎姐之间。要说这金娥，长得是勾魂，农村人，风吹日晒，很少皮色白的，她天生白，越晒越白。越白越嫩，嫩到钻心。老天对她特别恩宠，给了她一根长脖子，一扭一扭的，天鹅一般。金娥在村里走一走，很多男女老少要端了饭碗出来和她搭讪，她嘴甜，姐长哥短，亲热得很，村人都想把她拉回家吃饭，哪怕家里只有酱瓜炒毛豆。

没有分田到户前，她的农活也不输村里哪个女人，队长哨子一吹，她总是走在前头，一扭一扭的，风姿远远盖过了王妹。

"冬里一船泥，秋里几担谷。"罱河泥，是拼力气的苦力活，一般男人都畏惧。缪泾河道有二十几米宽，三吨的水泥船在冰冷的水上漂，渔网般撒向河面的阳光，粼粼地照见冬天的背影。

金娥袅袅婷婷，在船头一立，后生男客争着往船尾跳。

一根长竹竿的下端是竹耙，一根是苎麻线编织成的罱网，男女搭档，干活不累，只见男人脱掉棉外套、绒线衫，剩下单布衫，攥紧竹竿，弓腰屈背，左右开弓。清澈的河面泛起珍珠样的水泡，罱网与淤泥在河床碰撞、摩擦、深深拥抱。猛地罱竿收拢，银子的水面跃起乌黑油亮的宝贝，淤泥的味道说不清是臭还是香。男人咧开嘴角笑了，像吃到一块红烧肉，这一夹一举，要有六七十斤重，除了满网的河泥，还有两个大大的河蚌，一条活蹦乱跳的鲫鱼，够中午烧一顿草头蚌肉、葱烤鲫鱼了。

今天，装了半船河泥的驳船飘在水桥边，船上的人不见了。人呢？

虎姐放学早。她家三间五路头（五根房梁）的瓦房，在村里算是蹩脚的。当中一间客厅兼饭厅，一张八仙桌、几把拐脚的骨牌杌子、一只米屯、一个鸡罩是全部家当。西边是灶屋间，一副大灶上画的是公鸡报晓，鲤鱼跳龙门。灶屋间的窗正对着隔壁金娥的灶房。

女人呢喃声，男人呼哧呼哧的喘气声穿过灶房，虎猫竖起了耳朵，虎姐也竖起了耳朵，隔壁的大黄狗呜呜叫了起来。

突然一声女人尖利的叫声刺破瓦房，接着是嚎啕，哭声里不是怨恨而是无法言说的欢心。

虎猫跳上屋檐，虎姐趴到了灶前。

一盏茶的工夫，金娥撸了撸蓬松的头发，扭着长脖子出来了，面孔如三月的桃花。一个高大的男人跳到了船上。

虎姐"呸、呸、呸"了三声。

金娥斜睨了下虎姐，指头差点戳到虎姐的鼻尖，娇喘着说："早点学会啊，快活着呢！"

王妹有一把蛮力，有两个儿子，在村里，没人敢欺。

金娥，勾魂勾魄，村里有多少她的男人，不知道。反正，田间地头，总有很多故事，说得有鼻子有眼睛。

金娥家造房子了，造五间七路头加一个灶间。

一船船的青砖、黑瓦、黄沙、水泥装来，看得王妹大辫子绕了脖子三圈半。

在缪泾，房子造得高低、方向、位置，有讲究。家里再穷，也要勒紧裤腰带，吃三年薄粥汤，造几间七路头的平房。衣裳可以穿得像讨饭叫花子，唯独房子，那是招牌、脸面，马虎不得，哪怕借一屁股债，也要咬紧牙关，造得像模像样，一家比一家高耸，一家比一家敞亮。

王妹青边碗里放了几爿酱毛瓜，端到虎姐家。十五支光的白炽灯下，虎姐一家在埋头吃晚饭，虎娘在吃螺蛳，虎猫蹲在八仙桌上等虎娘的螺蛳屁股吃。王妹说你们都是老实头，啥事都让着那个"幺蛾子"，这次"幺蛾子"造房，阵势不对，你们千万不要让，不要借他们半间房。一只白翅膀的飞蛾，"噗"一下掉到王妹的碗里，她用筷子一挑，带出几颗米粒。

虎姐放学回来，西屋上了一把乌黑的大锁，虎娘说："是金娥家寄放的东西。"

眼见那脚手架搭起来了，有人用蚌壳舀了石灰，一路歪歪扭扭地划界线。

虎爹扔掉锄头跑回家，一看傻眼了，金娥家造房造出了地界，足足超出了三尺，只留出一虎口宽的弄堂。虎娘拖住金娥理论，苦苦哀求金娥，按照村里定的地界来造。金娥把虎娘推得个趔趄，说我造房子和你浑身不搭界，我爱怎么造就怎么造。

虎姐扔掉书包，冲到脚手架下，大骂："金娥，你偷男人偷好了，怎么光天化日，要来偷我们的宅基地！"

金娥风摆柳摆到虎姐前："小×，讲闲话下巴要托牢，别乱嚼喷蛆！"

这时虎猫冲了上来，朝金娥龇牙咧嘴，弓起了背。金娥撂起一脚，虎猫嗷地一声，撕破了金娥的裤脚管。

金娥恼羞成怒，拿了把扫帚追打猫。虎姐突然冲了出来，手里是一把明晃晃的菜刀。

谁再胆敢搭脚手架，造房子，我今天就劈了谁！

还没等大家反应过来，虎姐的辫梢在空中飞舞，噔噔噔地爬到脚手架上，对着麻绳，一通狂砍。

金娥气得直跳脚，边拍着大腿边骂："你不想活了，你张小×，敢和老娘作对！"

王妹站在边上，甩着大辫子，拍手笑："斩得好，斩得妙！"

虎姐的爷娘，急得跳脚，急叫，"快下来，快下来，要闯大祸了！"

金娥的丈夫水根，红了眼，扔掉扁担往梯子上蹿，劈手去夺虎姐的刀，谁料，他用力过猛，手背敲在刀刃上，顿时鲜血直流。

金娥大叫："救命啊，杀人啦，虎姐杀人啦！"

二

缪泾村炸开了锅，大家扔掉饭碗，来不及拔上鞋跟，奔来看闹猛。一路跑，一路嚷："不好哉，不好哉，虎姐爬到屋顶上了！好哉，好哉，虎姐杀人了！"

虎姐在高高的脚手架上，披头散发，手里操着一把带血的菜刀，向空中挥舞。

水根在地上打滚，一只手攥着流血的伤口，杀猪般地嚎叫。

村人围拢过来，争先恐后看他手上的伤口有多长，斩得深不深，会不会留下疤痕。

金娥哭天抹泪，"有种的，你就蹲在屋顶上别下来，小心我撕掉你的臭×！"

村主任带了"赤脚医生"赶到，劝退了众人。

村主任发话，金娥造房子违规，给虎姐三船泥作补偿。虎姐赔偿水根医药费、营养费十元。

每回走过虎姐家门口，金娥要把长脖子别到门前的缪泾水里，坚决不看虎姐家那三间五路头平房。

冤家路窄，金娥的灶间正对着虎姐的灶房，炒菜时彼此串味，虎姐把行灶正对着她的窗户，用芭蕉扇一顿猛扇，顿时像放了十颗烟幕弹。

只听那边咳边骂："杀人犯，死促侠，一点点小就用刀斩人，尖钻得卵里挖虫吃啊！"

虎姐不甘示弱顺手从汤罐里舀起一广勺热水泼过去，对面"哎哟喂"一声尖叫，赶紧关上木窗。

王妹把十月粗壮的甜芦粟，一趟趟拖到虎姐门口，往青砖地上一丢，一把芦粟头顺手就做了把大扫帚。两家人家好得像穿一条裤子，今天做了草头馅团子，明天下了荠菜肉馅馄饨，端来端去，像小孩子过家家。她们结成攻守同盟，只要"幺蛾子"一开腔骂，两家夹击舌战，一个在西边开火，一个在东边挑衅，让那骚货顾头顾不了尾。

缪泾的秋天，沉甸甸的。稻穗金光闪闪弯了腰，棉铃子爆开黑色的胸衣，番薯亮出薄薄的红肚兜，冒出的浆汁比新妇的乳液还要白腻。空气里迷漫着醉酒的味道……

金娥有个妹妹，叫银娥，出落得比金娥还美，在县城最大的招待所当服务员，她是坐在城里的男朋友的凤凰牌脚踏车上回来的。脚踏车在乡村小路上一跳一蹦，颠得屁股生疼，她抱着他的腰，像骑着骏马一样神气。她扯开甜甜的嗓子唱：

　　　　马铃儿响来哟玉鸟儿唱

　　　　我陪阿诗玛回家乡

　　　　远远离开热布巴拉家

　　　　从此妈妈不忧伤

　　　　不忧伤欸咯欸咯喽哟忧伤

　　　　蜜蜂儿不落哟刺蓬棵

　　　　蜜蜂儿落在哟鲜花上

　　　　笛子吹来哟口呀口弦响

　　　　你织布来我放羊

　　　　我放羊欸咯喽哟放羊

　　　　…………

虎姐亲眼见了白得像蚕宝宝一样的城里男人，戴着金丝边眼镜，走路都要揽着银娥的细腰，生怕乡下的土疙瘩硌了她的脚。一次她去割草，撞见树荫下面，城里男人小心翼翼地捧着银娥的脸，像捧着一个月亮……

镰刀划破虎姐的食指，虎姐慌忙拽了一把车前草，裹住滴血的手指，心突突地跳。

谁都没有想到，银娥会在这个秋天跳河。

几个男人，把她从缪泾水里捞上来，已经没了气，苍白的皮肤饱胀着，像一朵盛开的棉花，美丽的眼睛瞪得大大的，望着天。

金娥哭哑了嗓子。

银娥的眼睛一直睁着。银娥娘边烧纸钱，边哭："老天爷啊，可怜可怜我的女儿吧，娘晓得你，我多烧些纸钱给你，到了那边，你就买个居民户口吧！"

银娥的眼睛闭上了。

村里议论开了，银娥是和县城粮食局的青年好上了，男方父母嫌银娥是农村户口，坚决不同意他们结婚，银娥投河时还有三个月的身孕。

丧事办得轰轰烈烈，白得像蚕宝宝的男人，一身缟素哭倒在灵堂里，家主婆啊家主婆地乱呼不停，令人心碎。之后，不顾父母的跪地苦劝，进了常熟兴福寺，出家为僧。

村里人说，银娥投错了胎，一个农村人，想攀高枝，和居民户搞七捻三，鸡和天鹅，配不起来。

虎姐看着银娥被船载走，恍惚了半个月。

在镇上高中苦读三年，虎姐连高考的资格都没有。虎姐把书包甩到了灶屋间，每天数着蚊帐上的破洞发呆。

虎猫不知在哪里吃了老鼠药，口吐着白沫，嗷嗷地叫。虎姐用肥皂水给它灌了半脸盆，把它从阎王爷那里抢了回来。

一个冬至夜，虎姐一家祭了老祖宗，拉上窗帘。从床底下拽出一个烟尘斗乱的旧麻袋，里面是他们积蓄了半辈子的三万元。

虎爹说，这是咱家造房子的钱，造了房，你找个上门女婿，走通，结婚。

虎娘说，要找男人，一定要超过隔壁水根，一定要五大三粗的，站在宅基地上，像铁塔，谁都不敢往前靠！

虎姐不吭声，半天说了句：这三万元，借我吧。

三万血汗钱，没买砖，没买瓦，虎姐买了个居民户口。

三

虎爹开裂的手，攥紧红彤彤的户口簿，摸了一遍又一遍。这是三万元换来的幸福。从此女儿就是城里人，大米只要一角四分一斤，可以找个城里人女婿，世世代代成为城里人了！

虎娘在堂前点了香烛，拉了虎姐，扑通跪下，一头磕在泥地上。向列祖列宗跪拜，祈求祖宗保佑阿囡在城里平安发达。

阿囡啊，要吃饭趴筛子口上，城里比不得乡下，听说吃一口水都要钱的，吃蔬菜要到菜场去拾菜皮，不像家里，隔了窗户，一伸手就能采根丝瓜烧汤吃。

虎娘把一袋炒麦粉塞进虎姐的拉杆箱。

织布多辛苦啊，不晓得那个织布厂给你们饭吃吗？不会像当年上海纱厂里的小珍子吧？

虎爹瞪了一眼虎娘，瞎说什么，都什么社会了，还会有包身工？人心隔肚皮，冷饭隔箦箕，阿囡，到了城里，嘴巴要紧点，不要乱话三千！

虎姐鼻子一酸，"哇啦"一声哭了。做梦都想离开缪泾，当城里人，真的要告别农村，虎姐突然觉得自己是刚出娘胎的婴儿，两手空空，前途渺茫。

虎猫看到虎姐哭，一步步走过来，跳到虎姐腿上，用爪子轻柔地拍打她的胳膊，"喵喵"叫着，舌头舔着虎姐的手，惹得她更是伤心，抱着它嚎啕痛哭，说："咪咪，我走了，这个家交给你了，好好陪着爹娘，他们会很孤单的，听他们的话，看家护院……"

虎猫似乎听懂了，哎哎地叫着，猫脸直蹭虎姐的胸前。每次虎姐上学，都是虎猫定时来床头叫唤，像闹钟一样准，碰到虎姐难得一次学校旅游，要起大早，虎猫像有灵性一样，会一分不差在那个点把她叫醒。入夜，虎姐在虎猫的念经声中入睡，到了冬天，虎猫会偷偷钻到她的脚边，像个柔软的汤婆子。

别了，虎猫；别了，一亩六分水田；别了，水渠里胖头胖脑寻找妈妈的蝌蚪，一路唱着歌、鼓着额角的大白鹅，还有大黄狗阿旺。儿时的伙伴，已不知在哪一个年头成了水边的一个青冢，那坟头上还长满了嫩绿的狗尾巴草……

虎姐进城了，户口落在"月月红"布厂，如孙悟空，摇身一变，成了纺织女工！

她挑了一个清晨"出走"。浓浓的大雾掩护着她。

缪泾人叫雾为"迷露"，那种乳白色的"迷露"，钻进衣领，粘在前刘海上、睫毛上、辫梢上，水露露的，像刚出生的婴儿。

天蒙蒙亮。雾蒙蒙的乡间，虎爹挑着行李，一头是用尼龙纸包好的被子，一头是一个箱子。

刚走到桥边，就听一个声音在喊："等下我！"

扭头一看，雾气中闪出金娥的身影，抱了一个布袋子过来，还冒着热气。金娥声音有点哑，说："小细娘终于鲤鱼跳龙门了，到了城里，不要忘了我们，空的时候多回来啊！"

虎姐鼻子一酸，不知所措地说："姐姐，谢谢。"

金娥把布袋往她怀里一塞，说："她没有福气啊，这个芋艿是刚煮好的，还有鸡蛋，你路上吃……今后爸妈有事，招呼一声，金乡邻啊！"

虎爹虎娘不停地抹泪。

虎爹走一条港换一次肩。比起挑稻、挑麦、挑河泥，这担行李轻多了，屏勿牢（苏州方言，憋不住），他开始哼："沙啦啦子哟，社员挑河泥哎，面孔笑嘻嘻，扁担接扁担，脚步一崭齐。挑过小麦田哎，穿过油菜地哎，菜花蜡蜡黄，花香醉心里哎……"这支双凤民歌，他后生时就会唱，也是唱着这支歌，和虎娘好上的。

"你只老出棺材，又想菜花黄了啊，又要去网船上会你相好的?"

"你喏，瞎三话四，明明是想当年我怎么和你好上的，怎么有的阿囡。"

"覅面孔，还想这点花露水，阿囡，到城里去，要争气啊，带个城里小伙子转来!"

"晓得了，你们好好过日脚（方言，日子），不要太节约，我挣了工资，一定交给你们! 虎猫昨夜被我灌了两口老白太，醉着呢，它醒了，会来寻我的。猫千里，狗八百;你们要看牢它啊，不要让它来城里寻我，等我在城里落了脚，早晚要接你们去住的。"

虎姐上了长途车，一路没打瞌睡，不到一个钟头，就到城里了，套了一辆三轮车进了城。

黑苍苍皮肤的三轮车夫，戴了只旅游帽，用毛巾揩了揩汗说，月月红布厂在城南，不消半个钟头就到了。你好福气，烧了多少香，能进这爿厂，现在是工人老大哥，男人要进钢铁厂，女人要当纺织工，全是呱呱叫的行当啊!

三轮车夫讲，月月红布厂是县城最大的厂，有一个吃饭不要钱的食堂，每顿有鱼有肉，还有一个大浴室，阿晓得，全县城只有一家国营浴室，还不如布厂浴室的一只指甲爿大，浴室间里全是雪雪白的瓷砖，地上铺的是防滑砖。男浴室我去过一趟，问我阿舅弄到的一张票，里厢有一个大浴池，热气腾腾，七仙女汏浴，不，杨贵妃汏浴也不过这样，真的泡得骨头也酥掉!

哇，月月红布厂是天堂。三万元就进了天堂。世界上最合算的买卖了，竟然给我虎姐遇到了！

虎姐听得迷掉了，答应有机会给三轮车夫弄张汰浴票。三轮车夫起劲了，说："小妹，我今朝半日天其他生意不做了，带你到城里兜兜，你高兴嘛，多给我几钿，不高兴嘛下趟乘我车，给我张浴票。你放大胆，我带你去城里几个地方转转，不会拿你卖掉！"

三轮车穿梭在县城的大街小巷。

有几十亩田那么大的操场，一群学生在踢足球。夕阳下泛黄的草坪，有些斑秃，扬起阵阵尘土，散落虹霓般的光芒。

穿过一条狭窄的弄堂，石子铺的路面，三三两两的人，提着五颜六色的热水瓶，前头雾气腾腾。

三轮车夫说，前头是老虎灶，这条街上就剩它一只了。

热气腾腾的老虎灶，有两个巨大的木桶，排成品字形三个汤锅，还有缠着纱布的热水龙头，浓密的水蒸气飘过虎姐的前刘海。

街边有人在炸萝卜丝饼，一只只铅皮做好的椭圆形托子里，水滑面粉拌雪白的萝卜丝，一下油锅就成了金黄的"马蹄"，外脆里嫩。几个涂粉点胭脂的男女，一路走一路托着吃，萝卜丝饼的香气里，有琵琶声传来。

　　有一位多情多义的婢紫鹃。

　　她是独坐窗前愁不寐，

　　孤灯挑尽未曾安。

　　想起那姑娘临终有情一节，

另人儿怎不要暗心酸。

…………

一个女子有一搭没一搭地唱叹。

三轮车夫故意放慢了车速，听说这个评弹团快要解散了，以后，再也听不到说书了！

四

秋天已经只剩尾巴了。法国梧桐独树一帜，遒劲的枝干，翠绿夹杂着金黄的梧桐叶，远远望去，像美人玉臂上戴的一只翡翠镯子，黄的是翡，绿的是翠。三轮车在翡翠穹顶里穿行，极尽奢侈，一望无际的梧桐树，一望无际的油画长廊。城市的气息在梧桐长廊里无尽地蔓延，到了画卷的尾声，戛然而止，一幢褐色的高楼站立着，鹤立鸡群般。一朵朵大红的月季花盛开在大理石的墙壁上——月月红布厂到了！

虎姐报到了。她的师傅姓李，天然一对浓眉，天然一副大嗓门，快言快语："小细娘，去，把头发轧掉，留发不留头，留头不留发。织布厂铁规矩，不允许留长发，有个细娘不听闲话，结果头发卷到织布机里，头皮掀掉，差点没命。"

虎姐连连点头，找到一把剪刀，"咔嚓"剪了大辫子。

李师傅笑了，说，"性急鬼！"一把拽了虎姐到厂门口一家理发店。"小徐，帮这个新工人轧个头，明天就带她上机。"

徐师傅，矮墩墩，头发油光光，偷偷在虎姐耳朵边讲，"别听她的，她专门吓新工人，先帮你剪个游泳式，过半个月，你来，我帮你烫一烫，前刘海弄个反翘式，现在最行的发型。"

月月红布厂，好大好大的工厂。

办公楼有十层，厂房一排连一排，托儿所、幼儿园、医务室、车队、食堂、澡堂一应俱全。医务室居然是幢三层楼，可以配药、输液、化验，有病床，还有一台 X 光机。每个礼拜，厂里有大客车接送职工回家。

虎姐热血沸腾。

不过，做起生活，要脱一层皮。厂里流传一句话，"前纺脏，细纱忙，布机姑娘跑断肠。"讲的就是布机车间挡车工，这个最忙、最苦、最累的生活。虎姐是挡车工，戴着雪白的帽子，围着雪白的围裙，看管六台织布机。

机器轰隆隆一开，震耳欲聋，对面讲话听不见声音，全靠做手势。

虎姐耳朵里塞了棉花，跑得脚底翻天，脚上都起水疱。八小时不停机，细纱接头、粗纱接头、换梭子，不吃饭不喝水是常事，一个班下来相当跑二十多里地，再冷的天，布衫都汗湿了。碰到来例假，卫生纸都把大腿根磨出血。

车间里执行的是"四班三运转"工作模式，车轮大战，早八点、下午四点和晚上十二点为交接班时间，每天工作十个小时。虎姐织布吃饭，一头扎到宿舍就睡觉，分不清白天还是黑夜。

厂里的广播室用扩音喇叭播放着歌曲：太阳太阳像一把金梭，月亮月亮像一把银梭，交给你也交给我，看谁织出最美的生活……

虎姐的血管里像点着了一小团火，跑得快，手脚麻利，用手用脚编织着最美的生活。

她是天宫里织布的仙女。

一个礼拜了，虎姐还没有去过浴室。她莫名地有些害怕，这么多人赤身裸体挤在一起，恐怖！李师傅一把捉住她，闻了闻，"汗水臭加上机油味，织出来的布也是臭的。"不由分说把她拖进浴室，虎姐吓得瘫在更衣室的长条凳上。

一屋子都是一丝不挂的女人，蒸汽里飘荡着蜂花洗发水、海鸥洗头膏、蜂花檀香皂、硫磺香皂刺鼻的味道。上到厂工会主席，下到挡车工，赤条条的。

在缪泾，女人会下水，尽情在水里嬉戏。缪泾水是她们天然的保护神，水无边无际，自由无边无际。

她们是一群鱼，闪着粼光，舒展的身体，黑发漂浮在水面，只露出一张张水嫩的脸盘，她们也是缪泾的水生植物，殷红的嘴唇就是花朵。

脚底被鱼群啄食，痒得直打喷嚏，胸口也有鱼吻，余波荡漾在小腹那一丛嫩嫩的水草里……

这里，赤裸，还是赤裸，腾腾的蒸汽让女人的胴体蒙上乳白色的纱，比她们织出来纱还要美。

虎姐脸发燥，火辣辣的，穿着内衣裤站在门口发抖，一个绰号叫"蒋门神"，又高又壮的女工一把推她进浴室，顺手拽掉她的古今胸罩，捞了一把她的胸，说："发育得蛮好嘛，看你这个小细娘，没开过荤吧，估计下头的毛，也没有几根。"说着就要去扒虎姐的平角裤，说："以后嘛不要穿这种裤子，要穿三角裤，几何（方言，非常）好看。"

一块白毛巾甩到"蒋门神"脸上，李师傅不知什么时候站到了虎姐边上，说："'蒋门神'，又要动歪脑筋了，人家小细娘刚刚从农村出来，不容易的，你别糊调。"

"蒋门神"愣了下，说："吓啥吓，我会吃掉你！"

一屋子女人哄堂大笑，说："名叫虎姐，其实是病猫。"

城里人回来了。

虎姐揣着人生的第一笔工资回到缪泾，十八元八角。一个吉利的数字。

虎娘笑出了眼泪，虎爹在灶间忙，虎猫一屁股坐在虎姐腿上念经，王妹端来了一碗糯米肉团子，金娥也过来打招呼。

虎姐烫头发了。

虎姐皮肤变白了。

虎姐穿了包屁股的牛仔裤，屁股上还绣了两朵花。

村里人坐满了虎姐屁股爿一点大的客堂，有人踏翻了鸡罩，两只白洛克鸡急得"咯咯"叫。

阿六伯说，这个织布机长啥样，阿是木头做的？一日天能织一匹布？

"木头，啥朝代了，还木头做？我看，不是铁定是钢。一匹？太木了吧，听说眼睛一眨，老婆鸡变鸭，一眨眼就是一匹！"彩亚一把抓起升箩里的番瓜子，两爿薄唇翻动着，吐出一片片壳，比织布机的速度还快。

"听说城里幢幢房子差勿多，你们住得像鸽子笼。"三娘娘眨着小眼睛，针线头撇了撇头发，飞针走线。

阿桂英像白洛克一样咯咯地笑了起来，听说："织布厂里汏浴，全是精赤精，男人和女人混了一道汏的，所以叫混堂。"

虎娘扫着一地的瓜子壳，边嘀咕，"你们男男女女真的像在缪泾河里一道汏浴?"

虎姐笑了，"妈，你以为是放鸭子啊，雌鸭公鸭一道进河浜。"

虎爹说："你是老毛病，上次看电影，一对男女一道跳舞，你非要说，他们肯定是夫妻，否则怎么可以抱得那么紧。"

虎娘把瓜子壳倒进灶膛，叹口气，"城里人都想得开，不是在大街上，男女都抱牢亲嘴嘛，真的要面孔!"说着她的脸也跟着红了。

"亲嘴不好回屋里嘛，在被窝里。"虎爹说着笑了，"阿囡，你给我一张票，我也要去混堂里泡泡。"

虎娘举起扫帚差一点砸到他面孔上，"老出棺材，你敢去混堂汏浴! 我也去!"

五

有了爬山虎，车间里并不特别热。虎姐困了就涂风油精，嘴干得吃不消，就喝两口佩兰茶。到了凌晨，瞌睡上来了，站着都能睡着，只好塞一只红干椒在嘴里嚼，辣得眼睛痛、鼻涕流，瞌睡虫赶跑了。

虎姐空了就练习打结，一次技术大比武，一分钟单打结50个，得了全厂第一名。进厂第二年，虎姐在李师傅的带领下创造了万米布无瑕疵的记录。

五一劳动节，到县城唯一的影剧院参加劳模表彰大会，虎姐登台戴上大红花。白帽子，白围裙，大眼睛的纺织女工照片，有模有样，放在曙光照相馆橱窗里展览了两个月。

李师傅是值班长，虎姐是生产组长，硬碰硬是一根纱一根纱织起来的，比起乡下的农活，挡车工除了不用热晒雨淋，同样是做一样生活，换一样骨头。

车间里的保全工老标，三十多岁了，还没有找对象，因为是厂里的老标兵，女工全蛮拍他的马屁。

老标一身蓝卡其工作服，头发梳得溜光，苍蝇也打滑，有事没事跑到虎姐身边，帮她摘掉背上的棉纱，拍拍她的肩膀说："可以歇歇了，别这样急，全像你这样巴结嘛，其他小姐妹要不开心的，差不多就可以了啊！"

只要和她一个班，老标就帮着她到食堂打饭，虎姐爱吃爆鱼，老标说自己怕腥气，不吃的，硬是塞到虎姐的搪瓷碗里。他看虎姐咬一口爆鱼，自己嘴巴张得老大，旁边的小姐妹都在笑，虎姐装没看见，只管埋头吃。

一日白班下班，老标在车间门口塞给虎姐一张戏票，凑到她耳边说，今夜影剧院上海沪剧团来演《庵堂相会》，我们一道去看。

虎姐坐在老标的脚踏车后座上，一路晃晃悠悠去看戏。

城市的热天来得比乡下早，气温也比乡下高两三度。马路两边的梧桐树，枝叶在空中拥抱。路灯依稀，月光依稀，有人脱剩汗背心，趿了拖鞋摇着折扇在散步。

老标的白衬衫束在长裤里，一根黄皮带，看上去还算适意。虎姐也来不及打扮，只在卷发上喷了点摩丝，摩丝的香味，让老标有点飘飘然。

虎姐有心想抱牢老标的腰，她还没有抱过男人，这样的姿势，应该比较适意。手伸到一半，又缩了回来，轻轻抓住坐凳里的弹簧，弹簧里还嵌着一把长丝。

"晓得吧，你在曙光照相馆里的那张照片，比你本人还出客，我每次逛街就去看看，真赞。特别你的额角头漂亮，福相。"

虎姐不响，只是"咯咯"笑。

"我喜欢长头发的女人，可是老天罚我在织布厂上班，全部一脱式，短发。"

虎姐不响，还是"咯咯"笑。

"我是顶替老头子来上班的，之前也喜欢过一个女孩子，长发飘飘，可惜是农村户口，家里人极力反对，哎，耽搁了好几年！"

老标也真是老标，一路唠叨，到了影剧院门口，说："你下来吧。"一看车子上空无一人，虎姐什么时候跳车走的，他不知道。

虎姐说不清楚为什么不喜欢老标,是因为他个子长得没有铁塔一样高,还是因为老标喜欢长发妹。从此,老标见了虎姐就脸红,两个人不在一起吃饭了。

一个月后,老标红着面孔来发喜糖,每人两袋大白兔奶糖。

顾厂长说,老标娶了原来相好的农村细娘。

他住的单人宿舍,每天都挂着一溜五颜六色的短裤,像万国旗。老标是想把原来的损失,补回来。

月月红的浴室,勾引了全城的男女老少。只要通过职工证就能出钱办一张浴票卡,工农兵大学生刘丹就这样混了进来,他有一双迷人的丹凤眼,进月月红浴室的路上,就迷倒一群织女。刘丹来了,她们疾步如飞,拿出织女的脚上功夫,抱着脸盆,涌向浴室,她们踮起脚尖,脖子仰成天鹅的模样,望着刘丹的方向。

这个丹凤眼是对过锦边厂的机修工,照例,机修工是满脸油污,身上脏兮兮的,他却有妖法,永远白白净净。

一次虎姐在浴室刚脱掉内衣裤,就听到外面女人在尖叫,不得了了,男浴室起火了,锅炉要爆炸了!一群男人光着屁股四散奔逃。莲蓬头下的女人,一个个落汤鸡似的奔出浴室,顾头顾不了尾。丹凤眼慌不择路,一头扎进女浴室,雾气中,没人发现进来个男人。虎姐穿了拖鞋刚要冲出去,和一个健壮的男人撞了满怀,她差点叫出声,被丹凤眼一把捂住了嘴,两人趁着混乱冲到更衣室,虎姐胡乱抓了件衣服扔给丹凤眼,他们随着人流逃了出来。

厂区里一片白花花的身体,救火车"呜哩——呜哩——"赶来，人群鸟兽散去，所幸没有人员伤亡。

惊魂甫定，虎姐钻进被窝。

下铺新进来的一个女工说，真不要脸，看门老头对着我们喊，"快捂住！"我们捂住了下身，他喊，"错了，要捂脸！呸，我这处女身啊，给那个老出棺材饱了眼福！"

另一个女工"咯咯"笑："怕啥，又不是你一个人被看到，我也看到了很多男人啊，你们猜猜，我看到了谁？丹凤眼，一丝不挂的丹凤眼，细腰窄背，屁股雪白，胸肌发达，关键是下面，那一片黑森林啊……"

"乱嚼喷蛆，小心我撕掉你的臭×。"虎姐啪地关掉电灯，女工们吓得吐了吐舌头。

第二天下午，门房电话打到车间，虎姐出来一看，是一件洗干净的红罩衫，还有八个热乎乎的小笼汤包。

虎姐慢慢吮吸着灌汤包子，如同吮吸着青春的嘴唇。不知怎么，眼前晃动着的是一双双丹凤眼，吃完了，她回宿舍的路上，记不起吃了什么，似乎吃的都是眼睛。

以后每次进浴室，都觉得有一双丹凤眼火辣辣地盯着她。她缓缓地擦拭着身体，从来没有这样注意过自己，皮肤像刚剥出的嫩菱，乳峰是刚舒展的白玉兰，草莓的乳头精致而含蓄。在水的抚摸下，她突然打了个激灵，就像第一眼瞥见那双勾魂夺魄的丹凤眼。

"小细娘，思春了，想泡在澡堂里变咸菜啊。"李师傅一声唤，虎姐猛地回过神来，胡乱地擦好身体。

虎姐躺在床上，翻来覆去睡不着，丹凤眼，丹凤眼啊，她有些燥热，身上有无数小虫子痒痒地爬着，那种小虫子背着一个迷人的外壳，像一辆辆小汽车，虎姐从小就爱和它们玩，一辆辆小汽车奔跑在她的花衬衫上，她的手掌心里，痒痒死了，她喜欢把它们搜集在一个布袋里，听它们沙沙沙的脚步声，玩腻了就把它们放回菜花地里，它们跑得比小汽车还快。小汽车啊，真漂亮，它们除了没有喇叭外，甲壳虫身上的花纹突然变成了一只只丹凤眼……迷迷糊糊，丹凤眼向她张开了有力的胳膊，他的胸脯起伏着，一丛黑森林不断生长，突然，一个白衣的女子飘了过来，她白得像一朵棉花，嘴唇在流血，那不是银娥嘛，银娥张着嘴，流着血，发出嘎嘎嘎的怪笑。她猛地醒来，一身冷汗。

虎姐有点发怵。银娥大概在那里没钱化了，待回乡时，到她坟上烧点纸。

六

月月红黄色的厂房外墙长满了爬山虎，嫩红嫩绿的一片。一阵风吹过，仿佛厂房在深呼吸。厂房里机器轰鸣，人流穿梭，外面却特别的安静，纷争，噪音，都被爬山虎吸走了。

不是所有的爬山虎都能站住脚跟的，一些病弱的，没几天就枯萎了，只有抓住墙壁的，才能不停地往上攀登，这几天，虎姐看着爬山虎常常发呆。

一次去浴室洗澡，她远远望着丹凤眼手里拎了个马甲袋，她看呆了，手里的塑料脸盆落地。"蒋门神"推了她一把："魂落脱啦！"

三个女人一台戏。月月红是纺织厂，除了几个机修工和管理人员外，清一色的女人，厂里每天出多少匹布，就有多少台戏。不过，这两天，戏虽然有不少版本，主角都是丹凤眼和虎姐。

李师傅很生气，唯独她蒙在鼓里，灯下黑！直到那天下班，"蒋门神"一把拽牢她，凑到她耳根，神秘兮兮地说，"厂里出了部好戏，你晓得伐？快炸锅了，你宝贝徒弟虎姐和丹凤眼在唱《游园惊梦》呢，那个卿卿我我，死去活来啊！"

李师傅火了，"神经病，狗嘴里吐不出象牙来，你又要打虎姐的注意吧，有屁赶快放，我忙着呢。"

"蒋门神"添油加醋说了一稻箩，有鼻子有眼："那个丹凤眼啊，每天买了大饼油条包子，盘猫猫，虎姐一出来，就闪到她面前，贼一样溜了。更了不得，夜里黑灯瞎火，孤男寡女在太平桥上抱着亲嘴，抱得紧啊，像鸡啄米，要个把钟头呢……"

"蒋门神"突然把话带住，她想起李师傅和丹凤眼是亲眷，忙说："道听途说，我嚼舌头了，一溜烟跑了。"

李师傅把牙齿咬得"咯咯"响，想不到这只老虎是狐狸精变的，怪不得整天魂灵不在身上。

李师傅和丹凤眼确实是蟹脚亲戚（方言，不大往来的不亲近的沾着一点边的亲戚），论辈分，丹凤眼要喊李师傅姑姑。李师傅是徐州边上的一个县里的穷乡村人。她的爷爷带着一家老小逃荒到苏州，半是乞讨半是打工，在苏州扎了根。她的一个远房表兄在家乡是公社头头，看中了丹凤眼。丹凤眼家穷得叮当响，兄弟姐妹六七个，靠爷老子在家挣几个工分，他中学毕业在家，这时，招收工农兵学员。李师傅表兄托人找到丹凤眼爸爸，说可以推荐丹凤眼去读大学，条件只有一个，必须和他女儿定亲。就这样，丹凤眼成了大学生，又是这个老丈人托关系，留在苏南。李师傅表兄托她对丹凤眼带一只眼，没想到丹凤眼瞒天过海，一眨眼，就变成陈世美！

李师傅越想越气，捉贼捉赃，捉奸捉双，看看他们会怎样唱下去！第二天早上，她躲在门房，不一会儿，远远望见丹凤眼：匆匆往对面的锦边厂走，躲在梧桐后，等着，见虎姐走来，他猫一般地窜到她边上，把点心袋塞给她，神不知，鬼不觉，简直像受过特工培训。

李师傅在门房，挂了一个长途电话给表兄。

这是一个平常的晚上，从澡堂出来，虎姐就靠在床上看电影画报，封面上，是一对热恋的情人，四目对视，电光石火。

整整一天没见到丹凤眼，也没有点心小笼包，她的眼皮直跳。这时有人敲门，开门只见李师傅搀扶着一个老太。

李师傅把虎姐拉到走廊里，老太扑通跪倒虎姐面前，哭着说："姑娘，救我！"

流泪的老太，有丹凤眼一样的眼睛、一样的鼻子、一样的嘴唇，只是时光风干了她的皮肤。

老太哭诉，"我那个娃，早就结婚了。亲家是我家大恩人啊，我们这样的人，能攀上这门亲，是'皇亲'啊，求你放过我娃，给我们家一条生路！"

李师傅面无表情地立着。似乎这事与她没有任何关系，她只是一个带路人。

虎姐忙说："阿姨，这是个误会，误会。"

李师傅笑眯眯地说："阿姨，你娃孝顺，听话呢，走吧，他在等你呢，不要误了车。"

虎姐连气带病，躺倒在宿舍里，半睡半醒，银娥站在她床前，嘿嘿冷笑："命，命！"

虎姐像被霜打了一样，病恹恹了一个月。大伏天，别人穿短袖都热得淌汗，她还穿着那件红罩衫。她鬼使神差地在梧桐树下踱步，看见一个穿白衬衣的男子，不是丹凤眼吗？她撒腿跑过去，到跟前才发现认错了人。

丹凤眼的消失，让很多女工失了恋，她们不像以往那样，一下班就积极地奔向澡堂，她们无精打采地，暗地里骂虎姐，不是一般地骚。

李师傅的大嗓门，在嘈杂的机器声里，超过高音喇叭。机器一有问题，机修工不在，她就拿锭子"砰砰砰"敲着机器喊："老魏你只出棺材人呢，到啥浪去了？机器喊救命了，快点来啊！"

老魏提着裤子从男厕所冲出来，嘴里还叼了半根白画苑，差点把拉碴的胡子点着。一边拉门禁，束皮带，一边瓮声瓮气地嘟囔："官急不如屎急，拆堆屎都不太平，不能喊老标嘛，我就是只夜壶，被你们女人拎来拎去！"

虎姐心急，一把拽住老魏松垮的裤带，"赶紧啊，我们产量要跟不上了！"

老魏是烧锅炉出身，进厂十几年了，邋里邋遢，胡子可以编辫子，要不是修机器，长胡子会被卷进去，他真不想刮，蓬松的胡子，看上去像马克思，多有派头，没办法，只好忍痛剃掉。女工说，他下面的毛丰盛得可以编辫子。混堂里汏浴，就数他像个野人。

老魏修机器是一把好手，经常被女人呼来喝去，东摸一把，西捏一记。在家里，他是个妻管严，老婆是安徽人，凶得不得了。一天，安徽女人吵到车间里了，她钻进车间的一瞬间，像是一只老鼠跌进了白米缸。轰鸣的机器被白雾罩着，纱锭白的，布是白的，女人的臂膊也是白的。她必须以压倒一切"白色恐怖"的声音来开战："人，死到哪去了！"

李师傅见了这个黑赤赤的女人吓了一跳。

她黑布衫黑裤子，只是牙齿白的，对着李师傅骂："不要脸的妖精，老魏那块瘪塌塌，就是你们这些妖精作的孽，一天到晚瘪塌塌、瘪塌塌，受得了吧！"

李师傅对着男厕所喊："老魏出棺材，你老婆来哉，豪稍（方言，快点）出来！"

老魏提着裤子出来，老婆冲上去就打，"江南人真格不要脸，白天做活还要脱裤子！"

老魏来不及束裤带，工作裤拖在脚板上，只穿条三角裤，里面毛茸茸得像藏了只猫咪。他急了，随手拿起一个纱锭招架，弄得白纱满天飞。女人还是不依不饶，操起地上一把扫帚，见了织布机就猛搅。

"给我滚出去！"虎姐一把夺下扫帚，一扫帚柄上去，女人号啕哭了！

"滚出去，"这里不是你撒泼的地方，要打回去床上打！虎姐连推带搡，把老魏老婆推出车间。

车间里的战斗结束，女人们打扫战场，笑成一团。

七

老厂长一头白发，身板硬朗，一到冬天，就和老太婆扛出樟木箱，翻出军大衣和一条毛毯。他穿着发黄的军大衣，在工厂里神气活现地溜达，就差手里牵一条警犬。他犀利的眼神，如哨兵，察看每一座厂房。

手电像个幽灵在厂区里飘来飘去。

虎姐盯在他身后，走了一段路，突然，手电猛回头，直照她的脸。

虎姐说："死老头子，你半夜三更跑这里干吗！"

老头子说："你这个小细娘，半夜三更跟着我干吗！"

虎姐说："我是二车间的头名状元，组长！"

老头子笑得白发乱颤，我是月月红第一任厂长！

虎姐笑翻了，"老厂长，您不是退休了吗？怎么不回家享清福？"

老厂长说："我三日听不到布机声，就失眠。一失眠只要在厂区溜达一圈，回去就能睡到大天光。"

最近半个月，老厂长没再来厂里转悠。

一天傍晚，虎姐和李师傅被厂长叫去，到食堂小饭厅吃饭。

一进门，三个大酒甏摆在门口，系着红绸带。老厂长穿着军大衣，胸口别着一朵红绸花，脸红红的，像喝醉了酒。

来了两桌人，都是月月红的中层干部。老厂长让人打开酒甏，说："这是我为月月红布厂酿的女儿红，二十年了，在建厂的第一天埋在我家后院的，你们闻闻看，这个黄酒香不香啊！"

他舀了一提子酒，倒在青边碗里，端起来，仰脖就喝下了。

众人惊呼。

老厂长说："20年的月月红啊，我看着她一枝一叶地长大。他妈的，抗美援朝的战场上都没负过伤，我怕谁了我！"

说完又仰脖喝下一碗酒，顾厂长上前夺了他的碗，说："老厂长，我们边吃边喝！"

菜肴丰盛，是乡下办喜事的流水席。虎姐抿了一小口酒，真香。

大家去给老厂长敬酒，虎姐跟在后头，和老厂长碰了下碗，老厂长二话没说地咕咚咕咚喝完，嘴里嚷嚷"痛快，痛快啊！"

虎姐说："老厂长，今天是什么好日子，您这么高兴啊！"

老厂长哈哈笑了，笑得白发乱颤，笑出了眼泪，酡红的脸像一朵盛开的菊花。

他用力拍了拍虎姐的背，"小细娘，以后不管发生什么事，你都会记得：我老厂长，请你们吃了女儿红！女儿红就是月月红，月月红就是女儿红啊！"

大家纷纷鼓掌，只有几个高层领导沉默不语。

老厂长脑溢血走了。在月月红宣布倒闭的前夜。

他是睁着眼睛走的，穿着那件发黄的军大衣，躺在灵堂里。

厂门口的月月红三个字连同那些红艳艳的月季花，都蒙上了黑纱，一千六百多个工人，白衣白帽相送，有人哭得当场昏倒。

虎姐胸口堵了一团棉花，喉咙哑了，眼睛肿得像电灯泡。

这是他们为老厂长，为二十年的月月红，为他们自己举行的葬礼！

月月红变成月月绿，亏损超过二百万，负债率达到百分之一百十八，纱锭三万，线锭一万，有梭织机二百台，无梭织机二十八台，厂房三万平方米，统统抵押出去。不单是月月红布厂这样，上棉三十五厂，更多的纺织行业，都关停并转，工人下岗。

虎姐一个人坐在棉纱堆里，机器没了声响，世界停止了呼吸。

什么叫末日，这就是！

一九九五年十月，挖掘机开进了月月红布厂。

除了保留办公大楼和一个喷水织机车间外，其余的全部停产。

大面积的厂房全部抵押给了一家房地产开发商。

挖掘机像一辆坦克车，扫荡着厂区，厂房应声倒下，爬山虎粉嫩的脚还死死抓着水泥。

虎姐就是那绝望的爬山虎，烟尘滚滚的挖掘机前，她仰面躺了下来，平静地仰望着这城市的天空，她粉嫩的身体紧贴着地面。天空是钢蓝的，没有一片乌云，就是一些烟尘遮挡了太阳。烟尘散尽，城市的天空异常明净，就像她潜入缪泾水，看到了那水底的天堂，她发自内心地狂笑了起来。

三年零六个月，一万两千元，这是虎姐在月月红的全部。

本打算苦干几年，凑足三万元翻造五路头，现在全部泡汤。

老标带着乡下的老婆，在城乡结合部租了间房子，准备开个夫妻老婆店，到常熟进货，贩卖衣裳。

老魏到肉联厂进了鸡脚、鸡翅，和安徽女人一道烧卤菜，沿街叫卖鸡脚、鸡翅。

李师傅女儿还在读大学，老公也下岗，急得没办法，只好在灯光球场，摆摊擦皮鞋。

虎姐不想卷铺盖回转，难道对村里人说，城里待不下去，工厂关门，我下岗了！

她到旧货市场，买了一部除了铃铛不响哪儿都响的二手脚踏车，找工作。别人都在做生意，她能做什么呢？

她想到以前和娘一道腌雪里蕻，一缸雪里蕻踏下来，腰酸背痛。踏一层撒一层盐，再用青石头压，半个月后拿到镇上卖，一斤五分钱，她们娘俩都不好意思叫卖，看见熟人，像做贼一样，偷偷硬塞一把雪里蕻给他，半卖半送，最后只赚了点本钱。她天生不是做生意的料。

脚踏车的链条掉了，虎姐在路边修车摊的小翻板凳上坐下，说："师傅，修车哦。"

修车师傅摘下眼镜，放下《安娜·卡利尼娜》。

虎姐说："你是作家?"

师傅苦笑，"哪里是作家啊，我原来是哈尔滨工业大学毕业的，专门研究航空航天的，后来到了上海棉纺厂当高级工程师，厂子开不下去了，我就回老家修修脚踏车度度日脚。做啥都不容易啊，修了一天，赚了两块钱!"

虎姐眼圈一红，放下一块钱，推了自行车就走。

街边的梧桐，纷纷落下黄叶，那是被风干的初衷，成了一地的碎末。

虎姐推着自行车漫无目的地走着。走到拥挤的卖秧桥，看见几个男人站在桥边，手里都拿着一块纸板盒，上面写着：本人专修水电、煤气，会电焊、气割。还有的写着：会泥瓦匠，会修灶台，会砌墙……桥边一个煤球炉冒着热气，五香鸡蛋、豆腐干的味道让人觉得活着还有些滋味。

"阿要买'下岗牌'五香茶叶蛋，香的你要了嫑要，阿要买'下岗牌'油氽臭豆腐，臭得你要了嫑要……"叫卖的居然是老魏。他墨黑的安徽老婆正忙着整理一堆毛票。

虎姐笑了，掏出一块钱，买了两个五香蛋、一串豆腐干，说："你不是卖鸡翅、鸡脚的，怎么卖起了茶叶蛋，亏你想得出'下岗牌'。"老魏抖动着胡子："嘟哩咯嘟，龙门要跳，狗洞会钻，修得来机器，卖得来蛋。鸡翅、鸡脚成本高，只有事业公务员来买，鸡蛋豆腐面向大众，下岗工人也吃得起，好卖。虎妹长得出客，找个好男人，就是第二次投胎。"

千做万做，蚀本生意不做；千挑万选，下岗女工不选，除非你也是个下岗的。安徽老婆咧着嘴说，"现在满大街晃荡的都是下岗工人，有啥稀奇的。我倒觉得下岗好，下岗了可以天天和老魏在一起，盯牢他。"

老魏来劲了，"我们夫妻双双卖'下岗牌'，夫妻双双把家还啊！日出而作日落而息，笑总归比哭好，我们卖吃的，也是卖笑的，我的'下岗牌'就是比其他人的生意好，我也和你讲一个，让你笑笑。猫下岗了，在狐狸开的夜来香发廊坐台。一日，老鼠来到发廊点名要包夜，猫死也不答应。老鼠光火：当初追老子，追得死去活来，现在送上门，还假正经！"

桥上的人都笑得前仰后合。

老魏看到一个戴袖章的城管过来，连忙打招呼，点头哈腰，塞了一个滚烫的茶叶蛋给他。说："小弟，今朝讲一个新的段子。第一天，城管劝走小贩，小贩一会儿即回，记者义正词严地发文《堂堂城管竟奈何不了无照商贩》；第二天，城管直接把小贩轰走，记者义正词严地发文《狠心城管请给下岗工人一条活路》；第三天，城管直接给小贩跪下，记者义正词严地发文《如此作秀的城管》……"

城管摇摇头笑着走了。

虎姐笑出了眼泪。

八

一家家发廊，一个个舞厅、娱乐城点燃了这个城市的夏天。

它们像一朵朵紫色的烧夜饭花，到了傍晚，支棱出一个个小喇叭来，晕染着城市的犄角旮旯。小弄堂一夜之间由灰色变成绯红，女人们闪着腰肢，穿着廉价的长筒丝袜，抹着地摊上的香水，嘴唇像一朵朵夜饭花，盛开着。

虎姐脱掉了白跑鞋，换上高跟鞋，在一家天地娱乐城做服务生。

她思忖再三，城市诱骗了她，倾家荡产买了个城市户口，现在，她就做一回城市的主人。不能选择出生还不能选择工作？与其再去私人老板那里没日没夜打工，流水线上累得半死，还不如伸展腰肢在这旖旎恶臭河边走走，反正，她只是端盘子，不出台，早点赚满三万元，回家盖房子。

娱乐城特别火。来的客人大都有素质。下海经商的，都是知识分子，他们从冰冷的办公桌到闪着霓虹、晃着美人的娱乐城，一下子有点不适应，就像从冬天一下到了夏天。他们的笑有点僵硬，他们看妹子的眼神也不很放肆。

虎姐基本上就是在 KTV 包房里面帮客人服务，倒倒酒，点点歌，下下单，搞搞卫生，偶尔会和客人喝一两杯。

李思明带着客户在月季包间，认识了虎姐。那天他是带着一个秃顶的客户来谈生意。

虎姐在布厂练就了腿上的功夫，脚底生风，端着一瓶红酒一个果盘进了包间。

秃顶问会唱歌吗？

会，但没用麦克风唱过。

会什么歌？

《滚滚红尘》《潇洒走一回》，哦，还有一支老歌《金梭银梭》。

李思明笑了说："坐下吧。"

一开始虎姐还有点紧张，不知道手往哪里放，腿往哪里搁，随着他们谈话的深入，她也渐渐放松了。

李思明把果盘推到虎姐面前，说："吃吧。"

虎姐真饿了，小心翼翼地把桌子上的果盘和干果全吃了。眼前皮肤白净，戴着金丝边眼镜的老板，有些面熟。

李思明透过眼镜细细打量，眼前的小妹有点乡气，没有一丝风尘味，纯天然，像地里刚刚拔起来的一棵玉米，透过嫩绿的叶子，隐约可见白嫩的肉，咬一口就会淌水。牙齿特别白，比玉米还白，两颗小虎牙不时露在外面，说不出的可爱。

临走时，李思明塞给她 100 元，灰绿色的大票子，虎姐一下子脸就红了。

李思明留下一张名片说，小妹，有事打我 Call 机（寻呼机）。深深地啄了她一眼，手都没碰她一下，走了。

这是虎姐的第一桶金，崭新的一百元，郑重地放进包里。

一般都是到凌晨两点下班，虎姐甩掉高跟鞋，换上白跑鞋，骑上单车回出租房。

凌晨的小城，就像睡熟的少女，没有设防，只有袒露的秘密。

虎姐在水龙头下冲澡，对着镜子拭干身上的水珠。自从她进了娱乐城，总是三番五次地冲澡，感觉沾了那里混浊的气息。之前在纺织厂混堂里洗浴，冲洗干净细纱的颗粒、灰尘，冲洗掉一天的劳累，倒床上就能入睡。到了娱乐城，半夜三更的洗澡，觉得自己是个鬼魅。鬼魅看见镜子里粉色的乳头，像棉铃子刚炸开的乳房，还有黑骏骏的丛林里隐藏的秘密。她叹口气，自己抚摸着身体，自己抱着自己，昏昏沉沉睡去，一丝不挂。她梦见缪泾水边无边无际的稻田，金黄色的稻穗下面，一个雪白的屁股若隐若现。这不是阿狗的儿子在拉屎，也不是金娥的相好在撒野，白屁股一下子不见了，她居然看到了李思明镜片后面的眼睛，湿漉漉的，虎姐的下体也湿漉漉了……

天地娱乐城每天都有黑压压的几十个 KTV 小姐，有抽烟的，有化妆的，有玩牌的，有姿色的就先被叫去试台，先被选上的，下台就有可能翻台。她们眼影闪着魅惑，眼珠子像波斯猫，红唇唱着情歌，指甲留得长长的，一律穿着旗袍。渐渐地，虎姐学会了抽烟、喝酒、玩骰子，特别是那个骰子，真的是奥妙无穷，骰子六个面、八个角，它们旋转着，像一张张的鬼脸。掷骰子的力道要稳，不能让骰子有太大的倾斜。手指要亦真亦幻、亦轻亦重，五个手指担当不同的角色，从指根到指尖，感知骰子的面和角，甚至是每一个点。

旋转的骰子，旋转的人生。是他们在玩骰子，还是骰子在玩他们。不管谁在玩，都是一样的脱轨狂欢。

缪泾的春天，几十年没大改变。

风吹一口气，湖面就皱了，闪着无数的珠贝。

鸭子、呆鹅从竹园里摇摇摆摆走出来，一不小心脚底踩到了春笋的芽尖。

它们一律用喙蘸蘸水，像书法家甩掉毛笔上的水，它们扑腾进碧水里，然后开始泼墨画，吸水吐水，荡出一圈又一圈的涟漪，或把头探到水底，亮出嫩黄的脚蹼，在跳水上芭蕾。

它们不时仰起身，拍打羽毛上的水，小心翼翼地啄着翅膀，名士般风流悠闲。

鸟儿挂在树上打瞌睡，不需要什么席梦思。绿色的叶子嫩得钻心，个个像翡翠。

桑树吐绿，蚕种变青，它们同步而默契，像是一二一商量好的。

更多人家新翻的二层楼超过了桑树顶。只有虎姐家的五路头，如母鸡趴窝，不声不响，似乎在韬光养晦。

自从开始用了化肥，罱河泥是往事了。水泥船也不到上海装垃圾、酱糟，金娥也很少站在船头。

虎爹的背被风吹弯了，两鬓也长了白发，挑担有些吃力。

虎娘夜里做不动针线活，躺在床上，就叨念虎姐。这细娘也是倔，当年如果不拿走那三万元买户口，楼房造好了，女婿上门了，孩子都满地跑了。

虎爹打开铜锁，从旗台抽屉里，小心翼翼捧出一个木盒子，盒子里放着老娘的一副细金耳环，还有红绸布包着的户口簿，摸了又摸。

十年风水轮流转，五年一大变啊。虎爹叹了口气，之前没户口，没法进城，现在倒好，阿猫阿狗都进城了，连隔壁大狗家的儿子，初中一毕业就进城在剃头店扎头烫头，头发染得像红头苍蝇。喜红家的女儿到了什么"铅铁皮"做领班，回来那是画眉毛点胭脂，打扮得像野鸡。唉，要是我们的细娘是这样，看我不敲断她的腿！

只有虎猫躺在藤椅里的一件滑雪衫里，抱着鼻子打呼噜，那件滑雪衫是虎姐上高中时穿的，死活要给虎猫当垫被。自从虎姐去了城里，虎猫开始夹紧尾巴过日子，只是春天来了，它也会情不自禁飞檐走壁去相亲。和河对过的黑雄猫抢老婆，大打出手，还撕掉了它一块皮。

有太阳时坐在屋檐上，看看桑树上的一对鸟夫妻，倒是恩爱。想想阿四家的那只白脚花狸猫，总是有一股骚气，它虎猫绝对看不上眼的。打打呼噜，叹叹气，感觉世道真的难以琢磨，虎姐不知流浪到了哪里。

九

虎姐在天地娱乐城摸爬滚打了三个月，慢慢适应了这里的空气。

她穿的那双高跟鞋，后跟磨出了血，血结痂脱落长出新皮，再磨破，再结痂，久而久之，长出了一块厚皮，它能耐受皮革的磨蹭，让脚如履平地。脚掌悬空着，脚趾挤压在一起着地，趾甲盖变紫变厚，像跳芭蕾舞的演员，虎姐学会了猫步。

她沾上麦克风了，那个黑色的玩意，传出来的声音空灵有质感。会唱的歌曲也越来越多，她爱上了莫文蔚的那首红遍大街小巷的《盛夏的果实》。

> 也许放弃　才能靠近你
>
> 不再见你　你才会把我记起
>
> 时间累积　这盛夏的果实
>
> 回忆里寂寞的香气
>
> 我要试着离开你　不要再想你
>
> 虽然这并不是我本意
>
> …………

别人下台后会跟客人去吃夜宵，虎姐不去。

她不出台，不管什么人，给多少钱。

同伴 K 在另外一家酒吧上班，就是陪客人唱歌、喝酒、跳舞。陪跳舞也是有规矩的，除非你想多要小费，可以穿低胸的裙子，可以贴着客人跳。

跳舞的有不少毛头小子，跳着跳着，就不对了。

K 逗他，"喂，你今天裤袋里放了个什么东西，硬邦邦的。"

小伙子窘了。"大姐，我怕天黑，回家找不到路，带了个手电筒。"

K 笑了。"下次，不要带这个玩意来，现在都有路灯呢！"

小伙子连声答应，舞曲一停，赶紧往卫生间跑。

K 也有次被客人灌醉了，喝了红酒又喝啤酒，喝了啤酒又来白酒，她吐得一塌糊涂，人靠在包间里，几乎不省人事。她记不清客人往她内衣里塞了多少张票子，反正干掉一瓶塞一张十元的，她豁出去了！

尖叫声、笑骂声混合着音乐，镭射灯转着鬼魅的眼睛，她被三个男人推来搡去，也成了一颗骰子，在天地间飞转……

天气越来越燥热，大家都有脱掉衣服裸奔的念头。

只有沿街的梧桐树，如老僧入定，无视红男绿女，熙来攘往，骄阳都不能烤焦他绿色的桂冠。只要进入那条梧桐长廊，火气就会消弭三分。突突跳动的太阳穴感受到一股清凉，鼻尖、眼眶、头顶，渐渐地一片清明。

人们摇着大蒲扇，躲到树下、桥边。

古桥如玉环半沉，因有了老梧桐，玉润的质地有了风骨，破损的石子，成了它的沁色。它成了这个西风东渐的江南古城的文化符号，唯一可以凭吊之地。

虎姐一觉睡到了中午，人泡在汗堆里，冲了把澡，匆匆套了条黑白格子的海军裙，看上去像个刚毕业的大学生。对着镜子，耐心地画起了眉毛，画眉深浅入时无，只可问窗台上的一盆吊兰。

下午两点刚上班，领班就喊她，有人等你半天了。

谁啊？

"是个海盗。"领班吐了吐猩红的舌头。

海盗？虎姐头皮一阵发麻，眼皮突突跳了起来。领班回身扣了扣自己旗袍领上的纽扣。"真像加勒比海盗，不过，应该很有钱。"

透过包房的大玻璃，看见一个瘦高个戴眼镜的男人，胡子拉碴，头发留得很长，皮肤晒得很黑。如果不是镜片后的那双眼睛，走在大街上，虎姐保准认不出他。

"你刚出海回来？"

李思明笑笑，"我的黑珍珠号触礁了！"他的面容有些憔悴，点了根中华烟递给她，"说吃饭了没？"

虎姐摇了摇头，不响。

"你等我下。"李思明长发飘飘，一晃出去了。等他再回来时，手里拎着一个肯德基的大袋子。

"快吃吧。"

李思明痴痴地盯着虎姐，看她雪白的牙齿咬着芳香的鸡腿。

"今天，你一天都陪我。"

虎姐点了点头，不响。

"我离婚了！老婆孩子去了日本。"

李思明吐着烟圈，眼圈有点发红。

十

李思明是响当当的科班出身，毕业于名牌大学。在乡镇中学当语文老师兼班主任，如果不是这股下海风潮，他会安安分分地吃一辈子粉笔灰。

李思明的老婆王斐是个会计，眼见着周围的人，开厂的开厂，经商的经商，腰包个个鼓起来，哪像李思明这样，清汤寡水的，辅导几个学生，送来的什么蚕豆、蒜苗一麻袋，靠这样，他们的日子就是一碗吃不饱也饿不死的阳春面。学校里分配给职工的两室一厅，还是问丈人丈母娘挪借了一笔钱。

王斐是个小脚女人，个子不高，但身体圆润。小脚踢踢李思明毛茸茸的大腿，"哎，你怎么不跟你姨妈去混混，人家好歹是做拖鞋的，还出口日本。"

"我一个教书匠，去做拖鞋，怎么可能!"

王斐翻身趴到李思明的身上，"戆出棺材，谁叫你去做拖鞋，是让你去跑业务，你抓紧学学日语，和鬼子打交道，用得上。"

李思明任由王斐摆布，她一屁股坐在他的腿上，两个雪白的"馒头"随时随地要泰山压顶，他求饶。

王斐的嘴唇粘了上来，油烟虫般嚅动在他的眼睛、耳朵边。

"戆出棺材，我来帮你想想办法，人要活络起来，不要教死书，死教书，教书死，懂吗!"

"哎呀，吃不消!"他想撼动上面的那座"糯米大山"，又白又糯又黏。"你的重量加上你的爱情，我要变成肉饼了!"

王斐看了看床头的闹钟，一笑，"二十五分钟后，我就去上班，现在我们一起来做饼!"

"糯米团子"滚动着，像在一个老灶头上蒸着，灶膛里的火明明灭灭，水不温不火，铁镬子半死不活。李思明翻身跃起，添柴加水，不到十分钟，只听得秸秆燃烧噼里啪啦，水温不断攀升，"糯米团子"两颊绯红，就像缪泾人造房起屋、新娘子回门时青瓷碗里的喜团，上面点了一点胭脂红，咬一口像天上的云朵。铁镤子散发出的钢热，让竹蒸笼秒秒变形，袅袅升腾的雾气里，散发出各种的滋味，"糯米团子"沁出豆大的汗珠，彻底软瘫，发出狮子般的低吼。

李思明办完了停薪留职手续，三年之内，如果被海水淹没，还可以退回岸上，在中学任教。

这里是五百多年前郑和七下西洋的起锚地，开创了海上的丝绸之路。

思明远洋船务有限公司挂牌，三尺讲台换成了阔达的老板桌，李思明小心翼翼，如履薄冰。他只会在乡间的小河浜里狗爬，到了大江大海，还真不知道会不会翻船。

王斐拿出了十万积蓄，就指望着李思明出人头地。她不想一辈子待在这个撒泡尿就到的小镇上，她要飞，她对李思明的爱，就像白糯米的团子，越滚越大。

李思明去了趟北京，带了肉松、糟油、燻鸡、米花糖，寻访一表三千里的表叔李鸿源，他在北京一部委里任职多年，从三十年前的三副、二副、大副、船长，到远洋国际货运公司总经理，再荣升部里的小领导，李鸿源的成长史可以写成一部史诗。李思明拿了小本子一一记录下了表叔的故事，也许是李思明的懂事真诚感动到了表叔，表叔收下了千里迢迢带来的家乡特产，发起了莼鲈之思，答应李思明做出了样子后，他就回故乡去看看。

李思明可以租到最好最便宜的远洋货轮，配上海员，跑一些热门线路。再把船分成七十二家房客，小块出租给别人，他坐收渔翁之利。

从一个教书匠摇身变为远洋船务公司老板，李思明只花了三个月时间，让"糯米团子"惊讶不已。李思明做啥像啥，斯文又不傲气，总是给客户一些赚钱的机会，自己得大头，大家都分享，他去北京表叔那里的次数也越来越多，知道表叔顶留恋家乡的桑果，酸酸甜甜，吃了牙齿墨黑，他会托乡下的朋友去桑树上采，还包下了一片桑园。怎么把江南的桑果用最快的速度运输到北京？好办，凡是表叔下属单位的人都可以帮忙，一路绿灯。表叔吃到江南缪泾水边上的桑果果，好像又回到了童年。

一切都顺汤顺水，李思明给老婆的生日礼物是一辆 LS400 型凌志，他喜欢这个名字，凌云之志，多么锐意，又沉稳低调。特别是车内的设计，儒雅端庄，利落简洁，就像他们家传的明式老鸡翅木椅，淡雅古拙，宁静祥和，温柔细腻到骨子里。这辆低调内敛的车，也只有李思明懂得，一直开着它，无论是风雨交加的高速公路，还是风雨欲来的江堤海边，李思明能感受到凌志这颗心脏的醇厚律动，它载着他云淡风轻，鼓浪前行，直到东窗事发。

那是一艘从美国西海岸返航的货轮，被人夹带了 40 公斤的可卡因，一船的货物被查封。

十 一

李思明似乎有些落魄，他心爱的凌志车已经转手，老婆也拿了一百万远走高飞。

他开始迷上了卜卦，她会答应嫁给我吗？在灵机一动的当下，李思明的六枚铜钱变化出阴阳之爻。

这天，虎姐没有喝酒唱歌，李思明也没有。两个人一直有一搭没一搭地聊着。

能跟我出去吗？

到哪儿？虎姐犹豫。

李思明买了单，站起来就走。虎姐来不及换鞋，跟着他深一脚浅一脚地走在凌晨的街道上。

没有一丝风，衣服紧紧贴在身上，他们两个像是从水里捞出来的一样。

他拉着她的手，走过影剧院，走到古桥上。

桥很古老，成吉思汗年代建的，脚踩上去，每块石子活的，脚底心就像一群小鱼在亲吻。

李思明闪烁的眼睛像星星，他记得古桥的来世今生，它叫兴福桥，鸦片战争时，英军打到这桥上，古城的男女老少，拿着锄头、扁担和英兵对打，吓得英军落荒而逃。兴福桥给百姓带来了好运气，保住了一城人的性命。前几年古城拆建，有个日本人要出重金把桥买走，整体搬迁到日本，老百姓气得扛着锄头出来保卫。桥留下来了！女儿出嫁，儿子娶媳，都要到桥上走一走。你摸摸，青石栏杆上还雕着穿枝牡丹，可惜断了。

他叹了口气，摩挲着漆黑的栏杆。

水无声地流淌着，白天它有些浑浊，漂浮着一些烂菜叶、油污，到了晚上，被星星月亮洗白了，流水微弱地呼吸，睡了。

李思明脱下自己的 T 恤，铺在石桥上。

她靠着他的肩膀，坐在古桥上。李思明说，这古桥上曾跳下去一对痴男怨女，每年七月十五子夜以后，会有人看见他们的魂在桥头拥抱、接吻。

虎姐一笑，露出两颗白亮亮的虎牙，她倒真想抱着李思明从桥头跳下去，成为另一个传奇。

她熟识水性，无数个酷日，和众多黝黑的小出棺材，从滚烫的石桥顶，扑通一声跳进缪泾水里，一个猛子能扎好远。缪泾水清澈香甜，她有几次都沉浸在河底的奇景里，一种从未有的欣快感让她睁大眼睛，探看着河底的水草和淤泥，有一道道被罱泥网划过的痕迹和更深的秘密……直到岸上有人喊救命，有人拿了长竹竿来，她才一个激灵如一条穿条鱼，一跃而起。

虎姐看着李思明痴痴地笑了。她想到梦中的那个白屁股，竟然伸手摸了他的屁股一把，那是穿着西装短裤的一个屁股，不是梦中的那个圆润，似乎还有点湿。

突然一个古希腊式的高鼻子压了下来，他的眼镜差点掉在她脸上，他的胡子不肯服输地摩擦在她的脸颊，又痛又麻又酥。舌尖叩开她有点干裂的唇，长驱直入，吮吸着她，如猫之舌轻舔人心，突然一阵眩晕，让她几乎窒息，刹那间一对虎牙咬了上去。

李思明疼得差点叫出来。

"告诉你，我下过岗，端过盘子，陪人家喝酒唱歌，活得很卑贱，这是我第一次和男人接吻！"

"嫁我好吗？"

"凭什么？"活了二十三岁，第一次有人说要娶她，虎姐有些恍惚。

"你是一个纯真善良的女孩，不要在娱乐城混下去了！我能养活你！"

"我自己能养活自己！这么久了，多坏的人我没见过？逼我下台后出去吃饭的，不出台骂我不给小费的，陪了好几个小时忽然把我赶出去要换人的，还有几次三番想办法把我灌醉，要想破我身的……你究竟还能有多坏？"说着说着，她哭了起来，仿佛要把她来到这个城市，所受的屈辱，都要哭出来！

李思明把她搂在怀里，抚摸她的肩膀，亲着她长长的头发。

虎姐心软了，闻到的是他夹杂着烟草味的汗味，他光着的膀子有点凉。

"相信命吗？我会算卦，来前就算过。"

"如果你不和老婆离婚，会来找我吗？"

"会。"

"为什么？"

"第一眼看你，心就'咯噔'一下，不知道为什么。"

虎姐摇摇头，我脾气不好、工作不好，我不跟你玩，你是老手。

一道闪电突然划过夜空，夹着沉闷的雷声。

李思明也是一道闪电，迅雷不及掩耳。虎姐的乳房被闪电照亮，那一刻，她是女神。

他们在古桥上缠绵，虎姐的脊背被古桥石刻的花纹抵得生疼，他抢掠了她的缝隙。她不是屏风上的花朵，是慢慢舒展了茎叶，倚靠着含情伫立的桥栏，悄悄绽蕾的牡丹。

十　二

虎姐离开了娱乐城。

爱巢筑在古桥边。

那是幸存的几栋没有拆迁的老房子。高高的马头墙斑斑驳驳，陈年往事结在盖满松针的小青瓦爿里，碧绿的爬山虎占了半壁江山，一棵百年的雪松默守在东南角，宝塔的身形，荫蔽着众生。鸟儿们在绿塔里梳妆、聚餐、谈婚论嫁。蚂蚁匍匐在它的脚掌下窃窃私语，排兵布阵。蜗牛扭动着触须，驮着它的小房子，开始了一步一叩首的朝圣之路。那宝塔的顶端，就是虎姐的卧室。

虎姐开了又关上窗户，这种木雕的窗盘镶嵌着玻璃的，还是头一次见，下面两块毛啦啦的玻璃，让人想起上海百老汇的霓虹，八个木环围拢着一只蝙蝠，木环精致圆润，如果摘下来戴手上，像一轮上弦月。

这才是人神共居的屋子。李思明有点得意。"中式就是让人舒服，民居是一种意境，也是一道参不破的禅。就像我离开了大海，才懂得了大海，远离了苏南，才知道苏南的味道。白墙就是我们粗茶淡饭的生活，屋脊就是我们起起伏伏的命运，每一片瓦就是一道沧桑的皱纹。"

那张红木的老式床像一艘结实的船，亚麻布的帐子鼓荡着海风，他托着她裸泳，像两条笨拙的胖头鱼，忽前忽后，忽左忽右，总是踩不准节奏。河底的水草和泥床散发出梅雨天的味道，混合着青滋气，熟稔又陌生，有点像海苔的腥气，让虎姐有点窒息。李思明吻她时，她总想起人工呼吸，带着烟草味的气息，被她深深地吸入肺叶，火辣辣的味道在舌尖弥漫到全身。李思明是老水手，劈波斩浪，俯仰之间已抵达宽阔的江面，他们的碰撞有时是惊涛拍岸，有时似马尾轻触蛇皮，如泣如诉。猝不及防，银瓶乍破，虎姐的惊喜如一道闪电划过漆黑的水面。夜已深沉，他们像两个幸存的人漂浮在苍茫的海上，任凭浪头拍打。风平浪静后，他长长的手臂揽住她的肩膀，讲远洋的故事。

海总是那么深不可测，总有一些航船在丝绸之路上沉没，总有一些水手，在甲板上躺下，再也没有起来。有的灵魂会搭乘新的航船，重新转世投胎，有的只能成为海底的生物。一次远洋途中，他途经马六甲海峡，船长说总有个硕大的发光"轮子"在水下跟着他们。船长不停默念阿弥陀佛，是不是老祖宗在显灵。有个姓郑的水手，说他看到过人鱼，它的前胸和后背如同女人，肤色白皙，头发乌黑油亮，下端是一条海豚般的尾巴。

海员有信奉基督的，有信奉妈祖的，航船出发前，他总要去天妃宫敬香。每次起航，人总有一种莫名的亢奋，沿途的风光让你着迷，热带丛林遍布两岸，高达五层楼的常绿乔木随处可见，各种藤萝攀缘着植物，像天罗地网缠绕在巨树之间。而一旦海和天变了脸，风暴来袭，乌云密布，海就是倒扣的天，天就是倒悬的海，汪洋中的一艘小船，在海天的缝隙中挣扎，随时都可能葬身海底。人真正渺小到一粟，只能祈求海天不再发怒，航船才脱离险境。如果你看到了海鸥，彼岸就在眼前。水手是那么喜欢海鸥，尽管它们没有衔橄榄枝。它们是海上的精灵，如果海鸥雪白的腹部贴近海面飞行，那么将是阳光灿烂，如果它们沿着海边徘徊，像哲学家一样思考，就会变天。如果它们高高飞翔，嘴里不停地叫着集结，成群结队地飞向海边，那么暴风雨就要到来。

一千零一夜的故事，常在凌晨前讲完。纹窗半开，月明如昼，他们沉沉睡去，像尾鱼。

她沉迷于他的故事、他的声音，沉迷于每个夜晚与他相拥而眠。

十 三

李思明的二手桑塔纳奔驰在江堤上。他的脸膛变得黑红，腰围慢慢增粗，长发飘飘，就差胳膊上一条青龙的文身。什么是江湖，什么是社会，他走出了校门才明白。不是鼓励知识分子下海么，等真正下到海里，才知道这时代的弄潮儿，不好弄。"弄潮儿向涛头立，手把红旗旗不湿"，那是诗。

十年河东，十年河西。思明远洋船务有限公司已经没有资本再做远洋航运，表叔退休，人走茶凉，最要命的，这当口，一个海员夹带了40公斤的可卡因，整艘货物被扣，作为法人代表，他没坐班房，已经算走运。他现在能做的只是港口船舶服务，报报关，协助船舶入境，提供一些服务。

现在的思明公司只有两人，总经理和副总经理。他们坐在一间办公室，合用一辆桑塔纳。副总经理郑成国，原本是个文艺青年，嘴巴一张就是新闻联播，他的声音充满了磁性，个头矮小，戴副眼镜，从小他做着当主持人的梦，高考几次落榜，整整五年的折腾，参加自学考试，取得了汉语言文学的专科文凭。他天天守候在电视台的门口，希望台长能发现他这个天才！

只要他在电视台门口一出现，半条街就沸腾了。

他站在路边的一辆三轮车上，大段大段地背诵："在苍茫的大海上，狂风卷集着乌云。在乌云和大海之间，海燕像黑色的闪电，在高傲地飞翔。一会儿翅膀碰着波浪，一会儿箭一般地直冲向乌云，它叫喊着，——就在这鸟儿勇敢的叫喊声里，乌云听出了欢乐，在这叫喊声里——充满着对暴风雨的渴望！在这叫喊声里，乌云听出了愤怒的力量、热情的火焰和胜利的信心……"

"喂，别再叫喊了！"

城管的摩托车停在他边上，大盖帽下，一双眼睛露着凶光。"再喊，就把你送精神病医院去！"

围观的人哄堂大笑。

郑成国向大家深鞠一躬，扶了扶眼镜，清了清嗓子："观众朋友大家好！今天是五月二十一日，农历的四月初八。欢迎收看今天的新闻联播节目。本次新闻的主要内容有……"

"哎哟喂，这不是罗京的声音么，字正腔圆的。"

有人叫起了好，有人鼓起了掌。

"再来一个啊!"

一条马路被围得水泄不通，远远传来警车声，城管收敛了笑容。

"你，违法占路，影响道路交通秩序，拿证件出来!"

"你，哪个单位、哪个部门的，请您出示证件!"

城管撸起了袖子，冲着对讲机"哇啦哇啦"喊了起来，郑成国一看苗头不对，咪溜一下钻进了人群，一眨眼不见了。

如此这般，还是没有见到台长的面。只是听说台长是退伍军人，会相面会看病，火眼金睛，他到城里晃荡一圈，总能在人堆里扒拉出几个可以当主持人的料。

郑成国不死心，在电视台马路对面的水果摊边上踱步，遥望着紧闭的铁门、高高的电视塔、电视塔上自由飞翔的麻雀。看一辆辆采访车进进出出，看一个面孔有一个平方米那么大的主持人，骑着一部果绿色的捷安特神气活现地进去，门卫腰间挂着警棍，向他端端正正地行了个军礼。

郑成国从水果摊买了只皮球大的西瓜，大摇大摆地过了马路，往电视台里闯。

喂，登记下，找谁呢?

"我找那个刚进去的主持人，他是我同学，我给他送个西瓜进去。哎，你们那个台长，今天在吗?"

"你说是男的台长，还是女的?"

"男的，男的。"

门卫探头看了看，"哦，车子在的。"

郑成国的心跳了起来。

门卫开始打量起他来，"好像哪里见过你？"

郑成国赶紧往里面走，边走边嘴里喊，"娄大爷，你下来，给你吃瓜呢！"

走进电视台那幢神秘的楼房，就像走进了一个迷宫，民生部、新闻部、专题部，紧闭的门窗，只有冷气冒出来，间或一个人抱着一摞录像带飞奔上楼，有人扛着笨重的摄像机出来。突然，他崇拜的娄主持，上面穿着西装，下面穿着大裤衩，啃着一根黄瓜，趿着拖鞋上楼，他抱着西瓜呆呆地看着，像在做梦。

电视就这样做出来的？

台长室的门牌，让他心跳到了嗓子眼。屏气凝神，敲了半天门，开门的是一个女学生。

台长在演播厅陪领导录制节目呢，你有事？

"没事，没事，我给他送一个西瓜过来，我……我是他的学生。"

郑成国打量着简陋的台长室，一台美的空调，"嗡嗡"响着，一张普通的办公桌上堆满了书报。

"要么你到会客室等他，估计还要一个钟头。"女学生头也不抬地说。

"那就告辞……告辞了，西瓜……你们吃……你们吃。"

走出大楼的一瞬，像刚从梦里醒来，有一些恍惚，有一些沮丧。抬头看见三十米高的电视塔，在台风云里耸立，棉花糖样的云，在塔尖缠绕，他走了过去。

凉鞋碰触电视塔的一瞬，脚底像被蜜蜂蜇了下。一阵酸麻胀痛，像一枚针灸针，强烈的针感从脚趾直抵腰背，不禁一个哆嗦，每跨一级都很踏实，又像踩在棉花糖里，一级又一级，他数着，一共一百五十八级，荧屏上的所有光彩，都是通过它发射的，传播给每家每户。电视塔，这县城的制高点，天空之树啊，钢铁的把手坚硬冰凉，他像摸着初恋姑娘的手心，泪流满面，风在他耳边呼呼作响，鼓荡起他的衣角，托举着他的身体，他欣快地踏上最后一级，在塔顶来了个金鸡独立。

他面对苍穹，纵情呼喊："电视台是我的啦！"

塔下围了一群人。摄像机、照相机像机关枪瞄准着他，有人举着喇叭冲他喊："千万不要跳，不要跳！"

警车响起来，消防车也呜呜地赶过来。

"年纪轻轻的，怎么想不开啊，是被情伤了？"

"是讨薪，农民工讨薪！"

郑成国笑了，扔下一只凉鞋，人群一阵惊呼。

一个女记者边嚷着边脱下高跟鞋，拿着话筒，往铁塔上爬，后面跟着摄像师。"请你保持冷静，保持冷静，有什么需求，请你说，我们帮你解决！"

"我要，我要，我要……"他本想说，我要见台长，我要进电视台，可最后几个字，还没有等他出口，就被一阵飓风刮走，两个特警不知什么时候来到他的身后，把他死死抱住。

终于，有摄像机对着他的脸了。

他理了理头发，差点笑出了声。

他用新闻联播的声音庄严地说："我只有一个梦想，就是进电视台，就是每天通过屏幕，向市民播报新闻，希望尊敬的电视台台长阁下，能不拘一格降人才！"

他没有想到，这段话在当晚的新闻里播了，只是，没有他的同期声，只有他的一张瘦弱的脸颊在摇晃，嘴唇在梦呓嚅动。

审片的台长没有听到他新闻联播的声音。

十　四

拘留所的人生，没有目的，没有意义。

郑成国像一只老鼠跌进了一个乌黑的缸里，不管有没有米，都要兴奋地上蹿下跳，探个深浅。

他的声音依然迷人，拘留所里的失去自由的人，成了他的铁杆粉丝。

听他的声音必须要有颗安静的心。

娄城拘留所所长王国民，很安静，曾经的文艺青年，喜欢朗诵，他令郑成国为"仓"里的人读报。

七天，郑成国当了七天的朗读者，读得他口干舌燥、热泪盈眶。他随便读一段文字，都会让拘留所里的人流下忏悔的泪水。

王国民舍不得他走，说："兄弟，祝你好运！"

郑成国留下了地址和电话，说："王所长，我可以来你们这里打扫卫生，只要能给我时间读报！"

王国民，刚刚做好一排雪白锃亮的烤瓷牙，全羊宴宴请朋友。他用白瓷汤勺舀着一碗飘着碧碧绿蒜叶的羊肚汤，白牙齿充满仪式感地接触着美味，羊血滑嫩，羊肚筋道，羊肝喷香……这些美妙地组合在一大锅羊汤里，吃得大家寒冬里鼻尖冒汗。

他一说起郑成国的声音，就特别的温柔，大家都放下碗筷，听他模仿。

李思明正津津有味地啃着一只羊脚，突然羊脚落地，说："这个人，我要了!"

李思明允许郑成国在工作之余听广播，听他说话。这个曾经的语文老师，也迷上了他的声音。

郑成国是天才，新闻播得好，是硬功夫，诗歌朗诵得感天动地，那是有真才实学、真情实感，郑成国把枯燥乏味的股票行情读得如行云流水，字字珠玑。

李思明突然醍醐灌顶，拉着郑成国，来到人头攒动的东吴证券。

一九九七年五月，大盘回落后在 1000 点至 1100 点之间，李思明带着幸存的八十万家当，和郑成国破釜沉舟，进军股市。

虎姐家低矮的围墙边，十姐妹花刚噘起粉红的嘴，粉嘟嘟的肉肉的小嘴，怎么看都像虎姐的嘴。

虎娘坐在门边上，托着青边碗吃粥，碗上有半块咸鱼，惹得虎猫踮起了脚尖，猫额直蹭虎娘的裤管，虎娘夹了一筷子鱼给它，它一口吞了再讨。白洛克鸡远远望见，眼睛红了，鸡冠头也红了，扑棱着翅膀，从院子里心急慌忙地赶来，冲着虎娘"咯咯"叫，得到的是几粒米糁。

王妹在围墙外喊她，她都没听见。王妹的大辫子变细了，她扔下一把蒜苗、两棵莴笋，说："你家虎姐啥时候吃喜糖？"

虎娘说："唉，这个囡跑到城里去，就不是我的囡了！"

王妹笑着露出向日葵样密密麻麻的白牙齿，说："细娘看中了，就顺毛撸，你家的细娘，比当年的银娥还要犟。"她拽了一大把槿树叶，去河滩边洗头了。

虎娘望着十姐妹花发呆。那花一簇簇，一团团，七朵十朵，热热闹闹，叽叽喳喳，占了半堵围墙，还把无数个红唇印到了墙外。十姐妹围拢在一起，是乡下大姑娘在说私房话，一阵风吹过，一串粉色的笑在水上漂浮。那粉色让斑驳的白围墙有了几分妖娆，三间五路头的平房，平添了莫名的喜气。十姐妹开了谢，谢了开，上次花开，正赶上虎姐回来。

现在，这些鸡啊，鸭啊，还有虎猫统统成了虎娘绕膝的囡，包括对着一家家一户户叫的布谷鸟，还是那个声调——快快种谷。

门前的三亩小麦，已经挑旗怀胎，到了立夏，就长胡须了。

还是农村好，屋前有树，屋后有竹，出门见水，鸡鸭成群，呼吸一口，都没有城里的汽油味。为啥要往城里跑？女儿的魂是丢到了城里，丢到了那个姓李的人那里了！

半年前，虎姐带着李思明回了缪泾。

桑坦纳车停在了半里外的电排站，门前的煤屑路太窄。

虎娘在田里种菜秧，见一部黑轿车，下来一男一女。女的穿水红色的羊毛裙，男的西装笔挺。第一眼认出虎姐的不是别人，是虎猫。尽管虎姐身上搽了半里外都能闻到的进口香水。

缪泾人都晓得月月红布厂不红了，虽然虎姐门口的十姐妹花还开着，那里的姐妹都散伙了。没想到不满一年，虎姐穿着高跟鞋红裙子回转了，还跟着一个派头不错的男人，气势不凡。

虎姐对乡邻们招牌式的点着头，微笑着，像迎宾小姐。

虎娘抓到一只白洛克，要杀。虎姐拦牢，虎娘不由分说，一刀割在白洛克雪白的脖子上，鲜血滴在一只青边碗里，放了水和盐，边用筷子搅边说，"呒啥，乡下的鸡鸭早晚是吃胚。"

李思明把两条中华烟、两瓶五粮液往台上一放，还有一个鼓鼓囊囊的大红包。说丈人丈母，今朝登门求婚，毛脚女婿第一次上门，多多包涵。

虎爹虎娘手搓着围裙不知所措，似乎幸福来得太突然。眼前的后生，长得不错，看上去还有文化，开轿车，有本事。虎姐呢，白了胖了，眉眼身材都变了，唉，也不好再说什么。

灶间，虎娘问烧火的女儿，"你阿是拖囡了?"

"啊，这个你也看得出?"

"唉，你个细娘啊，早点不来讲，我们也好有个准备，看来只好四只脚拜堂了！几个月了?"

"两个月不到点，我们领过结婚证了，寻了人帮忙的，没罚款。"

"你们认得几何辰光了?"

"不满一年。"

"唉，你个戆细娘啊，识人要过三个黄梅四个夏，万一是个骗子，哪能办？"

"骗子？我投河，寻银娥去！"

"不许乱嚼蛆，不吉利的闲话少讲！"

虎姐吐了吐舌头，一副贼腔。她不敢告诉爷娘，李思明是二婚头。

虎娘拿出了看家本事，烧了满满一圆桌菜，比过年还要丰盛。虎爹吃了一盅酒，面孔宣红，看着上门女婿，喔嚅了半天说，我们房子太小了，等你们回来，没地方住，本来想翻楼房，人家两层楼、三层楼，我们的房子最不上台面。

李思明端起酒盅，给老丈人敬酒，说："阿爹，你放心，我现在在炒股票、期货，等到赚了一点，给你五万，造两层楼房，你们老夫妻享福，等我们城里买了商品房，你们来城里住住。"

虎姐抱着虎猫，在吃螺蛳炖酱，说姆妈烧的螺蛳就是好吃，都是在河滩边摸来的，让李思明也吃。虎猫与他们同桌，伸出前爪勾螺丝屁股，吃得胡须乱颤，心花怒放。虎姐乐了，我要抱虎猫进城，估计它也像四年前我那副戆腔。

十　五

它开在缪泾不起眼的宅边地，花瓣脆弱，轻轻一吹即破，说不上漂亮，有点邪气的妖冶。结出的果实，只要切一小块，放在锅里，白菜变成松鹤楼的翡翠白菜，扔在羊肚汤里，鲜得你打耳光不放。它不是十姐妹，不是香水月季，也不是夜里开的水姜花。

缪泾人说，乡下人吃橄榄，草屋全耙翻。吃这个果果，草屋全耙烂。

猪拉肚子了，只要在猪食里加半颗果果，第二天，猪猡猡就鲜龙活跳、满圈跑。

这神秘的花朵，名叫罂粟。

它在缪泾消失了。

李思明是虎姐的罂粟。只要一个礼拜不见，虎姐全身难过，"毒瘾"发作。必须抱住他，像抱着救命稻草。

只是她无法紧拥他，乳房像即将炸裂的气球，青色的血管如蚯蚓爬满前胸，乳晕大了一倍，像是宣纸上晕染的墨团，乳头是成熟的桑果，乌黑，发亮，马上要滴出汁来，只要轻轻一碰就疼得心颤。她渴求他的抚摸，能减轻初孕的恐怖。更恐怖的是夜晚，她浑身的每个毛孔都充满了欲望，他们不得不分被而眠。

她饥渴的手指钩住他的手指。常常她会在半夜钻进他的被子，她隆起的小腹碰到他毛茸茸的肚皮，就像小鸟跌入了灌木丛里。她睡意蒙眬地趴在他的身上，感受他皮肤下的血管里窜动的火苗。他轻轻拍打着她的背，像父亲拍打着女儿："蓝天，白云，沙滩……"他哄着她入睡。他们隐忍着，克制着，抵抗着体内暴涨的激素……

无法抵抗的各种奇怪的梦，死死缠绕着虎姐。金娥在草垛上和情郎野合，她扭曲的身体像一条白蛇，男人变成了一条巨大的蟒蛇，她尖厉的叫喊惊飞树上的麻雀……她梦见一个陌生的男人拦腰抱起她，两个人狠狠砸向水里，在水中飞奔嬉戏，他进入她的身体，如干柴遇到烈火，在身体炸裂的一瞬，她发现伏在自己身上的是一头健壮的公牛……

一个个鬼魅的梦魇，让她人呼小叫地惊醒，她分不清黑夜白天，梦境现实，只能死死抓住枕畔的男人，不顾一切地重回梦中……清醒过来，小腹阵阵剧痛，她哭，被急送医院。

李思明吓得直哆嗦。女人和女人，真的是千差万别，"糯米团子"怀孕时，基本不让他碰，十月怀胎加上坐月子，他做了一年半的和尚。

终于熬过了头三个月，虎姐被折磨得瘦了一圈，她害怕那些稀奇古怪的梦，不知腹中的小兽是什么投胎。

在这个小城，法国梧桐一到春天就复活。盛春的梧桐，几十个年轮了，还聊发少年狂，顽童般漫天吐着白色的花絮，忘了自己高贵的出身，尽情地狂欢，钻进行人的衣服、头发和鼻孔，让弱不禁风的城市人直打喷嚏。人们如躲避瘟神一样地躲着它们，戴上厚厚的口罩，披上长长的风衣。

证券公司笼罩在一片梧桐树里，在李思明眼中，这是个吉兆。

起初他不屑于炒股这种赌博样的营生，什么时候加仓，什么时候减仓，什么时候满仓，什么时候平仓，是老谋深算，是灵机一动，也是听天由命。

交易大厅的椅子不多，为了给李思明抢到座位，郑成国早上五点不到就赶到证券交易大厅门口排队，一如当年凭票供应副食品，起早排队等候是炒股的前奏。他还随身带好一只钓鱼凳，万一抢不到，就抢块地盘。在人山人海的大厅里，盯着不断跳动的数字，一秒钟红了、一秒钟绿了、一会儿眉开眼笑、一会儿心惊肉跳，骂娘的、拍大腿的、咧嘴乐的、哭丧脸的……交易大厅汇集了人世间的悲欢。股民们吃饭、午休都在那里，就差在那里打地铺了，直到交易闭市才各回各家。

这里是能让钱"生"钱的地方，大家都是带着自己的血本来排队开户。那天，郑成国提了一皮包现金，交给工作人员，如释重负般叹了口气，一家一档全在这了！

李思明瞄上了代码是600068的葛洲坝股票，每股发行价6元，先买进一千股，不到三天就赚了四百元，继续跟进，三天赔了一千四百元。郑成国急得直跳脚，李思明递了根香烟给他，说："去买张《参考消息》。"

虎姐的肚子一日日伟岸起来，她白天见不到李思明，只有晚上能逮着他。帮她汱脚，她肚皮大。

李思明屁颠颠地过来，把洗脚桶里的水添上，又提了瓶热水放在一边，随时添加。

"不行，你也得过来，一道汱。"

李思明乖乖地把大脚丫放在水汽氤氲木桶边上，先下水试试水温。虎姐的一双脚，怀孕后长了脚气，她喜欢热水滚烫的一瞬，整只脚浸泡在木桶里，感觉每个毛孔都异常欣快，比理发店的小伙子，用棉签给她掏耳朵还要引发生理反应，她把李思明的一双大脚压在水底，烫得李思明差点蹬翻了木桶。

她示意李思明抱她上床，李思明有点犹豫，虎姐勒紧了他的脖子，舌头探进了李思明的嘴里。

她伏在李思明的身上，像儿时刚学游泳时，伏在一扇木窗棂上。那种窗盘，是打开老屋的一个通道，古朴扎实，雕刻着简单的花纹，时间都凝固在那里，从从容容，任斧柯烂尽。她愿意这样抱着他，可以贫穷，可以疾病，只要他在身边，在每个午夜梦回的时分。她突然疼惜起眼前的男人，认真地亲吻起来，抱着他恍若飘在盛夏的缪泾水里，柔嫩的水草滑过她的脚踝，水里有着太阳的香气、草木的香味，还有李思明舌尖的香甜。丝绸一样的水流，让她芳心荡漾，她的泳姿已经非常娴熟，现在是她引领着遨游，起起伏伏，无边无尽的爱河，是他们唯一的港湾。还没有扎几个猛子，她的身体就被击中。

芒种到了，郑成国说："有芒的麦子快收，有芒的稻子可种！"

李思明笑了，说："平仓。"

葛洲坝以 22.90 元一股收盘。

李思明对数字并不敏感，一个文科生，敏感的是文字背后的内容。《参考消息》是他解读国内外经济发展情况的密码。更多的时间，他会待在报亭，看各种各样的报纸杂志，获得不同视角的资讯。他发现每只股票都有不同的个性，和人一样，有的性子慢，有的性子急。股票也像女人一样，你可以爱一个两个，摸透她们的脾性，去分析她们起起伏伏变幻莫测背后的逻辑。如果你想拥有七十二嫔妃，想当皇帝，那么你离爆仓也不远了。

每天，他踏进交易所，看到的是一张张亢奋的脸，顾客盈门欢天喜地，却暗藏着杀机。他能敏感到，危险将在下一秒钟发生，很多股民将像羔羊或狼群一样被一双看不见的天空之手宰杀。他比任何时候都关注每天的《新闻联播》，每条新闻背后传递的信息，他都第一时间记在笔记本上。

一九九七年六月二十六、二十七日两天内，深圳、上海两大股市共上市新股十六只，创历史上市数量之最。上市总量达6.88亿股。他用铅笔记录下这一历史时刻，说不上是喜还是忧。

他对郑成国说，鸡蛋不能放在一个篮子里，我们分一半做期货。

当他接触了更刺激人神经的期货，看见那些做期货的人，无异于在吸毒。不过什么营生不是在刀头舔血？即便股市期货是个大赌场，即便人生就是一次豪赌，他李思明也得豁出去。

李思明的车子，绕过一个像鲨鱼骨头样刺向青天的标志性建筑，进了老家古镇。

这是个讲究吃的小镇，是吃客和馋食精的地盘。李思明的爹李阿元在镇上有一个卖熟食的门面。

阿元熟食店的招牌菜是肚子和猪头肉。自从李思明考上大学，阿元和老伴就在镇上租了家小门面，卖卖熓货。阿元的猪肚做得出奇的好，卖相好味道赞，是下酒的好菜。同样的一只猪肚，别人煮好只能切切半盆，他煮的可以切一大盆，白熓的肚子，鲜嫩有弹性，一闻到肚香，大家的肚子就会咕咕叫，直唱空城计，口水往肚里咽。凡胃口不好的，来这里切半个肚子回去，保准你第二天食欲大增。一条街上的人都喊他肚子阿元。

猪肚做得好，一半要归功于阿元老婆的巧手，所有清洗的生活都是她做的。人家清洗猪肚用粗盐和白醋，她还要加上一把面粉。在猪肚的一端剪开一个小口，把肚子翻过来洒上配好的料，小心搓洗，搓一次清一次，循环往复，直到猪肚不发滑，没有一点异味。

一只只猪肚里，都塞了洋瓷盘大小的稻柴包，几分几秒进锅，几分几秒出锅都不用掐秒表。掀开锅盖，熥香四溢，里面的配料，也是李家祖传。

虎姐对于熥香的记忆来自幼时虎爹买的熥麻雀，小时候的香味，几十年后，都没能重新找到。过年了，虎爹虎妈会天不亮就出发，走六华里，去镇上排队买个猪头。一年也就吃到一个猪头，虎娘会把一个猪头变幻成各种菜肴，猪头肉，猪头糕，猪耳朵可以腌起来，挂在屋檐下。直到滴油了，才舍得摘下来，放在饭镬上蒸熟，虎娘小心翼翼用薄刀切得比纸还要薄，吃荤油拌饭时，每个碗里放三四片，那就是丰盛大餐了。

虎姐不相信头上包着毛巾、抱着猪头拔毛的就是自己的婆婆，她有着李思明一样的脸庞，一样的眼睛和鼻子，嘴巴一张，露出两只大金牙。想来是啃猪头啃坏了牙齿。

她喊了几声妈，婆婆只抬了一次头，停下泡肿的双手，说："阿大，等歇歇猪头入大镬，你帮忙烧火，会吧？"

虎姐赶忙说："会，会的，从小就会烧的。"

她麻利地在灶前打草把，一只花猫匍在灶脚跟取暖，她把它抱在怀里，猫咪眼睛结着眼屎，艾艾地冲着她叫，架空的树柴在灶膛里噼啪作响，那些还泛着绿意的枝条，在烈火中发出轻微的叹息，流出像眼泪一样的乳白汁液。

"阿大，你是属老虎的，我们家思明属兔，不相冲，也不相合。"婆婆把一只干净猪头放到铁镬子里，走到灶前说，"我们大人只巴望你们太平过日脚，有我们老夫妻俩一口饭，就有你们一口。"

虎姐赶忙点点头，说："姆妈，我能吃苦的，我做过纺织女工的！"

李思明看着虎姐和姆妈蛮热络，舒了口气。

李阿元接过儿子递来的烟，把他拉到一边说："之前王斐你没看牢，带了孙女到了日本，这个细娘我听说了，他们的老祖宗是海盗上岸的，你看她那两根眉毛笔直像两把刀，不是贼胚定是强盗。"

李思明尴尬地笑笑说："虎姐是个好细娘，你们放心，我们不吃饭了，马上去交易所，你们好好照顾自己！"

李阿元掐掉烟，定定地看了眼儿子，"什么交易所，别把自己的身家性命也交易掉。还是一句话，做人，踏实点，不吃亏！"

回来的路上，虎姐一言不发，副驾驶上端放了一只煮好的猪头，猪鼻子很大，猪眼眯缝成一条线，像是在嘲笑。

李思明叹了口气，小镇上的人啊，就是现实！

十　六

蚕豆花开黑良心。

蓝眼睛喜欢缪泾的花，不管白的黑的。蚕豆花是一只只蝴蝶，它们不想飞了，长在嫩绿的豆萁上，白色、紫色的花瓣，黑色的芯，豆花香是淡淡的，一点儿不冲鼻子。当太阳猛烈地照射时，它们的香味飘很远。

虎猫，每天在蚕豆地边转悠，它恋上了蓝眼睛。

蓝眼睛是落难到乡下的白雪公主，蔚蓝色的眼睛，雪白无瑕的长毛，最让虎猫着迷的是蓝眼睛那根像芦苇一样蓬松的长尾巴。蓝眼睛的叫声婉转柔媚，小粉红的鼻子，小粉红的嘴，像野蔷薇。

虎猫远远尾随着它，蓝眼睛上桑树，它在树下踱步；蓝眼睛上房顶，它趴墙根；蓝眼睛在水渠边捞鱼，它对水自照。蓝眼睛喜欢花花草草，村里的第一棵杏花开了，它第一时间守在树下，桃花、梨花、槐花次第开放，蓝眼睛总是第一时间赶到，看着花瓣飘落，蓝色的眼睛无限忧伤……

蓝眼睛是林黛玉变的，楚楚可怜。虎猫这样想，更有了怜香惜玉的心。

虎猫偷了王妹家的一块咸鱼，叼给蓝眼睛，蓝眼睛嗅了嗅，扬长而去。

虎猫不死心，一次蓝眼睛在蚕豆花边打盹的时候，以迅雷不及掩耳之势，扑上去，想霸王硬上弓。蓝眼睛回过头来，幽怨地瞟了下，用雾般轻柔的爪子，拍了下它的脑门。虎猫的心顿时融化了，傻呆呆地看着蓝眼睛离去。它"喵喵"喊了两声，也不见它回头。

缪泾水里的鸭子，虎猫能分辨出哪只是它们家的。它们早出晚归，在水里倒立，在田埂边磨嘴啄泥，截细的脖子，独想促祭(吃)。这是虎娘经常说的，每次虎娘从筷头上省下吃的，虎猫是头一号轮到的，它总是叫嚷，喵，一点点，就一点点！

开豆腐作坊的老倪倌，新近养了一只黑漆漆的猫，像煤球一样黑，没一根杂毛，只有眼睛是铜黄的。它原本在镇上的俞家羊肉面馆过得舒坦，脖子上栓了根细麻绳，蹲在小店门口，像招财猫。饭店里客人吃剩下的羊肉羊杂，统统进了它圆滚滚的肚子，半年不到，乌油滴水，浑身上下散发着一股羊骚味。一个月黑风高之夜，它一声长啸，咬断麻绳，飞檐走壁，到处游荡。它蹲守在母猫出入的地方，不分种族老幼，扑将上去，为非作歹，俨然成了猫中的南霸天。

"南霸天"扫荡每家的厨房，什么生猛海鲜，都成了它的美味，甚至是蛇医家养的蛇，都被它咬死。直到有一天，被蛇医用一张大网兜住，押送到俞家羊肉面馆。它在网兜里龇牙咧嘴，毫不畏惧。

受害者家属们拿着笤帚、被拍、擀面杖过来，要好好教训下这只撒野的猫。被咬伤的大白猫主人，是个教书老先生，戴着瓶底一样厚的眼镜，拿来一只蛇皮袋，颤抖着胡须，对俞家羊肉馆的俞老板说，这猫不单单咬伤我们家母猫，还咬死了母猫下的小猫，子不教父之过，猫不教人之过，它犯了死罪，必须装蛇皮袋沉河！

俞老板不断作揖赔罪，"我罪该万死，凡被'南霸天'伤害的猫家属，我统统赔偿你们的损失，这是我家的羊肉面票，在这里分给大家，一点点心意！这只猫交我，放心，决不会再来骚扰大家！"

说完他当着众人的面，把"南霸天"塞进蛇皮袋。

俞老板提前关门歇业，给小店上了门板，把"南霸天"从天井里拖将出来，叹了口气，"唉，你这货色，我今天可以把你炖了，把你扔进市河，想想这辈子，我与你结缘，给你好吃好喝，原本想让你吓唬吓唬老鼠，招财进宝，谁知你这样撒野，千不该万不该，待你太好，今晚，我要对不起你了！"

"南霸天"在蛇皮袋里挣扎，哀号。老板娘抹着眼泪过来说，"畜生，谁让你伤天害理的，老俞家从来没有对不起人家过，就是你这个小畜生干尽坏事，我看你还是早早转世投胎去吧！"

俞老板拎着足有十斤重的"南霸天"，走到市河的古桥上，西风吹得正紧，河水深不可测，远远传来寺庙的阵阵梵音，伴着古塔上的风铃。这一刻小镇特别安详，妥帖，连"南霸天"都念起了经。

俞老板改变了主意，提着蛇皮袋朝寺庙走去。

寺庙犹如一只展翅的凤凰，掩映在百年的古银杏树下，梵音里涤荡人心的檀香，让人醍醐灌顶。

"一念嗔心起，火烧功德林，阿弥陀佛，善哉，善哉!"一个和尚，解开了蛇皮袋，摸了摸"南霸天"的头，双手合十道，"猫命有九，通、灵、静、正、觉、光、精、气、神。让它留下吧!"

第二天，"南霸天"蹲在佛座下，屏息静听，早课晚课，木鱼声声。

一个礼拜后，它跟着去寺庙送豆腐的老倪倌回到缪泾，看起了米屯、黄豆屯。老倪倌说，这只猫叫阿来，是住持晓光法师起的名，受了佛法的加持，可乖哩!

十　七

李思明的桑塔纳给了郑成国，自己开着辆簇新的福特天霸。这是他做期货不到一个月的战绩，二十二万八千元，是当时娄城人十年的薪水。

他请了一位远近闻名，白发白须白眉的风水先生，在城里转悠。

车停在城南的一片新楼边，最高的有十九楼。李思明说："我看中最中间的那幢十九层高楼，真的鹤立鸡群。"

风水先生摇了摇头："说，不可?"

"为何?"

"危楼高百尺，手可摘星辰。"这种孤高独耸的楼，住久了，容易得自大症，房主会陷入困境而孤立无助。

李思明将信将疑。

他们又来到一处城北的楼宇，小区苏州园林设计，假山水系，花架，古亭，走廊，草坪，古树，果树苗木，木地板栈道，让人心旷神怡。

李思明问，此地如何？

风水先生答："山环水抱，聚气有情，可以考虑。"

"那选哪幢楼呢？"

风水先生捻捻胡须，沉吟片刻，指指东南边的那幢。"紫气东来，买此房者，前途未可限量，千万不要买这西北边的一幢。"

李思明不解。

此楼背后是大厦，玻璃墙面反射成煞。有此煞容易夫妻失和，让人情绪激动，孕产期妇女住不得。

李思明对风水先生佩服得五体投地，塞了一个大红包，定下了凤凰台的一套三居室。

虎姐捧着彤红的房产证，连虎牙都在笑，说："你还欠我缪泾一幢楼。"

李思明摸着她的肚子说："不入虎穴焉得虎子，钱都在股市期货里，老丈人哪天破土动工，我哪天到账。"

不知从什么时候起，缪泾清一色黑瓦白墙的民居中，冒出了一幢幢五颜六色的小洋房，不中不西，不洋不相。有的是穿中装戴花帽，有的是穿西服配马褂，有的把好端端的白墙换成土黄色的瓷砖，远远望去像一座佛堂，有的索性来个红配绿，红墙绿瓦，好生妖娆。有的房子像碉堡炮楼，有的是缩小版的克里姆林宫，楼顶装着金光灿灿的大金球。

为了让宅基地更大，很多人砍掉了几十年的竹园子，打起了围墙。小河、竹园、桑树、民居的风景画，已经完全变了模样。只有在梦中找，在吴冠中的画里寻了。

杏花、春雨、江南，没有粉墙黛瓦做衬，还是江南吗？

虎爹看着自家三间五路头的平房，感觉是清朝的遗老，每次他走过别人家的洋楼，都低着头。唯有一次，有几个扛着长枪短炮的人来到村里，唯独对着他家的黑瓦白墙，左拍右拍，横拍竖拍，特别是那些木门木窗，屋顶上长了草的小青瓦、门口的木槿篱笆，拍了半天。

一个反戴鸭舌帽的，还请他和老伴拍了好几张照，他们对着在马桶边晒太阳的大虎猫，更是"咔咔咔"一通狂拍。

七十二座房屋是七十二变的孙猴子，反正，他是老了，变不动了！

只要放下农活，虎爹就琢磨，女婿能给我十万大洋，我一定把房子修成个园林模样，一定还是粉墙黛瓦，清新淡雅，如初出芙蓉，又似小家碧玉。那简单的颜色，非黑即白的生活，踏实。就像乡下放露天电影，不管什么电影，虎娘都要问，这个是好人还是坏人啊。多么简单，多么明白啊！在黑瓦白墙里过最简单的日子。

他盼着，虎姐肚子里的囡，在田野里打滚，在河水里扎猛子，他愿意带着他，套知了、捉鱼虾、照螃蟹、钓黄鳝，白白胖胖的像灶头上的画。虎娘已经给他准备了小棉袄、小鞋子。

银娥的未婚夫，在兴福寺出家了五年又还俗回了城里。每年，这个城里的男人，都要回来看银娥一家的。

他依然光头，头上的戒疤还在。喜欢唠叨：银娥，生不逢时，时不与我。当年最看重的户口，五年不到，就成了萝卜青菜了，人要想开些，什么都是身外之物。

他给虎爹点了一支红塔山，说，我不后悔出家。周围的朋友，下海的下海，经商的经商，炒股的炒股，赚钱的赚钱，跳楼的跳楼，我两手空空，还有一份剃头的手艺，在兴福寺，我迷上了剃头，剃掉三千烦恼丝。师傅说："你想家吗？"我说："想。"他又问："你觉得最放不下的是什么？"我说："最放不下的是冤死的银娥，还有年迈的双亲。"他又问："如果人生重来，你会做什么？"我说："如果有来生，我就带银娥回缪泾，我耕田来她织布，我挑水来她浇园。"师傅说："你已经为她念了五年的经，转世轮回，说不定她又来找你了，青灯黄卷，不是每个人都能有的，你还俗去吧！""我又回来了。"

虎爹听着听着眼泪流到了嘴里，又苦又咸。他和虎娘一商量，进城去！

十　八

虎爹只有女婿李思明的一个寻呼机号。在村办公室请人拨打了半天，还是没有回复。虎爹背了个蛇皮袋，虎妈挽着个大竹篮，就直奔路边的车站，搭上一辆从常熟开出的客车，一路站着到了娄城。

还是二十年前，越剧《红楼梦》电影红遍了天，"天上掉下个林妹妹"在村里唱开了，唱得最起劲的是金娥，只会唱那么两句。让村里的男客，吃点心时都眯起了眼睛，说她就是缪泾的林妹妹。她扭了扭脖子，对着河水照了半天。王妹看见了，"呸呸呸"，吐了三口吐沫。为了看《红楼梦》，缪泾村的几个男客，借了几部脚踏车，横档上坐一个囝，书报架上坐一个，手里还抱一个。虎爹不会踏脚踏车，就坐在阿狗的车上，三十多里地，足足用了一个半钟头，虎爹的屁股像被打了三百大板，一瘸一拐地跨进娄城唯一的影剧院。他们来迟了，银幕上，贾宝玉已经和林妹妹见面了！

二十年没进城，城市大变样了！

老夫妻俩出了车站就像没头苍蝇。不辨东南西北，虎爹眯着眼找太阳定方向，找不到，太阳被城里的高楼挡掉了！

"老出棺材，心急吃不了热豆腐，说来就来，现在到啥浪去寻女儿女婿！"虎娘数落老头子。

一辆黄面的在路边揽客，看见一对乡下老夫妻在拌嘴，司机黑苍苍皮肤，戴着一顶旅行社的鸭舌帽说："我带你们去找女儿女婿。"

虎爹像碰到了救星说："我女儿，原来是月月红布厂的。"

司机说:"几年前我用三轮车送过一个乡下小细娘,就是进这个布厂的,不过厂已经卖掉了!"

虎爹说:"我女婿在炒股,炒股怎么炒的,要烧柴火?"

司机笑了:"老伯伯,这个炒不是那个炒,这个炒股啊,是你死我活的战场、坟场,穿着西装进去,炒几日就赤卵回转。"

虎爹塞了一包炒黄豆给司机说:"你千万要帮我们寻着这个炒股的地方。股不就是屁股嘛,城里人有病,炒什么屁股,你们城市的屁股在哪里?"

司机说:"走,上车找屁股去!"

黄面的在股票交易所门口停了下来,司机收五块。虎爹说:"不就开了一歇歇吗?我们从缪泾乘车到城里只收一块,你敲我竹杠啊!"司机笑了说:"你看计价器,我没有多收你一分钱,五块是起步价,还有半个钟头,股市交易结束。赶紧到屁股里去,寻你们的宝贝女婿,看他身上阿是输得滑塌精光了!"

虎爹拉着虎娘,背着大包小包,钻进交易所的人群,像看露天电影,踮着脚尖,盯着一个红红绿绿的大屏幕看,每个人的颈骨都拉长得像鸭子,又像一个个被操控的木偶人,一会儿头往东,一会儿头往西,不时地"哦,啊,哇……"。突然,一个女人披头散发地冲出来,和虎爹撞个正着,抓着虎爹问:"说——哪里有河浜,哪里有河浜……"

虎爹吓得半死说:"缪泾……缪泾有,水大的……大的……"

女人一路叫:"跌停了,全部跌停了,一路撕着手里的毛票,抛向空中……"

一个穿真丝 T 恤的男人，看着虎爹虎娘，没好气地挥挥手说："保安呢，保安人呢，真是噱头，哪能让乡下人也来炒股啊，你们黑良心啊，这样大的年纪，不是要了他们的老命嘛，赶紧走，离开这里！"

虎爹虎娘，被人推来搡去，虎爹在人堆里就差喊救命。

李思明摘下墨镜，戴着像《上海滩》里的许文强一样的礼帽，大喊一声："阿爹，姆妈！"

人群顿然安静下来，郑成国字正腔圆地喊，"借光，借光，大家让一让，我们'东方不败'的丈人丈母来了！"

福特天霸在娄城最豪华的酒店停了下来，虎爹虎妈在旋转门里转了半天，转得头晕眼花，像走进了西洋镜，好不容易被女儿一把拖出转门。

李思明请丈人丈母上座，虎姐腆着肚子，坐在边上给阿爹姆妈剥阳澄湖大闸蟹。大圆台面上转动着精致的菜肴，还端上来一大盆像盆景一样的东西，冒着白气。虎爹剥开一只肥美的公蟹，舀了玻璃碗里的一调羹汤汁，刚想浇在蟹上，李思明眼疾手快，拿出一个空碗："阿爹，这个是用来洗手的！我也想金盆洗手了，只是我现在骑在虎背上啊！"

"什么，你骑在我背上？"虎姐瞪了他一眼，

"不，不，我骑的是公的，不是母的。"李思明边说，边塞了一块蟹膏到虎姐嘴里。"照理怀孕不能吃蟹，今天让你过个馋瘾，吃一点点啊，否则养出来儿子一天到晚吹泡泡。"

虎姐笑了，"姆妈小时候骗我，吃了鱼子就要愣子。我偷偷

吃了好多鱼子，怎么不愣啊?"

虎妈吃了一块云山雾罩冰山上的一坨肉，想吐又不敢吐，包在嘴里说，"老古话还是有道理的，你就乖一点，过几个月就生了，抱着孩子，来乡下请亲眷们吃个喜酒。"

虎姐挤了点碧绿的东西在白瓷碟里说："姆妈，你吃的是刺身——三文鱼，生的，要蘸芥末吃。"

"我们还好在那个炒股店碰到你，实在逼急了，只好去公安局派出所寻你们了!"虎娘说完夹了一筷绿色的东西，放到嘴里，还没有尝出什么滋味，嘴巴里一阵火辣，舌尖引爆了一颗炸弹，一股比薄荷还呛人的气味直冲鼻腔一直炸到脑门，一把鼻涕一把眼泪，虎娘像笑又像哭说："我以为我要死了!"

"都怪我不好，姆妈，吃刺身要这样，要分三步：先在刺身上放一点芥末；再把刺身对折过来，裹住芥末；最后用刺身蘸一点碟子里的酱油，放进嘴里，这是吃日料的礼仪。"虎姐做着示范。

我们开洋荤、出洋相。吃片鱼要这么吃力，我们乡下人，就吃吃青菜烧鲫鱼吧!虎爹直摇头。

席间，李思明从包里拿出一个红本本，放到丈人手里说："阿爹，这十万块是乡下造房子的费用，什么时候要，就去银行领。"

十 九

李思明的智商比普通人高出一筹，半年来在期货市场搏杀，是一等一的高胜率。

每当他出现在证券交易所，一群散户潮水般地围拢来，仰望着"东方不败"，今天开仓的是铜还是铝，平仓的是大豆还是小麦。他抄过铜的底、大豆的底，有过一个星期翻二番的成绩。

没有胆识的人不必来做期货，有性格缺陷的人更不能做期货，一点点市场上的风吹草动，都可以让你判断失误、倾家荡产。

一念进天堂，一念下地狱。

李思明不分白天黑夜地潜心研究，胡子不刮，头发不剃，脸都不洗，看累了倒头就睡，睡醒了，随便吃两口就又瞪着兔子样血红的眼睛再看。

如果哪天他从交易市场回来，脸色铁青，一头扎进书房，虎姐半个字都不敢问。如果哪天他提着酒菜回家，抱起虎姐，狂吻，那八成赚了钱。

李思明就像换了个人，一会儿豪情万丈，慷慨激昂，一会儿面沉似水，沉默不语。

一个风雨交加的夜晚，大风刮得梧桐树都在瑟瑟发抖，郑成国搀着满身酒气的李思明回家，他嘴里不断重复着："酒，太淡，血，正好！干！"

郑成国看着虎姐一天天大的肚子，直摇头，说："嫂子，你还是劝劝李总，见好就收吧！"

"亏了？"虎姐胆战心惊地问。

"唉，今天又是砍仓出局，亏损二十多万，其中配资亏损十五万！不是盈就是亏，反反复复啊，嫂子，我们就像西西弗斯的神话，每天把石头推上山顶，石头又滚下来，然后又得重新开始推。"

"亏了的钱到哪里去了？"

郑成国擦了擦额头的冷汗说："亏了的钱，鬼赚去了，交易所？庄家？期货公司？高手？这个期货市场，说白了就是销金窟、绝望谷，我要走了，永远离开这嗜血的市场！"

郑成国把桑塔纳车的钥匙，放在虎姐手里说："嫂子，现在撤，还来得及啊！"

李思明烂醉如泥地躺着，惨白的面孔，像死人一样。寂静的深夜，突然爆发出他的一声尖叫："摸顶了！随后又归于沉寂。"

虎姐抱着李思明发抖，他们像是汪洋中的一条船。她突然明白：投机是在欲望的大海里远行，幸运地避开了一个恶浪，另一个更险恶的浪又接着扑来。她不敢哭泣，怕动了胎气。

第二天黎明，在李思明睁开眼睛的一刻，她冷冷地说："你再做期货，我们离婚！"

缪泾的秋天说来就来，门前桑树的叶子开始落了，虎爹和虎娘忙着搬场，虎猫跟着跑进跑出，鸡啊鸭啊预感到有什么大事要来临，收拢翅膀，叽叽咕咕地交头接耳。夫妻俩把一些老家具、农具搬到王妹借给他们的一个小房间，老两口准备在春节前办竖屋酒，孙子出生，新楼房造好，双喜临门！

包工头杨老板吸着阿诗玛，双手捧着一只搪瓷杯，里面泡了枸杞菊花茶，整个面孔都隐没在香烟和茶的热气里，只露出一个大而圆的酒糟鼻。杨老板给老夫妻俩报账，满打满算，两层楼房三上三下要四万六！拆旧房子的费用另加，杨老板提醒：屋正对缪泾河，在桥堍下，还冲浜兜，要请老法师来看看，定个好日脚拆房动工。

虎爹给杨老板加满水，又塞了一包阿诗玛香烟给他。杨老板拍拍胸脯说："你们放心，我造房子不是一家两家了，你们虎姐是个厉害角色，女婿又是大老板，保准你们用最低的价格造最好的房子，超过隔壁两家！"

虎爹忙说："不要超过，千万一样高低，否则伤了和气，我们只要平常房子，拜托！等房子造好，请你吃竖屋酒和满月酒！"

杨老板的红鼻子在烟雾腾腾里更加红扑扑得可爱。

二　十

风轻轻拨动古塔上的风铃。

一只猫一脸慈悲地趴在佛堂前，双脚并拢着拜佛。香客的脚步都惊动不了它，它就那么虔诚地趴着，两眼一眨不眨地看着佛像。冰冷的砖头都被它毛茸茸的小身体焐暖。它一声不吭地拜佛，呼吸如古塔上的风铃一样轻微，它的法号叫小觉。

晓光法师盘坐莲台，一串黄色花梨佛珠，在指掌间流转，散发着清幽的木香，每颗佛珠都有一张可爱的鬼脸，被捻出玄奥的光芒。他捻转着清风明月，轻弹指，百千三昧，化作一件时光的袈裟，他和佛珠都呈现一片金黄。

胖头小和尚推开木门，提来一壶水，身后跟了一个人。

来人见了晓光，扑通跌坐蒲团。

"南无阿弥陀佛。"晓光撩起玄黄的袈裟，起身给他递上一盏茶。

"请教法师，我们的股票期货输得一干二净，怎么才能扳回一局？"

"阿弥陀佛，狂心一歇，歇即菩提。不赌世间富贵，诸恶莫作，诸善奉行，金盆洗手，回头是岸。"

来人睁开婆娑泪眼说："我愿剃度出家。"

"阿弥陀佛，罪性本空由心造，心若灭时罪亦亡。面壁思过，持诵《金刚经》。"

胖头小和尚托了一本经书给他。

"敢问法师，我能求个签吗？"

胖头小和尚拿来签筒。来人口中念念有词，一支签"当啷"落地，上书"抛却身心见法王，前程不必问行藏；若能识得娘生面，草木丛林尽放光"。

来人正是郑成国。

郑成国在寺庙的香烟里驻足良久，他躬身拜了又拜。

他是这里的常客，初一、十五，经常过来诵经，以求得片刻的安宁。他转身出门时，小觉用白色的小爪子掏了掏他的裤管。

郑成国蹲下身子，小觉看着他，一脸的慈悲，用额头蹭了蹭他的脚。他突然觉得自己还没有它幸福。

虎姐腆着大肚子，手里举着一把菜刀说："钱没有，只有命两条。"门口挤满了讨债的。

一个戴鸭舌帽的人，捶胸顿足，眼睛冒火，下巴颤抖："让你老公出来，问我借了三十万，三十万啊，我倾家荡产了！"

"什么'东方不败'，都败光了。"一个穿着围裙的女人跳着脚骂，你这臭女人，别想跑，一只苍蝇都别想飞出去。

一个黄头发的女人突然跪在门口，号啕痛哭，"借了我十万块，现在我老公得了癌症，还给我吧，这是我们的救命钱啊！"

更多的人默默地盯着门口说："什么时候还钱，什么时候走！"

110的车子下来几个警察，驱散了人群，把虎姐带到派出所做了笔录。虎姐央求警察，"把我关起来吧，关起来，我就不会被打死！"

二　十　一

一艘客货滚装船一声悲壮的长鸣，驶出码头，驶出长江。

"给我一瓢长江水啊长江水，那酒一样的长江水。那醉酒的滋味，是乡愁的滋味，给我一瓢长江水啊长江水……"

一个长发的男人，站在甲板上，面朝越离越远的长江，唱了起来。

海风夹着浪花拍打在他的脸上，很咸，很痛。他的歌声和抽泣很快被涌来的浪花淹没，他还是继续唱着，嘶哑地唱："给我一朵蜡梅香啊蜡梅香，那母亲一样的蜡梅香，那母亲的芬芳是乡土的芬芳，给我一朵蜡梅香啊蜡梅香……"

他在半夜时分怀揣着最后的一千元，拖着拉杆箱走的。

虎姐伏在他肩头，没有一滴眼泪。

腹中的婴儿叽叽叽地发出声音，他摸了摸虎姐的肚皮，头也没回。

这艘"金满仓"号轮目的地是日本下关。只要三十个小时就能抵达日本。他选择走水路，滔天的巨浪，或许能洗清他身上的污泥浊水，止不住的绝望的泪水，洒向了大海。

他曾几度徘徊在和虎姐第一次亲密相会的兴福桥上。

耳边响起虎姐咯咯的笑，她光着的脚丫子，在古桥上叮咚叮咚地走，黑白相间的石子，像钢琴的黑键和白键，一个个音符像一只只蝴蝶从她的脚尖飞起又落下。

他扑簌簌的泪，浸湿了石雕的牡丹，阑干拍遍。古桥下的河水里隐藏着多少痴男怨女的幽魂，他们手拉手，肩并肩，一二一地纵身跃下，飞上了天堂，谁能拆散他们！他几次想跳下去，仰望着夜空的星星，那是虎姐的眼睛。

自从他前脚踏进交易所，他的一生就注定成了一场豪赌。

他攥着前妻王斐的地址和电话，却没有勇气拨她电话。他凭什么要为一场交易而失去生命！人可以失败无数次，生命只有一次。"金满仓，银满仓，转眼乞丐人皆谤！"还是逃离吧，狗日的是我，我是狗日的！

一辆救护车，打着双闪，穿过宁静的深夜。

虎姐攥着一支签，那是郑成国给她的救命稻草。她死死地攥着这支签，血流汹涌，泪水决堤，都不曾放手。直到被推进手术室，麻醉药让她失去了知觉。

"是夜莺热线吗？我的一个朋友命悬一线，在人民医院，剖腹产大出血，她是 Rh 阴性 O 型血，她曾是一名纺织女工……"

郑成国的电话打进了当地一档直播节目——夜莺热线，他哽咽的声音在城市夜空里回荡，主持人都被他的声音击中，节目热线电话第一次被观众打爆。

寒风中，医院门口很快排起了长龙。卖茶叶蛋的老魏来了，怀揣着几十个热乎的茶叶蛋和一信封毛票。下岗的姐妹们跟着老标来了，出租车司机打着双闪来了，甚至来讨债的黄头发的女人也撸起了衣袖……

直播室接到台长的电话，说要组织党员团员捐款献血，还让主持人记下打来热线人的姓名和联系电话。他激动了好久说："这种声音太难得，我找了一辈子。"

一滴一滴的血浆，通过一根麦壳一样粗细的皮管，滴入虎姐的血管。她睁不开眼睛，几乎赤裸地躺在手术床上，身体像羽毛一样轻飘，她闻到了空气里弥漫的血腥和死亡，一个小生命在奋力吮吸着她的乳房，把她从昏迷中惊醒。

虎爹和虎娘在医生面前跪了下来，默念着阿弥陀佛，恳求大人孩子平安。医生叹了口气，高热不退，严重失血，已经用完了血库里的血，实在不行只能切子宫保命，如果一个小时内不输入1200cc 血，不知道能不能挨过今晚。

郑成国把老夫妻俩交给他的银行卡都刷了一遍，李思明留给他们造房子的五十万元，已经被李思明取得只剩下两块钱。

虎姐像一条搁浅在缪泾水边上的鱼，渴，渴，渴，她翕动着双唇，想要说什么。虎娘被医生允许进入手术室，她看见女儿身下的护垫都是血红的，差点晕过去。

虎娘把耳朵靠近她的嘴边，听她气若游丝的声音。

带……我……回……家……回……缪……泾……

虎娘泣不成声，一个劲点头。泪眼看见皮肤红红的一个男婴，吮吸着虎姐苍白的乳房。

一条水泥驳船，静静地停靠在兴福桥边。

虎姐被抬上了船，仓里铺着清香的稻草，一条盛开着红月季的厚棉被，盖在她和孩子的身上。

母亲的哭泣声里，一支上了年纪的橹，在水里，复活了生命，发出吱吱呀呀的声音。这艘水泥船曾经罱过河泥，运过稻谷，装载过缪泾人的丰收。船慢慢悠悠地在水里行走，如小脚的女子在乡间行走着，虎姐的心慢慢地不再激烈狂跳，呼吸也慢慢地放缓放匀。她觉得像坐在一顶出嫁的轿子里，她今天是缪泾的新娘。

我要回家了！

缓缓的流水，紧贴着她的背，她第一次感觉水是这样的温柔动人。她第一次感觉，她是水做的女人。夜空飘起了轻雪，落到水上，船舱里，一朵两朵小雪花飘到她的鼻尖，她闻到了蜡梅的香气。

越是靠近乡村，水波越是温柔，它们发出轻微的叹息，虎姐突然听懂了，从来处来，到去处去。

虎猫俯卧在她的头畔，轻轻舔着虎姐被汗湿的头发，咕噜咕噜地念着经。

老船在雪夜里飘着，摇摇晃晃地，向着家的方向，一步一叩首地飘来。

天就要亮了。

半夜猪叫

夜，无边无际。

缪泾水无声地流淌着，水面上笼着牛乳般的雾，裹着隐隐的香。北岸的蜡梅开始吐出嫩黄的幼蕊，南岸的迟桂花不甘示弱，半老徐娘了，风骚不减。她们憋着劲比赛，谁也看不清谁的脸盘，放出奇异的香。熟睡的人们蠢蠢欲动，小出棺材半夜"画起地图"来，老出棺材不禁抱起了身边的娘子……

雾，母亲的子宫，一只如老湖菱般的水牛角从子宫里露了出来，摇摇晃晃，角上滴着水，黑漆漆的鼻子在翕动。水牛坚硬的蹄子，踏破了胞衣，踏醒了还在做梦的人们。

"裹哩哩……裹哩哩"，发出这怪声的，是缪泾的猪，它在做着春梦，突然被人用稻草绳捆住了四脚，准备出栏。

半夜的猪叫，吵醒了缪泾。雾气中弥漫开了不安和血腥。在梦里，我正吃着一个青边碗里的竖屋团子，咬破了比雾还要白、比云朵还要软的皮子，正准备咬那一小坨喷香的黄豆猪肉馅，突然，猪叫，热气腾腾的团子和青边碗没了踪影，懊恼和愤怒，让我一骨碌从被窝里爬起来。我们刚刚学过《半夜鸡叫》，现在，正在上演着活生生的半夜猪叫，主角是一个脸上长满了麻子的女人，我们都喊她麻姑！一听到凄厉的猪叫，我就骂道："周扒皮在杀猪了！"诅咒她脸上多长一颗麻子。一只可怜的猪猡，马上就要被拖到"刑场"上，我也只能钻出暖烘烘的被窝，点上美孚灯，闻"猪"读书！

麻姑杀猪，是村里一大景观。一个身材高大、满脸麻子的女人，穿着黑围裙，戴着黑袖套，头上扎了块红方巾，腰里别了一包杀猪用的家什，她走路虎虎生风，带着一股煞气，刚走到猪圈，猪已经竖起耳朵，不停地呼号。

一个冬天的下午，大队仓库场上，围了一群孩子。一只黑毛猪，被捆了四脚，拖到场上，惊天动地号叫着。麻姑在临时砌的行灶里，放了树茅头，烧火煮水，树枝噼啪作响，火苗舔着黑锅底，孩子们疯了样围着仓库场奔跑，嘴里嚷着："麻姑杀猪，麻姑杀猪！"只等杀猪好戏开演。麻姑神情肃然，擦干净杀猪刀，放在长凳上。她整理了下衣服，微闭双目，双掌合十，面向南方，口中念念有词："救苦大仙……在人罗天上……儿气紫微天宫……"她的颗颗麻子，随着她的叨念抖动起来，整个缪泾仓库场一片肃静，连号叫的猪都悄无声息了！

我傻眼了。

俗话说"放下屠刀，立地成佛"。麻姑，拿着屠刀，立地成佛！

麻姑叩念完毕，只见她嘴衔着尖刀背，左手抓牢猪耳朵，把它掀到长条凳上，二三百斤的猪力气还挺大，麻姑狠劲用右脚踩住猪猡，一个村里的年轻人帮她拽着猪尾巴。杀猪刀连柄不过九寸，刀宽不到两寸，柳叶样轻巧，迅雷不及掩耳之势，白刀子进红刀子出，鲜血喷入大木盆。麻姑紧握着猪的嘴巴，猪挣扎着，残喘的呼呼呼声渐渐消失。

　　麻姑把猪送了到西方极乐世界！

　　整个仓库场一片沸腾，猪血冒着热气，有一大木盆，被两个男人抬走，孩子们围着黑猪指手画脚，有的要吃猪头肉，有的要吃猪肚子，还有的要吃猪脚爪。麻姑喝令他们闪到一边，和她男人一起把猪架到一个木梯子边，拿起带血迹的杀猪刀，在猪后脚割开一道口子，操起一根铁棍子，捅了进去。铁棍在猪皮下游走，孩子们尖叫："给猪猡挠痒痒，痒痒啊……"抽走铁棍，麻姑又把一个丁字形的气杖，塞到猪腿里，吹啊吹，只见她的麻脸憋得通红，猪猡的腿、肚子、全身慢慢鼓胀起来，像吹洋泡泡样，黑猪快被吹得飘上天了。孩子们在边上起哄，"猪脚臭死人啦，一年没洗脚，臭死麻姑，臭死麻姑！"

　　有个村人好奇，问麻姑，"在杀猪前，叩念啥？"

　　她一本正经："三官经。"

　　我暗笑：怪不得村里人都叫她"瞎缠三官经"。

　　麻姑怎么去杀猪？在我心里一直是个谜。妈妈说："麻姑不容易，有本苦水账。"

　　麻姑的亲婆桂糯本是缪泾一枝花，长得白嫩朵朵，日本鬼子打进来时，她才十六岁，和她妈妈躲在柴芦荡里，被鬼子发现，她妈妈苦苦哀求鬼子放了女儿，她愿意替女儿受罪。鬼子岂肯放过花姑娘，立即撕衣剥裤就地轮奸，桂糯羞愤之下投缪泾水自杀，被一个道士救起，后来嫁到讨不起老婆的李家。她不会生养，正巧，不知哪家，把一个婴儿放到道观玉皇阁前，李家夫妇抱养了这个孩子，取名道生。道生，吃百家奶长大的，胃口也大，桂糯家里没有好吃的，经常是黄萝卜梗煮点米粥，盛在钵头里，他一天吃了两顿这样的粥，到第三顿上就着地滚，要吃肉，没有肉，他操起钵头就往地上掼，村里人笑他，给他起绰号"掼钵头"。"掼钵头"是皮子筋，嘴巴里实在淡出鸟来时，就去砖墙里掏蜜蜂，去河里捉鱼摸虾。一次看见人家门口的一大钵头酱，豆瓣酱的香味引来了成群的苍蝇，也引来了他的馋虫，就用手挖来吃，这一吃一发不可收拾，糊得满嘴，吃得过瘾，直到酱的主人发现，大喊不好，小半钵酱没了，要吃煞人的！"掼钵头"差点引发哮喘，急得桂糯到处找野郎中，据说最后吃了羊咩咩的屎才好的。后来，他跟了村上一个杀猪的洪阿二去打下手，总能拿点槽头肉、猪下水回来孝敬父母。"掼钵头"很精干，拜了洪阿二为师傅，后来杀猪为生，娶了我家一个远房亲戚，生下麻姑。麻姑名叫珍珠，聪明伶俐，夫妻俩宝贝得不得了。谁料一场天花，落下麻子，谁也看不上她。后来经人介绍一个外地人，据说是矿工，招为女婿，生了个儿子。夫妻俩给亲婆桂糯养老送终，造房起屋，日脚慢慢好过起来。谁知，儿子两岁时，突发高烧，麻姑以为是感冒，过了两天，儿子两腿立不起来了。夫妻俩到苏、州上海大医院都去看过，确诊是小儿麻痹症，家里所有的钱都花光了，还欠下一屁股债，孩子成了拐脚。祸不单行，麻姑的丈夫又查出矽肺，整天咳咳咳，病恹恹的，一家到了绝境。麻姑的阿爹"掼钵头"说："大概是我杀生太多，报应！还饥一顿饱一顿。"父女俩商量怎么办？"掼钵头"说："我只会杀猪，没有什么本事可传给你。"麻姑咬咬牙说："我跟你杀猪。"从此，大家就叫她麻姑了，倒把她的真名忘记了。

我听得泪汪汪的，鼻子酸酸的，以后我再不叫她周扒皮了。

后来我到合肥求学，寒假归来，妈妈烧了一锅红烧肉，满屋香。此肉是真正的土猪肉，喷香，肥肉入口即化，瘦肉也充满弹性和张力，不是那种味同嚼蜡的猪肉，这是我们缪泾的猪肉啊！妈妈说："你应该去谢谢麻姑，是她送来的，论辈分，你要喊她姐。"

麻姑终于有一天吃香了，村里人一日也离不开她。她从帮村里人杀年猪，到收购乡下人家的猪，一天杀一只，卖肉，收入增加了不少。四乡八邻也有杀猪人，连街上都有了肉砧墩，还有了肉联厂，但肉联厂的猪不是吃青草、五谷长大，是吃猪饲料的，味道比起麻姑杀的猪差十万八千里。一些肉砧墩上的老板，良心黑得像墨炭，打了"一本万利"的歪主意，注水肉，瘦肉精，垃圾猪，防不胜防。麻姑杀的猪，绝对可靠。只要早晨听到麻姑的猪叫，大家就高兴，有好肉吃了。她一天只杀一只猪，常常几天前就定完了。她的一把杀猪刀，成了大家的福音。

开春的缪泾，是情窦初开的小细娘，一夜之间成熟了，呵出的气息，唤醒睡了一冬的树，树叶还没有生长，若有似无的绿意，在枝间蔓延。田野里幼小的麦苗，得意地摇头晃脑起来。一群群乳燕，娇声细语，在燕妈妈的带领下，在河岸边的树林里蹒跚学步，开始它们第一次的飞行。

麻姑的家燕子窠很多，乡下人讲，燕子进家，紫气东来，谁家的燕子多，谁家就人丁兴旺，幸福美满。

一个南风微醺的下午，我带了只无为板鸭，来到麻姑家。

麻姑家的院子，收拾得干干净净，门口竹竿上挂着一个腌猪头、一条腌鱼，门开着，且见麻姑趴在一张垫了被子的春凳上，丈夫弯着腰，用把白瓷调羹在给她腰上刮痧，小儿麻痹症的儿子坐着为她捶腿。他们三人都很专注，竟然没有发现我的到来。我不忍心打搅他们，在门外立了一歇，想走，被她儿子发现了，叫道："妈，来客人了。"

麻姑坐了起来，热情地招呼："哟，庆华来了，坐。"

我说："姐了不得，成了我们村里的名人，大家都讲如果没有麻姑，我们吃不到好猪肉。"

"哎，死了张屠夫，不吃带毛猪！这还值得夸，不就杀只猪嘛。你学医，救人，积德，将来进天堂。我呢，杀生，造孽，要下地狱的。"她一边笑着穿好衣裳，一边吩咐老公和儿子去大灶上炒些炒发禄（江南过年习俗炒黄豆、瓜子等求财运的意思）来，都是自家种的番瓜子、葵花子、长生果，要热的。

讲的是玩笑话，可她的脸上写满了无奈。说："妹妹，我也没有人可以说话，真想找个人倒倒苦水。十年前，家中躺着两个病人，妈妈死得早，就靠爸爸的一点手艺，要还一屁股债，谈何容易。爸爸也老了，杀只猪回家，要哼半天。我咬咬牙说，'爸，我跟你杀猪。'爸爸吓了一跳，连问三遍，我说'跟你学杀猪'。他看着我，好半天，抹着眼泪出去了。讲到这里，她自己也抹起眼泪来了。

"杀猪，谈何容易，开始，人家不愿给我杀，如果猪的血放得不干净，肉不好吃。开始，都是爸爸和我一起握着刀杀，真叫手把手教。我记得第一次杀猪，回家大哭了一场。手洗了又洗，还是有腥臊味。爸爸说，'不要洗了，只要我们心干净就行了。'我记着爸爸这句话。我的猪肉好吃，方圆几十里，都来买我的猪肉。有人打起了我的主意，让我杀完后，把猪肉统统交给他。他想卖高价赚钱。我不干，这样做不地道，乡里乡亲都盼着我杀的猪呢！"

我朝她跷起了大拇指。

她有些难为情，说："我也担心年纪大了，怎么办？我问过，大概我们县里就我一个杀猪女。据说，宜兴还有一个杀猪女，她爸爸还是个老师呢，是因为招到肉联厂，有编制，还有城市户口。我呢，什么也没有。总得为自己找条后路。"

这时，麻姑的儿子健明，端了一升箩刚炒好的发禄，放在八仙桌上，腼腆地招呼我吃。健明面孔倒很白净，一笑还两个酒窝。麻姑指指儿子，"这个小出棺材，小辰光吃尽苦头，不会走路，一点点小就要绝食，不肯吃东西，野郎中讲头生的鸡蛋最有营养，我就和村里人商量，用猪血、猪头、猪下水来和大家换。

大家也可怜我们家健明，经常不声不响，把头生蛋放在我们屋门口的篮里。哎，我经常是半夜起床，给儿子变着花样烧早饭，先在大灶上煮一镬粥，再咸菜炒蛋、竹笋炒蛋、韭菜炒蛋、马兰头炒蛋……一口一个乖囡，一勺勺喂他吃，直到他吃完，我才吃碗粥，和老公一道，带上家什去杀猪。总算熬出头了，健明读初中了，还会踏脚踏车！"

麻姑开心地笑了，一颗颗苦难的麻子，也舒展开来，像一朵盛开的向日葵。

自从我们全家离开缪泾定居太仓，见到麻姑的次数少了，逢年过节，偶尔会吃到乡下表哥带来麻姑杀的猪肉。在这个速生速朽的时代，我们的味蕾也变得迟钝，口味越来越重，食物越来越多，但味道却越来越寡淡。半夜猪叫已成了一个模糊的记忆。我们也几乎把麻姑忘了。

麻姑早在十多年前，就金盆洗手，不握杀猪刀了，不是养的土猪变种，也不是她的钱袋子鼓了。国家颁布的《生猪屠宰管理条例》，让她不得不转型升级，她改行成了苗猪婆，哪村哪家下了小猪崽，哪家要喂养，十里八乡的，她都一本清册。她成了猪娃娃们的保育员，让它们投胎落地，把它们送到一户户人家里喂养，完成作为一头猪的轮回和使命。麻姑几乎是虔诚地做着这件事，她的一生几乎是圆满的了！

一辈子都没有离开缪泾生活的麻姑，也经常纳闷，她不明白，猪还是原来的猪，草也是原来的草，粮食也是原来的粮食，但咋地，猪肉就不是原来的猪肉呢！也许是空气变了，土地变了，缪泾水也变了！

哎！麻姑叹了口气，好好的雾也变了，成了霾，她经常看天气预报，虽然识字不多，但那个霾字的确长得狡猾恐怖，像一头怪兽。好好的天气，霾一来就遮天蔽日，霾一来就充满了无常和鬼魅，连呼吸都不能顺畅。城里人，戴上猪嘴口罩，如怪兽般，惶惶奔走，如避瘟神。缪泾人，并没有提防它的偷袭，他们习惯了大口呼吸，大声说话，大块吃肉，戴口罩未免矫情。儿子健明预言，如果霾再猖狂下去，缪泾人会成为怪物的怪物，都要戴上象鼻子一样的防毒面具吃饭、睡觉、做爱、走路。

又是一个重度雾霾天，麻姑要出门抱几个小猪娃回来。半夜时分，她起身赶过路车去常熟任阳，粥也来不及烧，香也来不及点，老公儿子还在酣睡，她只带了两个热山芋，匆匆上路了。这是她出了娘胎碰到的最大的一场雾霾，天和地搅和到了一起，天就是地，地就是天，天堂是地狱，地狱也是天堂！麻姑不是自己走去的，是被雾霾裹挟而去的，一片混沌世界，如盘古还未开天辟地般原始。

麻姑心里空荡荡的，后悔没带那把供在香案上的杀猪刀。

在任阳一个三岔路口，她和一道去贩猪苗的搭档下了车，在路口等。

天还没有大亮，雾霾越来越重、越来越厚，从棉絮样漂浮到成了一道黄泥墙，一米之外，就和世界彻底分开了！

麻姑还来不及掏出温热的山芋来吃，一个女人开着辆电动车过来了，她戴了猪嘴口罩，只露出绿莹莹的两只眼睛。刹那间，车子如一辆坦克，冲向了他们！

麻姑后脑勺直接砸在街沿石上，发出如西瓜爆裂的脆响。在她仰面倒下的那一瞬间，她只觉一只戴了猪嘴口罩的怪兽向她扑来，像她噩梦中来讨命的猪猡！她腰间没有别杀猪刀，她的胳膊挡不住这只怪兽的袭击，她只有认命了！

她的同伴，要比她幸运，电动车压过他的大腿，差点把他撕成两半。肇事者，懵懵懂懂中连伤两人，听到尖叫声，赶紧扶起倒地的电动车，挣脱了死死抱住她一条腿的男人，落荒而逃。

120救护车把麻姑送往常熟抢救，医生第一时间剃掉了她的头发，准备开颅手术，这时，她没有了心跳，血糊糊的头皮里，沁出了温热如豆浆样的液体。

"掼钵头"带了家人赶到医院，麻姑的眼睛还是睁着的。按照村里的旧俗，她被放在自家房子的客堂里三天，屋外搭了灵棚，点好一盏长明灯，亲眷们烧着元宝纸钱。

凡吃过她猪肉的人，都赶来了，大家第一眼看到的是她已经肿得如猪头般的头颅，剃光了头发，微睁着双眼。不知道哪个人带头哭了起来，一片号啕。

"掼钵头"请了玉皇阁的道士来超度。道士们敲敲打打，超度亡灵，唱叹道：

　　　无常一叹病缠身，睡卧在床月转深，服药皆无效，求神总不灵，不却三魂去，谁知遇难星，偶然一枕南柯梦，儿女嚎天唤不醒。

无常二叹好忧愁，判案司官把簿勾，地府差来鬼，追唤不停留，财产都弃却，万事尽皆休，杳然撒手归冥路，不却将身伴土丘。

无常三叹好凄惶，枉费心机昼夜忙，眼中流血泪，儿女痛肝肠，金银拿不去，空手见阎王，生前造下千般孽，殁后难逃独自当。

…………

"掼钵头"一直在女儿的遗体边拍大腿，他觉得是他害了女儿，带她杀猪，让她走上了不归路。

麻姑的丈夫已经瘫软在床上泣不成声，儿子健明倒还像个男人，撑着拐杖，忙前忙后。我见到他时，他抱住我哭："阿姨，我妈妈没了，我妈妈怎么这样命苦！"

"你妈妈是我们缪泾水边上的好人，一个女丈夫！"我也泪流满面。我说健明，接下来，家的重担都落在你身上，你怎么办啊！

健明擦干眼泪说："我不怕，我已经在网上开了家良心猪肉店，还兼带卖农家鸡蛋、农家菜，我一定会站起来的，我向妈妈保证！"

我在麻姑的遗体边连鞠了三躬。半夜猪叫，已经成为绝响，麻姑的恩德，我们缪泾人不能忘记！

道士超度了一夜，麻姑微睁的双眼，安详地闭上了！化妆师精心修整了她的遗容，看上去她像一个法相庄严的尼姑。

她出殡的那天，又是一个重度雾霾天，一片苍茫之中，谁也看不见谁的眼泪，缪泾人排了长长的队伍，送别这位给他们带来过福音的女屠夫，村里养的猪们，居然神奇地齐声叫起来，像是和麻姑道别。她的儿子健明，在她的棺材里，放了一把用红布包好的杀猪刀，这把明晃晃的杀猪刀，将护佑麻姑回到天庭！

"天鹅"与"呆鹅"

缪泾水流过我们家门口，这条水路，曾相当热闹，水泥船上必是一搭一档，一个摇橹，一个吊浜。机关船，屁股冒黑烟，"嘟嘟嘟"响的鱼儿都得心脏病。两头翘的网船最悠闲，船娘包块青花布，在船头撒银丝网，船艄，戴箬帽的男人在划桨，有一搭，没一搭。有个乌篷，里面可以防晒避雨、亲热一下。没有篷的，水仓里必有鲜活的鱼虾。运稻谷、罱河泥、送嫁妆，哪怕是到上海去装垃圾，那些都市发酵过后的臭气香气，都是肥田的宝。我们小孩爬在上海垃圾上觅宝，谁说垃圾是臭的，三十年前的上海垃圾分明是香的，有掉了黑漆的夹针、长筒袜、玻璃瓶、塑料卷发筒、一只眼的望远镜，据说有人还捡到过金戒指，反正这一切都要从缪泾水上走。再走过七顶石桥，穿过一截子石子路，一段柏油路的老街，就到了中学，这是镇上的最高学府——我们神圣的殿堂，多少农家孩子，想在书包上翻身，鲤鱼跳龙门，吃上商品粮，成为国家人，在这里拼命苦读。

一九八五年，我考取了中学，加入了这支苦读队伍。

我们是泥腿子，土得掉渣。每个人背的书包五花八门，有帆布的，也有用面粉口袋缝的。我留了一斩齐的刘海，扎了根拖屁股的大辫子，每天要走十多里。最难走的是那条通往小镇的泥巴路，一下起雨来，简直就是沼泽地。拔脚挶脚，长筒黑胶鞋在淤泥里挣扎前行，让人想起红军长征。

我家离中学比较远，和同村同班同学小芳，一起寄宿在学校。今年初三了，刚开学，一次去食堂路上，小芳拖住我，悄悄地说，这学期我们的英语老师换了，据说是个像仙女一样的美女。

这个鬼丫头，有个亲戚在这里当老师，消息灵得很。

一传十，十传百，我们班里学生都知道了，个个伸长头颈，盼着这位仙女下凡。

来了，来了，前排的人喊喊喳喳，我还没有看到，却闻到了一股淡淡的迷人的香味。

天哪，一头波涛汹涌的卷发、踩着黑色高跟鞋的仙女飘了进来。

我们屏住了呼吸，目不转睛地盯着这位从天而降的仙女。

"我叫上官泓，一泓清泉的泓……"她的声音涓涓流淌，金丝边眼镜，白天鹅般的颈项，紧身微喇牛仔裤，显眼的是她左手无名指上戴的蓝宝石戒指，蔷薇色口红，黛色的眼影，比她上的English，更吸引我们。一群丑小鸭中飞来了美天鹅。

这是难忘的一节课，没有一个打瞌睡的，张大嘴巴、痴痴地望着讲台上的美女老师。我却开小差了，不知道她讲了什么，只见蓝宝石戒指在我的眼前晃来晃去。

背后我们叫她泓，这个名字特洋气，我们村里只知道芳啊、芬啊，还有什么莉啊、娟啊，借缪泾人一百个脑袋，也想不出"泓"。泓，什么意思？我们没有弄清楚，就感到它好，才配得上"天鹅"。同学不称她上官老师，喊她泓老师。后来听说她放弃了出国留洋的机会，来我们这个偏远的乡村中学支教的！

中午食堂吃过饭，她的办公室外围了一群学生。里面有人弹风琴，她在唱：

在我心灵的深处开着一朵玫瑰

我用生命的泉水把它灌溉栽培

啊玫瑰我心中的玫瑰

但愿你天长地久永远永远把我伴随

歌声让我们迷醉，泓老师就是不一样，我们细心的女同学观察，她整天把眉毛画得细细的，弯弯的，衣服一天一个样，不管刮风下雨，都穿裙，那白嫩的大腿真耀眼。有一天，又是风又是雨，一个女同学看到她骑着自行车在赶路，不一会，裙子被卷进了自行车轮胎里，她下车折腾了半天，最后只好推着车走。"天鹅"搅动了我们整个校园。

一次，课后，我们几个女生围着她，我们七嘴八舌：

"老师，你真美，太显眼了。"

她高兴得推推眼镜，呵呵直笑。

"老师，你这么忙，这样打扮太吃力了。"

她严肃起来了，说："一个人什么都可以马虎，唯独美不能马虎。"

我们安静下来了。她是我们人生中的第一个美学老师。

班主任和我们筹备国庆节的文艺晚会，同学提出，让泓老师来表演一个节目。班主任冷冷地嘴巴一撇，阴阳怪气地说："她应该到中央电视台，我们这里——庙小。"

后来，小芳告诉我，泓老师日子难过呢。领导不满意，说："我们是学校，整天花枝招展，有心思教学?"

我有些担心，这只"天鹅"要飞走了。

"不会"。小芳斩钉截铁地说，"你不知道，她的后台硬着呢，老爷子是县里的大人物。"

追求泓的人有一个连，军官、县城里的干部、粮站的会计都像喝了迷魂汤，写信、送花都有。每到星期六，她要坐车回县城，开车的司机竟迷上了她，斗胆给她写过情书，被她撕得粉碎。

"天鹅"的婚姻成了一个谜。

我向小芳打听，想不到小芳直摇头，说："他们大概受过特工训练，一点消息都没有。"

不久，谜底揭开了。

俘虏"天鹅"芳心的白马王子竟是我们缪泾人，我校的数学老师——张。

他生在缪泾、长在缪泾，喝缪泾水长大的农村娃，祖坟冒青烟，考上了名牌大学数学系。一米八的个子，长腿，单眼皮，有刀削般高而挺的鼻梁，坚硬、刻板、枯燥，一堂课下来，几乎没有一个笑脸，成天价沉浸在他的数学王国里。他有滋有味地和那些枯燥深奥的数学题搅在一起，是乡村版的"哥德巴赫猜想"。学校里有位也是教数学的女教师，娇媚动人，对他展开强有力的攻势，最终没能解开这个"方程式"，恨恨地说，这只呆头鹅，只配癞蛤蟆。还有一些高年级的女生，给他写情书，他原封不动地退给了人家。女生们都说他是木头。

不知何日起，细心的人发现"呆鹅"打领带穿西装了，冬天还没有到，居然围起一条马海毛的白围巾，好事者研究了这条围巾，发现泓不久前编织过这条围巾。难道，"天鹅"和"呆鹅"有戏?!

缪泾人说，不叫的猫能捉老鼠。

在学校食堂举行的婚礼上，老书记——一位同样高而瘦的数学教师抖动着山羊胡，为他们证婚："数学，如果正确地看它，它不但拥有真理，而且也具有至高无上的美，正像雕刻的美，是一种冷而严肃的美。这种美不是投合我们天性的微弱的方面，这种美没有绘画或音乐那些华丽的装饰，它可以纯净到崇高的地步，能够达到严格的、只有伟大的艺术才能显示的那种完美的境地。数学老师和英语老师的完美结合，也是城市和乡村男女青年的完美结合!"

新婚夫妻送入的洞房，不在别处，就是我们学生宿舍的底楼。

这是一个两层的筒子楼。楼梯的左侧被四个教师家庭占领，右侧下面是男生宿舍、上面是女生宿舍。

简陋的宿舍没有卫生设备，一间房里挤着五个上下铺的铁皮床，一张靠窗的旧课桌是唯一的家具！角落里放着一个马桶。清晨，女生们在二楼阳台一字排开刷牙，口水、牙膏沫子飘洒而下，男生在下面刷。也有早起的男生夹着书，端着白瓷缸里的热粥回宿舍吃早饭，一个不留神，二楼的漱口水掉进了白瓷缸里，男生推推眼镜往二楼找人，肇事女生吐吐舌头，扮个鬼脸。没见有人吵架骂人，校园里一片书声琅琅。

新郎新娘送入洞房，几个农村的皮孩子，偷偷匍匐在一楼窗户边的松树下。灯灭，静悄悄。外面人急，里面更急，如热锅上的蚂蚁。只听"天鹅"说："哪能弄法，没得门啊，要命阿是！"呆鹅嘀咕："姆妈告诉我十六字口诀'人在人上，肉在肉中，上下移动，其乐无穷'，这叠叠肚，怎么动法？没有长度，没有宽度，没有高度啊！"皮孩子听到这里捂嘴大笑，一溜烟跑了！据说，为此事，数学家愣是找不到运动轨迹，傻眼了，第二天还是红着脸去医院向医生求救，成为校园一大美谈。

老师的婚房，条件也差不多，他们比学生多一个"特权"，就是有一个电炉子。一次村人托我带点菜给上官老师，走进他们家，他们正在白水煮面条呢，面是那种富强牌卷筒面，上面漂了几片菜叶。数学老师在备课，英语老师在批改作业，钢筋锅里面条突然开了，掀翻了盖子，上官老师赶忙弯腰对着翻滚的泡沫直吹，一瞬间戴着的金丝边眼镜就蒙上了一层雾，张老师一拍脑门，啪地拔掉了电插头。不知道这顿猪油白菜面，最后会煮成啥样。

关于他们的段子，在校园里传得很多。

说一次两个老师吃厌了食堂里的油泡、咸菜豆腐汤，买了一串螃蟹回来，路上，八只螃蟹逃脱了四只。煮时，张老师说看好手表，水开后再煮十八分钟三十秒最佳。上官老师看着闹钟，对着时间，十八分二十秒到了，她拿筷子去捅，惊呼："我的妈呀，螃蟹没熟，还是硬的!"

还有一次，从农民那里买到一只母鸡。那天是礼拜天，他们准备杀鸡，好好炖一锅汤。他们俩吃过鸡肉，看过鸡跑，就是没杀过鸡。张老师说，从几何学曲线的斜切率来判断，刀应该割在鸡脖子的最膨隆处，抛物线在那个切点上。上官老师说，不对，我们音乐发声，气管是关键部位，应该先找到气管再咔! 两个人拿了菜刀比画了半天，把那母鸡吓出了一坨屎，最后鼓足勇气开杀，按照数学家的精密计算，从鸡脖子的最膨隆处下手，结果，割开的是鸡墩脯。母鸡挣扎脱逃，一路蹦跳到学校的操场上，真是鸡飞狗跳，最后还是食堂的李师傅帮他们解决了。

生活啊，一地鸡毛。

上官老师依然打扮得优雅入时，她永远是小镇上时尚的风向标。每天她在晨曦中梳洗打扮，张老师惺忪着睡眼，先是一群蝴蝶翩跹而过，粉粉的翅膀洒落了淡淡的蜡梅芳香，那是妻子在用蝴蝶牌头蜡抹第一遍波浪卷。紧接着是玫瑰花香伴着嗤嗤声，那是在用天姿牌摩丝给大波浪定型。他最喜欢看她抹夏士莲雪花膏，那真是夏日中盛开的一朵白莲花。看她柔嫩的手指拧开黄色玻璃瓶身上银色的铝盖，轻轻用指尖挖出一块白奶油样的膏来，再用指肚轻揉开来，瞬间像雪花般地消融了，皮肤立刻白皙透亮，吹弹即破。他第一次得以进她的宿舍，看到她课桌上摆着的那些五颜六色、形态各异的化妆品，他就傻掉了！他才知道，这个世界，除了数学是人类思想的花朵，整个宇宙是数和数关系的和谐系统外，还有可以直接触摸得到的活色生香的美丽花朵。红色透明盒上印着金色凤凰的是喜凤牌香粉，那是一种一闻就醉倒的迷香；桃色的胭脂盒里满盛让人心跳的绯闻的颜色；碧绿的锦荔枝（一种水果，曾是宋朝皇帝贡品，甜味苦瓜）里装的是喷香滑腻的凡士林；两个合拢的月白色大贝壳里是抹手用的蛤蜊油……

这是他见过的活得最香甜、精致的女人，他没有理由不深深倾倒。

"妆罢低声问夫婿，画眉深浅入时无"的日子过得如行云流水。"呆头鹅"有福，天天可以看到美丽"天鹅"的美妙舞蹈。

缪泾的婆婆不喜欢，对媳妇左瞄右打量，直翻白眼。

他们回缪泾，婆婆看着她浓妆艳抹的脸，别过身冲儿子嘀咕："皮色已经蛮白了，还要涂这样多的粉？又不是麻子！鳑鲏鱼也要留三寸肚肠，你们俩要勤俭节约，以后要用铜钿的日脚多了，哪能可以拿点工资全涂了面孔上！"她又谆谆教导上官："我们老张家，拳头上立得起人，臂膀上跑得过马，硬气的，门风一向好，你看，我们的大儿子，真的争气，成绩是我们缪泾村上最好的，真叫是额骨头上搁扁担——头挑，巴望你们早点养个儿子出来!"

一次她的皮包忘在了乡下,婆婆打开包包一看,里面有一瓶玉兰油,发票上标价十八元,她气得一屁股坐在长凳上直拍大腿:"真是麻子涂粉,蚀煞老本,一瓶屁眼大的粉,要十八只羊,是我们一家门半个月的吃饭钱啊!"

一到农忙双抢,张老师一放学就骑上脚踏车,后座上带着她一路颠簸回缪泾。她顶多给家里扫扫地,拙手笨脚地用笨重的火钳往灶膛里塞稻草把,用火筒往灶膛里吹气,呛得她咳了半天,眼泪鼻涕一大把。田里的农活她样样不会,什么莳秧、斫稻、捆稻,都是出了娘胎第一次看见,新鲜倒是蛮新鲜,穿着高跟鞋走到田埂上,差点一个倒栽葱掉进秧田里。她的细皮嫩肉哪禁得起乡野太阳的暴晒,只好打把伞,提着高跟鞋在树荫下等丈夫干完活。最要命的还是那个厕所,乡下的厕所,都是开放式的,就是一个光臀大展览,在一个大水缸上,架起一根横木,人坐在那根又窄又脏的横木上,粪缸里臭气阵阵,蛆虫翻滚,蚊蝇肆虐。如果这个粪坑有屋顶,有稻草遮挡,那就是乡村豪华厕所了!

她一天都待不下去,屋前屋后鸡鸭鹅乱跑,到处是它们的粪便,她如入雷区。在八仙桌上吃个饭,也不太平,苍蝇蚊子成群结队,红头苍蝇掉进西红柿鸡蛋汤里,他们一捞掉,照吃不误,还说是饭苍蝇,自家养的!蚊子是专门欺负生客的,她两个白皙的大腿,一次就被咬了三十六个包。裙子断断不能穿的,包臀牛仔裤又要挨婆婆的白眼。她投目光以丈夫求救——这个欣赏她的男人。孰料,他居然端着青边大碗"呼呼呼"喝粥,根本不抬眼看她。她用脚轻轻碰他的脚，他有点光火，放下碗筷说："好好吃饭！"

这碗饭难吃的！她觉得自己斯文扫地！回到学校，躺在蚊帐里不住地抽泣。

丈夫火了，说哭啥，你这种城里人，就是应该下放到农村锻炼，握烂泥，丢狗屎，才晓得农民的苦恼，才晓得我大人能供我读大学，是几何不容易！

"天鹅"的眼泪染化了睫毛膏，白皙的脸庞流下了黑影。丈夫丢了一张夹在裤袋里发黄卷边的餐巾纸给她："好好擦擦，没鼻头没眼睛，化啥断命妆！我娘最讨厌你化妆，以后不要化了！"

"难道我也要晒成你妈那张脸，你才高兴，大地色，小麦色，出客！"

"你疯了，你敢说我娘?！她是我娘，谁敢说她半个不字，我和她拼命！"

数学家愤怒已极，咬牙切齿，操起桌上的一个粉饼盒往墙上掷去，像投掷匕首、投枪，等不及她扑上去营救，粉饼瞬间成了齑粉。那些香粉像蝴蝶破碎的翅膀，飘落下来⋯⋯

"天鹅"不住颤抖痛哭，数学家突然萌生了一种快慰，城里人怎么了，他就有本事让城里人屈服！他们的争执不断升级，他也从扔粉盒、摔镜子，到把拳头落在她白皙的胳膊上、腿上⋯⋯

"天鹅"呆了！这就是她爱的数学家，怎么智商这么高的人，情商会这样低下，低下到分不清美丑、善恶?

不久，他们的女儿出生了，况且，皮肤沿袭了婆婆的小麦色。缪泾的婆婆来过几次，带了点自己做的肉圆来，下了碗肉圆粉丝汤给她。看看睡在襁褓中的女孩，摇摇头，叹口气说："找了村里看八字的，说这小细娘，一生多病多灾，很难养大，就当小狗小猫那样养着吧！过两年，再偷偷生个男孩，传香火。"

"偷偷？"难道她也要像很多外地女人一样，躲起来，成为超生游击队？不生出个男孩，就不罢休？她亲眼看见，婆婆一把拽出一只贪恋鸡窝不生蛋的芦花鸡，用稻草绳捆住它的一只脚，把它悬空挂在扎钩上，让母鸡一只脚金鸡独立，扑棱着翅膀，咯咯咯地叫，她不停地骂："叫你讨孵，叫你讨孵！"这招不灵的话，婆婆会在芦花鸡尾巴上扎块红布条，芦花鸡吓得一蹦一跳地逃出鸡窝。如果再不奏效，婆婆会把芦花鸡放在一个水缸里，用鸡笼罩着，罚它站"水牢"，水刚没过它的脚脖子，如果它还要讨孵，那只有成为落汤鸡了！

农民不能忍受不下蛋的母鸡，讨孵鸡不改邪归正，只能成为农家过年的菜肴。她与那只芦花鸡的命运，何其相似乃尔。

不会下蛋的母鸡不是好鸡，不会生儿子的女人自然不是好女人。在缪泾水边，农民要过上好点的日脚，光靠种几亩田是不行的，女人不但要勤劳能干，识农事也识天，而且还要会养猪猡，一年里起码要养两只猪。捉来一只十来斤的小猪，要喂它吃酱糟、猪草、清糠，当然，能养一只好猪娘，更是要早夜费心拨猪食，巴望着猪娘生出一窝白嫩朵朵的小猪猡来，那真是个宝贝。当年，张老师的妈妈，就是靠养猪供儿子上大学，还给他买了一块上海牌手表。

随着女儿的长大，家庭的摩擦也成了家常便饭。自从他们搬离中学宿舍，水电费都要自己缴，张老师更是用足了他的推理、计算、论证的本事，一个月四十来块的工资，两个人加起来还不到一百元，吃穿用度，孩子奶粉都一一登记造册，精确到小数点后两位数字。钱花到哪里去了，为什么要花这笔钱，都要讲明白。

"天鹅"抱着孩子出去散步回来，天擦黑了，发现屋子里电视机开着，黑暗中闪烁着数学家的眼镜和白牙齿，把她吓得魂都飞了。数学家振振有词曰：节约用电！数学家的节约，那是非常了得的、身体力行的，比如说，天再冷，空调尽量不开，电热毯也尽量不用，顶多冲个热水袋；他可以吞下三碗白饭，只要一根酱瓜就行，早上、中午吃食堂，晚上一根酱瓜解决三碗饭，但是他从来不做饭，哪怕饿到半夜。

也许，婚姻是饭碗，爱情是茶杯，装饭的碗里不会有茶。这个最浪漫的女人、小镇上的另类，无人能懂她的心情，即便这个小镇已经醒来，录音机里开始飘荡邓丽君的歌，还有一支歌，她轻轻唱来，经常泪流满面：

轻轻敲醒沉睡的心灵

慢慢张开你的眼睛

看看忙碌的世界

是否依然孤独地转个不停

春风不解风情

吹动少年的心

让昨日脸上的泪痕

随记忆风干了

抬头寻找天空的翅膀

候鸟出现它的影迹

一次在朋友家唱卡拉 OK，她一遍又一遍地唱着这首《明天会更好》，直到嗓子彻底发不出一个音，丈夫来拽她回家，她不听，只是一个劲地唱、唱、唱，痴了一般。她问自己，上官泓，你是一只候鸟吗？还有飞翔的时候吗？

她突然明白，父亲为何不同意她嫁给一个农家子弟了。

"天鹅"依然那么美丽，只是脸上多了几分忧伤。

后来，我到安徽学医，离开了缪泾水，离开了太仓。毕业后，在合肥结婚居住，母校的音讯少了。一天，母校的班主任来安徽出差，我请他小聚。他是缪泾的土著，老乡见老乡，两眼泪汪汪。我特地点了一个安徽名菜：臭鳜鱼。

十多年不见，分外高兴，他滔滔不绝地细数着那些优秀的毕业生，我问上官老师怎么样了？

班主任突然停了下来，脸色凝重起来说："了不得，了不得！"

我茫然。

"你大概也知道，我们老师对她有看法，说她在校园里发什么骚？骂她是妖精。"说到这里，他一脸愧色，"当时校园里传说，这对夫妻疙疙瘩瘩的，大家不看好，认为不会长久的，但也没有听到他们俩有什么风言风语。当时改革开放，一个老板看中她懂英语，人又漂亮，出几十万年薪，来挖她。她一口拒绝，说她就是喜欢当老师。"说到这里，臭鳜鱼上来了，他夹了一块，塞到嘴里，突然眉毛皱了起来，做痛苦状。我大惊，问："老师，怎么啦！"

他草草地嚼了一下，捏着鼻头吞下了，好半天才说："臭死我了。唉，我们缪泾人认死理。鳜鱼嘛，我们那里，从河里捉到，什么作料都不放，清炖，鲜得眉毛落光。这里真怪，把好好的鱼弄得臭烘烘的。"

我不禁笑了起来。

他似乎被臭晕了："哎，其实，味道有各种各样，可我就是闻不得鱼变成臭味。我们缪泾人是十个有九个认死理。认定了，死不回头。不过，我想不通，张老师是缪泾人，认死理，上官是城里人，几十万年薪的金饭碗不去捧，憋在我们乡村中学里熬什么呢？！难道认死理也是传染病，会传到她身上？不过，也多亏了上官，前几年，张老师好好的，突然中风，摔倒在课堂上，上官老师像疯了似的，变了一个人，喊来了救护车，送往医院。在重症监护室门口，公婆哭天抢地，小姑子冷言冷语，她漠然垂泪，一夜之间白了头。

"张老师昏迷不醒，她衣不解带地守护，日复一日。不过，她每天依然精心化妆，抹了鲜艳的口红，在张老师耳边轻声呼唤：'呆鹅，醒醒啊，看看我啊！'据说，有个护士看不惯，嘀咕了一句，人都这样了，还有心思化妆？她回答'小妹，你不懂，不管在天堂还是地狱，他只要认得我的脸，就能回来！他一定能认得出我，他一定会回来！'"

张老师昏迷着，在地狱边徘徊着，迷迷糊糊听到的，就是天鹅拍打翅膀的声音。一只只洁白的天鹅，托着他，飞往云端。他一睁开眼，看见的是上官的一头白发，她真的成了一只白天鹅。

说到这里，班主任很动容，"惭愧，我们是地上走的草鸡，她是天上飞的天鹅，她的婆婆一开始担心，媳妇要抛下偏瘫失语的儿子，没想到她不离不弃、精心照料。张老师都康复上班了。婆婆逢人就夸，这是我们前世修来的福，我的媳妇是活观音。"

在"天鹅"丈夫中风后的第十二年，在一个火锅店，我见到了她。染了发的她，除了平添了一些皱纹外，依然是我们第一次见到她的模样，白皙的颈项，黛色的眼影，绯红的脸颊，她还是那样的贵族气，那样的天真大笑，那样的默默流泪。

问她为什么这十几年还守着一个偏瘫的乡下人，她说："缪泾人祖上留下的规矩，家在哪里，哪里就是天堂。"

"天鹅"已把缪泾作为她的天堂。再颠沛流离的天鹅，还是天鹅。她的声声呼唤，让缪泾水多了一份婵媛的美。很多个早晨，当麻雀在叽喳议论，当鸭子在水中照镜子，当呆鹅们"戆戆戆"叫着，摇摆着走过小石桥时，天鹅正扑打着它翅膀下的风，遥望那一片蓝天……

我相信，"天鹅"会守着"呆鹅"，直到永远，就像很多童话那样。

七夕节，多少痴男怨女在那里晒恩爱，我的微信朋友圈里突然出现一张熟悉的脸庞，一个梳着两根麻花辫的女子，被一群孩子围着，开心地笑着。长长的睫毛，黛色的眼影，绯红的脸颊，呀，久违了，我的上官老师！

她居然飞到了彩云之南，成了舞蹈艺术家杨丽萍工作室一个外教工作人员。

她说，今年七夕节，是和这群"小情人"一起过的。这些云南边陲淳朴善良的孩子们，缺少英语老师，我要在这里生活了，我在这里找到了魂！

她说了一个寓言故事。

有一只鸽子爱上了一只燕子，燕子告诉鸽子："如果你愿意连续一百个晚上守在我的屋檐下，我就接受你！"

于是，鸽子照做了。

一天、两天、三天……直到第九十九天，鸽子被清晨的第一缕阳光唤醒，蔚蓝的天空像一双情人的眼睛，朵朵的白云是温暖的棉絮，鸽子伸了个懒腰，张开洁白的翅膀，飞出了窄窄的屋檐……

鸽子的妈妈问："为什么不再坚持最后一天？"

鸽子说："爱，不能只是一个人的付出。我用九十九天来证明爱情，但我用最后一天捍卫了尊严！"

天鹅飞了！

最后的老克拉

一

我爸大名叫何保罗，上海人。

入乡随俗，妈妈喊他"大保"。他一本正经纠正，"保罗——保罗——，不是大宝。"妈叫一遍"大保"，他纠正一遍"保罗"。妈摇头，说，"好吧，死保罗，死克拉!"

从小他就在我面前吹，阿拉是中国最后一个老克拉（又称老克勒，指老上海阅历深、收入高、消费前卫有绅士风范的男性)。我不知道老克拉是什么东西，就问他，老克拉是什么？他把头仰得高高的，老克拉——大亨的公子，阔少爷。我哼哼，嘟哝说："广播里说了，阔少爷是寄生虫，有什么稀罕？"这时，妈妈插上来了，少在孩子面前吹，隔墙有耳，不要给人家揪出去，游街。阔少爷不过是"老克拉"的一顶"小礼帽"，他要夸耀的资本多着呢。"老克拉"的父亲是圣约翰大学高材生，"老克拉"父亲的父亲毕业于震旦大学。自己呢，北京大学的响当当毕业生，在上海的一家报社当编辑，什么什么名人的文章都是他编发的。"老克拉"夸我祖父特别来劲，说他抽烟斗、戴黑框眼镜，开报馆，通几国外语，当年鸳鸯蝴蝶派作家张恨水，在他的报馆里是个打工仔。听得我一愣一愣的，恨不得时光穿越，见一见张恨水！最让他自豪的是：他的母亲是两广总督的女儿。"老克拉"常说，三代才能出一个贵族，他肩负着这第三代的使命，他的腰弯不下来，头低不下去。

爸爸个子矮小，比《水浒传》里的武大郎高一点，糟糕的是这基因偏偏遗传给了我，让我变成矮木头一根，想到这里就恨他。他若无其事，还要常常在我的面前炫耀他的光辉历史，说抗战的时候，那时他还在读小学，邻居是个日本军官，有个儿子，他们在弄堂里踢足球，"小日本"也来踢，他撩起一脚，把足球踢到"小日本"的屁股蛋上，"小日本"哭了，出来好几个"小日本"，围住他要打，他背的书包是铁皮做的，就拿书包去挡他们的拳头，和他们狠狠打了一架，煞念！他还撩起裤管，给我看，诺，就是这只脚，踢的！结棍伐！每次他讲完，我就对他跷起大拇指，说，爸爸了不起，从小就是抗日英雄，把他乐得屁颠屁颠的。

爸爸是上海人，怎么会变成缪泾人的女婿？我问爸爸，他说："我帅啊，妈妈迷上我了。"我向妈妈求证，妈妈却说："他是个骗子！"我糊涂了，缠着妈，非要说个明白，妈妈是缪泾有名的一枝花，好歹也是个民办教师，怎么嫁给骗子？妈妈说：

"我傻啊，见到戴眼镜的文绉绉的书呆子就痴迷，他们有文化，怎么看都舒服，有腔调。你爸爸是没有戴帽子的右派，下放到缪泾，斯斯文文，白白净净，满口之乎者也，写的字龙飞凤舞，外婆看他是上海人，面孔白得像剥光鸡蛋。他常常来我家玩，一天晚上，外婆把我们锁在一个房间里，他把我占了。"

我为妈妈抱不平，说："你可以反抗啊？"

"反抗？"妈妈说，"他力气大呢，劲猛得很，把我弄得疼死了。"

她的话，我怎么也听不出痛苦，反而觉得她乐滋滋的，在夸爸爸。

我更加糊涂了，听不懂，大人的事就是让人迷糊。

后来，查了有关资料，才知道上海有个特殊的群体，叫"老克拉"，父辈都是实业家，他们有固定的圈子，常常在高雅的客厅聚会，穿着燕尾服，手握文明棍，喝咖啡，跳交谊舞，高谈阔论。可是我爸爸呢，就知道成天晒被子，有时在家穿着破棉袄，腰间束着一根扎螃蟹用的蓝绳子，哪里是老克拉，活像老乞丐。

二

爸爸整天老克拉如何如何的，缪泾上上下下喊他"老克拉"。妈妈皱眉头，怂他，尾巴夹紧些。

爸爸要在缪泾扎根安家，上无片瓦，下无寸地。他绕了缪泾五队三十多户人家走了三遍，相中了张阿狗家一间朝南七路头的瓦房，宅前是稻田，屋后是竹园，竹园后面就是清澈见底的缪泾水。他出月租三元，阿狗开心地合不拢嘴，说："我们家有一张不用的老式床，借给你们结婚用！"

"老克拉"是魔术师，破旧农家小屋成了一个"小上海"。

床上墨绿的丝绒布的床套，如一池春水。两个鹅黄色的鹅毛靠枕，成了他们新婚的港湾。破烂的夜壶箱上罩着勾花的纯棉白桌布，带着流苏。箱上压了块玻璃，放了个酱菜瓶，瓶里插着两朵大红的丝绒月季，高贵冷艳。他把乡下人晒酱瓜的竹帘子洗干净，挂起来当百叶窗。缪泾还没有电灯，用宣纸和竹篾，糊一盏大大的灯罩，一枝墨兰刚刚吐蕊，罩在美孚灯上，像公主裙。美国胜利牌的八角留声机，巴洛克古典风格，桃花木心，纯铜的喇叭上，每一瓣花都有丘比特降临。轻轻摇动，手指间流出的是最原始纯净的天籁之音，顷刻之间，小屋披上了高贵的华服，处处流淌着优雅的气息。白墙上的两帧显眼的结婚照，那是上海王开照相馆定制的。婚纱、燕尾服，老克拉的优雅自信，妈妈水莲花般的娇羞，在那一刻定格，镶嵌进彼此的生命。

妈妈眉头皱得更厉害，不断嘀咕："书呆子，尾巴夹紧些。"

新婚夜，爸爸要发喜糖，缪泾从来没有过。妈妈犹豫，说："你是有问题的人，不要张扬了。"爸爸坚持，人生就这么一次。妈妈拗不过他。于是，我的伯伯挨家挨户发喜糖，缪泾破天荒有人结婚发糖！大红喜字印的塑料袋里，有八颗糖，两颗大白兔奶糖，还有穿着彩色玻璃纸的什锦糖，每户两袋。剥开蓝白相间的糖纸，圆柱形的糖上裹着薄如蝉翼的糯米纸，外公外婆还没来得及把大白兔含进嘴里，突然闯进了几个拖鼻涕小囡，伸出乌漆墨黑的手，抓了一把糖尖叫着飞奔出堂屋，外面有更多的孩子等着大白兔。顽皮囡们每次见到"老克拉"，伸手要糖，嘴里嚷嚷："上海阿拉，屁股雪白，走起路来，乞哩咚啦！"

妈妈对爸爸说："我们这里风俗，毛脚女婿要给队里家家户户倒马桶。""老克拉"急得差点从老式床上滚下来，双手作揖："有劳娘子，我这辈子只倒过痰盂，马桶怎么个倒法？"

妈妈一本正经地说："这是必须过的关，明天早上教你倒马桶！"

突然窗外一片笑声："'老克拉'倒马桶啦，'老克拉'倒马桶啦！"

阿狗起身披衣训斥："你们大白兔吃多了是吧？"众人鸟兽散。

爸爸没有发配青海新疆，靠亲戚的福，下放到这里，劳动改造，算是造化。缪泾人对什么右派之类，似乎并不在意。生产队里最累最苦的活是莳秧、斫稻、挑稻、罱河泥。爸爸的平足底在水田里打滑，泥浆、蚂蟥攀上了小腿。莳秧时，社员们一排莳完，他一会儿要把叮在脚上的蚂蟥揪掉，一会儿眼镜又掉在水田里，手忙脚乱。队长直摇头，说："'老克拉'你能做啥？""老克拉"从田埂上爬起来说："我能写文章。"队长苦笑，文章，屁用。叹气说："你就每天送茶水吧。"好事者提醒队长，他是右派，要监督劳动。队长直笑，"送茶水，也是劳动改造。你看他那副模样，会翻天？"

爸爸的事，村里满天飞。夕阳西下，麦浪滚滚，吃完晚饭，爸爸拉着妈妈到田野里散步，妈妈一百个不情愿，经不起"老克拉"的死缠活磨，被拖到田埂上。爸爸激情满怀，妈妈却想着碗还没有洗，学生作业没有批，心不在焉。"老克拉"想拉妈妈的手，妈妈嘟嚷着："肉麻，滚开。""老克拉"忍不住抱着妈妈，想亲妈妈，妈妈急了，死劲推开他，说："你疯了。"撇下"老克拉"就跑，弄得他悻悻地待在夕阳里。这一幕被隔壁的一个长舌妇看到了，不得了啦，到处说爸爸妈妈一对骚货，光天化日的亲嘴摸奶，伤风败俗。妈妈气得好长时间不让爸爸近她的身，"老克拉"干着急，一个劲儿道歉。

爸爸信奉基督。不过，那年月，他那个半人半鬼的身份，还能信教？只能偷偷在家念圣经。他模样斯文，走到哪里，总有一些桃花眼盯着他。一次大队里放露天电影《铁道游击队》。爸爸刚走到村头，突然背后被一双手箍牢，一个脆滴滴的声音说，"到我家去，我和你睡觉。"爸爸回身一看，是村里出名的浪女小狐仙。这突如其来的袭击，让他心突突直跳。她浪声浪语，"今天我那个死鬼到浏河水利工地上了，你的那位也到苏州去陪娘看病了，今夜你陪我困觉。""老克拉"被她浪得痒痒的，血脉偾张，心慌意乱，但顷刻定下神来，他死力挣脱了她，说："主啊，宽恕你吧。"落荒而逃，只听到背后传来骂声："上海臭瘪三，什么猪啊羊啊，去你的妈，给你白睡都不要，原来是个太监。"爸爸嘿嘿冷笑，太监，见鬼去吧。

从缪泾到三里外的街上，要过七顶独木桥。桥啊桥，鬼门关，"老克拉"第一次过桥，站在桥边，望着缪泾水，双腿发抖，不由自主地趴下，双腿跪在桥上，颤颤巍巍地爬了起来，木桥上狭窄的踏板发青腐烂，滑腻腻的，粘着慢慢蠕动的盐油虫，一踩一晃，真是地狱里的奈何桥。

过年了，"老克拉"准备一清早去肉砧墩排队，买点肉，弄几根便宜的猪尾巴。天蒙蒙亮，缪泾水里的鱼还在打呼噜，他瞧四周无人，顾不得老克拉的面子了，用苗篮撑着桥面，手脚并用在桥上爬着，心里默念，"主啊，保佑我！"木桥"吱呀吱呀"直哼，爸爸脊背发凉，脚踏到对岸的瞬间，突然，"哐当"一声巨响，木桥塌了！

那一碗红烧肉是他拿命换来的。

在张阿狗家住了不到一年，有一日房东哭丧着脸来了，抖抖地说，"'老克拉'啊，不知哪个嚼舌头的乱说，领导找我谈话了，房子出租赚钱，投机倒把，好大的罪名，房租要充公，要斗我啦，求你，快搬走。"

爸爸急得跳脚，本来嘛，农村人，眼皮薄，何保罗租房，许多人眼睛红得要滴血。还是队长出了个主意，"先在同村的舅舅家弄个草壁脚住下，你老婆算嫁出女，本来队里没有宅基地可分，看在你老婆书教得好，赶紧让她打份申请报告，批块宅基地，自己造两间小屋过日子吧。"

爸爸粗算了下，三间五路头房子要九根木梁，夫妻俩拼死拼活干一年，不吃不喝，顶多也就分二三百元，造房子少说一两千元，这个窟窿怎么填？

妈妈灵机一动:"你不是有两件宝吗?"

第一件宝是一套格子花呢的西装,爸爸一直夸耀,这是他爸爸为他定制的,他爸爸把西装交给他时,说这是我们家族身份的标志。结婚那天,爸爸想穿西装,显摆一下。妈妈见了,连连说:"快脱下,不要招摇了,夹紧尾巴吧,这样到缪泾走一遍,人家还以为你是妖怪呢。""老克拉"只能灰溜溜地收起这套西装,藏在箱底。逢年过节时,拿出来瞻仰,贪婪地吸着西装上的樟脑丸味,两眼发光,似乎又回到昔日的时光。

第二件宝是一块梅花牌手表,"老克拉"爸爸的爸爸给的,祖传的信物。"老克拉"总用花布手绢包着,压在鹅毛枕头底下。这个"嘀嗒嘀嗒"走动的神奇玩意,有两根银针细腿,没日没夜地走着走着,一个腿细,一个腿粗,像一对捆绑在一道的夫妻。里面开着十二朵梅花,是他们的陪嫁,十一朵白梅,闪着冰雪光芒,中间一朵最大的梅花,鸡血样的红,爱情的信物。每天早上,"老克拉"总要拿块绸布细细擦拭,一擦,"夫妻俩"走动的脚步声更响了!嘀嗒嘀嗒,这是大上海的声音啊。

妈妈说:"先顾眼前,把这两个宝贝卖掉!上次有人来说过,愿意出两百块买下。那套西装呢,到上海寄卖商店卖掉,好歹也值几个钱。"

爸爸死活不肯卖西装,人在招牌在。那就卖掉这块祖上的梅花表。

他想到了大上海,他的老爸已经年迈,小妹已经成家立业,条件不错,问她借点钱应该说得过去。大哥在工厂里搞设计,他现在的老婆原本是介绍给他的，结果走错了门，和大哥看对了眼，能否借到钱，还看嫂嫂情面了。

"老克拉"从阿狗家搬到舅舅家的草壁脚安身，依然把六平方米的草屋，收拾得充满情调。不过，一碰着落雨就惨了，面盆、脚盆、痰盂、水桶，甚至搪瓷洋面盆都用来接水，一刮大风，茅草卷到半天高，草屋顶几乎都被掀翻，周围邻居来帮忙，用乌梢蛇粗细的稻柴绳攀住四角，才不至于房倒屋塌，那真是"茅屋为秋风所破歌"，"老克拉"只好用雨布包好结婚照，老式留声机也藏了起来，头皮一硬，怀揣了梅花表，搭了村里进上海装垃圾的船，他要卖个好价钱。

弄堂里又飘出熟悉的生煎馒头的香味，他远远看到了石库门房子，小妹说自己刚怀孕，要买奶粉吃，扔给他十块钱，他扭头就走。老态龙钟的老爸，用苍老的手指，费力地从被絮里摸出一个纸包，说："孩子啊，你在乡下晒黑了，瘦了，这里有五十元，拿去造房子，房子造好了，我去乡下晒太阳啊!"

爸爸抹着眼泪，在寄卖商店门口转了半天，还是没有跨进去。胸口的梅花表"嘀嗒"走动，这是老祖宗的声音，它佑护着自己呢。

爸爸又搭上邻村一只装大粪的船回了缪泾。

还没靠近村庄，远远就听到哭声一片，爸爸的心"咯噔"了一下。

进村才知道，离开缪泾的那天夜里，农历二月廿八，老和尚过江，狂风暴雨，邻居家的两个孩子，姐姐牵着弟弟在桥上走，突然桥塌了，姐弟俩跌进漆黑的缪泾水里，村里人下河的下河，摇船的摇船，点着汽油灯搜救，两个小时后，才找到孩子的尸体，他们紧紧抱在了一起。

孩子的爸爸阿毛喉咙哭哑了，看到"老克拉"，一把鼻涕一把眼泪，说："乡下穷啊，造不起水泥桥啊，孩子都没了！"

爸爸望着缪泾河发抖。

老队长发了狠话，就是卖衣卖粮，也要造桥，桥造不起来我誓不当队长！发动大家募捐。

阿狗背来五十斤大米，阿六伯拿来六十个鸡蛋，还有人拿来一钵头菜油，有的村民，牵来了一只肥羊……队长一一登记造册。爸爸摸着胸口"嘀嗒"走动的梅花表，刚想掏，被妈妈一把拽走，妈妈哀求说："保罗啊，你的命根子不能拿出来啊，我们要造房子啊！"

爸爸木然地立着。他似乎又站在"吱呀吱呀"直叫的独木桥上，背脊阵阵发凉，阿毛的惨烈的哭声一直在折磨着他。他对妈妈说，表可以再买，缪泾不能再有冤死鬼。

爸爸掏出了那块嘀嗒作响的梅花表，放到队长的面前。

水泥桥，半个月后如一轮皎洁的上弦月，挂在了缪泾水上……

队里如过节，爆竹喧天，晚上聚餐，爸爸被队长的老太白酒灌醉了，队长一路扶着他回家，只听到爸爸嘴里不停地念叨：房子，房子……

过了几天，一天清晨，我家的草壁脚门口堆满了青砖、黄沙、水泥。爸爸吃惊地拖妈妈出来，傻了，问队长，队长笑着："说，是田螺姑娘变给你们的?"

爸爸妈妈又东拼西凑，买了木梁、椽子、石灰……

端午节那天，我家的黑瓦白墙三间五路头的房子，已经矗立在缪泾水边。

三

这个夏天热得早，端午节刚过，汗流浃背了。

外边村头装上了大喇叭，整天在高喊扫四旧。妈妈成天盯着爸爸，太阳还没有下山，就关起门来睡觉。

一天，刚吃完早饭，家里突然闯进一帮人，为首的是小狐仙和她的老公，个个凶巴巴的。那天夜里看电影，"小狐仙"没有得逞，老公回家后，恶人先告状，说看电影时，爸爸对她动手动脚。她老公每次见到我爸，眼睛里冒着火苗。有一天，他凶神恶煞地冲到我们家里，说要"破四旧"，他们翻箱倒柜，抄到一台留声机，一套西装，藏在草堆里的耶稣像、《圣经》还是搜出来了，不得了啦。他们在我们家门口开起了批斗会，拳打脚踢，喝令爸爸："有没有上帝?"妈妈急得不得了，连连对爸爸说："快说，没有。"我把牙齿咬得咯咯响，真想冲上去咬他们一口。爸爸紧闭双眼，死不开口。"小狐仙"老公把耶稣像摔到地上，砸得稀巴烂，把《圣经》扔进灶头，拿起西装，一把火点燃了。顷刻，《圣经》西装变为灰烬。最后，喊了两个人搬走了留声机和胶木唱片，说"老克拉"是老流氓，折腾了整整一下午。

晚上，妈妈安慰爸爸，人在希望在。爸爸狞笑着，"我听你的，把臭尾巴夹紧。"

《圣经》没了、西装没了、爸爸的魂掉了，他东走西晃，看到一双双吃人的眼睛盯着他。

这世界怎么了，爸爸蜷缩着。冷。妈妈抱来一床被子盖在他身上，他冷。妈说，"现在是夏天，怎么会冷？"我爬到床上，摸着爸爸扎人的胡子呜呜哭，爸爸好几天没刮胡子了，像个犯人。

寒冷裹着他。他冷，莫名的冷。

难熬的冷。

他打开唯一的樟木箱子，一层层地找。翻出几条被絮。太阳出来了，他狞笑着。把被絮统统抱到太阳底下。细致地铺好，让每一寸被絮正对着太阳。他温柔地抚摸着被絮上的阳光，在他的眼里，被絮如同激活了青春的少女。他仰望着天空，对着太阳，狞笑着。他要向寒冷宣战。

入夜，缪泾人睡了，"老克拉"眼睁着。

被褥收集了一天的阳光。他舒坦地躺着，如同全身赤裸的婴儿，沐浴在神光里。神说："要有光，就有了光。""老克拉"舒坦，梦里神光普照大地，赞美诗唱了一夜。夜里的神光，是天鹅的翅膀，托着"老克拉"的梦想飞翔。

"老克拉"在黑暗中狞笑着，他感到从未有的快感，白天寒冷，晚上温暖，扯平了。

晒被絮，晒的是"老克拉"的狞笑，晒的是"老克拉"的秘密。只要有一点阳光，他就要晒，每次要把被絮统统搬出来，细致地铺好，温柔地抚平。久了，妈妈困惑，你整天晒、晒，有毛病。爸爸狞笑，不回答，还有些得意。看他那副腔调，妈妈无奈，从此，爸爸的晒被絮成了缪泾一景。只要看到爸爸晒被絮，路过的人就会说，"老克拉"晒被絮了，今天准是晴天。

四

尾巴都夹出血来的"老克拉"，终于等到了他的福音。上海来人，送来了平反的结论，并告诉他可以回上海原单位。爸爸很平静，说让他考虑一下。

妈妈和我们高兴得直呼，我们回上海了。

爸爸沉默着，不时在缪泾河边转着。依然晒着被絮。

一天，我家来了两个人，一见到爸爸，自我介绍，是苏州的一个大学里派来的，恭敬地说："我们慕名而来，想请您到我们学校任教。"爸爸亢奋起来了。这所大学原是教会大学，爸爸的爸爸就是教会大学毕业的，爸爸说："这是命，主的安排，我去。"眉头都没有皱，爽快地答应了！

学校安排得很周到，妈妈进了学校图书馆。

到学校报到的那天，我和妈妈陪着他，在校园里漫步，一座座古老的洋式建筑，墙上爬满了青藤，巍峨的钟楼屹立着，楼顶的大钟，记载着历史的沧桑，墙壁上的每块砖头都烙印着历史的皱纹。爸爸贪婪地从一幢房子走到另一幢房子，当跨进钟楼的教堂时，爸爸自言自语，我来了。

离开钟楼，突然迎面走来一个高个子的绅士，一身笔挺的西装，一副墨镜，手里还拿着一个司的克（英语手杖的音译），当两人迎面相撞时，突然都站住了，两人不约而同地喊起来："陈约翰！""何保罗！""天啊！"爸爸兴奋得发狂，"你怎么在这里？"

陈约翰说："上班啊。我毕业分配到这里，一天也没有离开过。钟楼是我们外语系教学楼，这里连老鼠都认识我。"

他的幽默让我们笑了起来。

陈约翰说："当时同学都叫你'小克拉'，你怎么来了？"

爸爸说："惭愧，什么克拉，是只落汤鸡了。学校请我来的啊！"

"太好了，这里需要人，原来一些教授死的死、伤的伤、走的走，真需要你这样的人。"

爸爸死死盯着他的西装，说："你还是学生时这身打扮，不过多了一副墨镜，一根司的克，更像当时我们批判你是洋场恶少了。"

陈约翰苦笑着："我在读书时就这身打扮，当时班里把我作典型，说我洋奴。我改不了了，从小养成习惯，不穿西装，像掉了魂。幸亏我不像你，不关心政治，也奈何不了我，穿什么衣犯法吗？笑话。不过，我也吃苦头了。大家觉得我是个怪物，我想自己没有反动言论，总不能定我穿西装罪！最后连他们自己也感到没意思了。死猪不怕开水烫，横竖横，我不改了。我不穿西装，似乎被他们改造过来了，认罪了，我有什么罪？监牢里犯人穿囚衣，他们说我穿西装犯罪，我就把西装当囚衣穿。"

爸爸不停地点头，我暗暗跷大拇指，开眼界了，这才是真正的老克拉。

爸爸眼睛一刻也没有离开西装，临别时，还呆呆地盯着西装，我和妈妈都明白，爸爸眼神里的所有内容。

系里安排爸爸教文艺理论，对爸爸来说，这是生疏的，他专程到了北京，向北京大学的老同学汤一介夫妇求教，充电。回苏州时，刚跨进门。他怔住了，在厅堂里赫然地挂着一套格子花呢西装。

他放下行李，急不可耐地穿起西装来，边穿边疑惑地问，"老婆，这是哪里来的？"

妈妈神秘地说，"到上海滩上偷来的。"

爸爸转向我，"哪来的钱？"

我忍住眼泪，摇头不语。

爸爸是马大哈。他只要看看妈妈的耳朵，那耳环怎么不见了，不就清楚了啊。

最终爸爸大概也明白了，握着妈妈的手说，"你让我还魂了。"

奇怪的是爸爸不再晒被褥了。一天，阳光灿烂，我提醒爸爸，该晒被褥了。爸爸只是笑，只是摇头。

爸爸任教不到一年，有一天，去上课，没有多少时间，我们接到电话，说爸爸进了医院。

我们火急火燎赶到医院，医生正在抢救。两个学生告诉我们，何老师在讲课时，突然晕倒。马上叫了救护车，送来了。爸爸一直高血压，可能中风了。果然，医生出来告诉我们，爸爸中风了，送得及时，病情稳定。

不久，出院了。

爸爸变了，总是痴痴发呆，话语越来越少，常常颠三倒四，不知他说的是什么。

一次系总支书记来看望他，他对书记说："我要去美国。我妈妈是美国卡特总统夫人的结拜姐妹。她们是妈妈在美国留学时认识的。妈妈已经和卡特夫人说定了，邀请我去美国讲学，我要办护照，请书记批准。"

书记一头雾水，一愣一愣地朝我们看。妈妈抹着泪，一言不发。书记大概也明白了，握着他的手，连连答应，"好，好，好!"

又熬了半年，爸爸一直重复着要出国讲学，我们都认真答应着，说去办护照了。

一天傍晚，爸爸气喘着，他要我们给他穿上西装，坐着轮椅，去学校兜了一圈，他凝望着巍峨的钟楼，久久不愿离去。

回到家，他剧烈咳嗽起来，对妈妈和我，不断呼唤着，办护照啊、办护照啊，我要去出国讲学。

我和妈妈哀哀地答应着，"快了，护照马上就送来了。"

"护照——护照——"爸爸的呼唤越来越弱，渐渐消失了。

爸爸走了，眼睛睁着。

妈妈失魂落魄，哭晕了几次。她俯下身，温柔地吻着爸爸的面颊，在爸爸的耳边，轻轻地说，"保罗，我知道你的心思，我一定帮你办好护照。"说着，轻轻地帮爸爸合上了眼。

灵堂里的灯光幽幽地照在爸爸的遗照上。妈妈看着爸爸，她怎么也搞不清楚，相依为命的"老克拉"，心中怎么藏着要出国的梦想？哎，"老克拉"就是"老克拉"。"老克拉"把妈妈难倒了，她一辈子也没有见到过护照啊。

妈妈幽幽地看着我，问："你见到过护照吗？"

我摇头。

妈说："你去找陈约翰，问他有没有护照，如果有，借一本来，我依样画葫芦做一本。"

妈妈大概悲伤过度，昏了。护照可以随便借吗？再说，爸爸明天就要火化，深更半夜，怎么好意思去惊动人家。

妈妈无助地看着我，有些绝望。

我突然来了灵感，说："妈，护照不就是一个身份证明吗？应该和户口本差不多吧，我们就照户口本，帮爸爸做一本护照。"

妈妈想了一下，无奈地说："也只能如此了。"

我找到了一个中秋月饼盒子，剪出两片绛红色的硬纸片，作为护照的封面和封底。妈妈又找来一根金色的布条，拿着最细的毛竹针，用糨糊一点点粘贴到两片绛红色的纸片上，作为护照的脊背。然后把一张白纸粘贴在里面，作为正文。妈妈在白纸上贴了爸爸穿西装的照片，用工整的蝇头小楷，写道：

何保罗，男，55岁，中华人民共和国公民。

我用水彩笔庄重地画了一个国徽。

　　做护照时，妈妈嘱咐我不许哭，自己的眼泪却流了下来。她抹着泪，把护照恭恭敬敬放进了爸爸的西装口袋里，叮嘱说："保罗，护照已经办好了，你放心地去吧。"

　　爸爸在笑。

小　焉

一

　　一条在夜色里能照出人影的青石板路，逼窄得只容得下两个瘦人擦肩而过，除了江南的烟雨和巷子里的老阿婆泼过洗脚水外，是没人冲洗的，但曲曲折折的青石板，一直干净得发亮，湿漉漉的，像是一条结着很多故事的黝黑的麻花辫，也像一条柔情的衷肠，有满腹的委屈和苦楚却没法倾吐。

　　这条青石板路，走出去的都是豆蔻的少男少女。他们穿着时尚的衣裳，头也不回地离开这个落寞的江南古镇，读书的读书，留洋的留洋，当官的当官，经商的经商，一个个都很出人头地。留下的、回来的，都是老头老太，或是些混得不尴不尬奔五奔六的人，他们在街上摆弄起早点铺，理发店，裁缝店，肉砧墩……

　　唯有一爿裁缝店生意莫名其妙的好，小店面里，成天价放着已成古董级别的苏州评弹，萧师傅做的一手的好旗袍，人也生得眉清目秀。想当年，他祖父在上海滩摆桌台时，旗袍是太太小姐们的正装，哪个弄堂里的姑娘没有一箱子旗袍呢？夏天穿的是纯棉、府绸、麻纱、真丝，春秋天穿的面料更考究，什么织锦缎、古香缎、金玉缎、绉缎、乔其立绒、金丝绒等等。除此之外，他祖父更有一套镶、滚、绣、嵌的绝活，就是那八八六十四种盘花扣，就看得人眼花缭乱了！他的父亲在人民当家做主的时代到了姑苏城，做起了最平民化的旗袍，大都是清一色的毛蓝布、凡立丁，店铺几近关门打烊。二十世纪八十年代萧师傅出道后，来定做旗袍的除了评弹团、戏班子外就寥寥无几了！若不是为了那个唱《杜十娘》的周小焉，萧师傅早就到服装厂上班了！

那个小焉穿着萧师傅做的真丝缎面旗袍，犹抱琵琶半遮面，一曲《杜十娘》唱得多少人落泪，那真是"嘈嘈切切错杂弹，大珠小珠落玉盘。"周小焉十二岁就拜本埠的"唐瞎子"学弹词，到了十六岁，就能和师傅同台演出。他们最拿手的还是《杨乃武和小白菜》《珍珠塔》《杜十娘》……娄江城的书场几乎天天爆满。十八岁上，红得发紫的小焉突然嫁给了"唐瞎子"。有人说她本是育婴堂里抱来的，没爹没妈的，遇上"唐瞎子"的栽培，实在是一种感恩情结。也有的说两人相差三十多岁，肯定是"唐瞎子"先占了小焉的便宜，小焉只好嫁给她的师傅了！真是一朵鲜花插在牛粪上啊！这之后很多人去听他们说书，一半是看这对奇怪的老少配。看着一个如花似玉的姑娘背着琵琶、三弦，搀着年近花甲的干瘪老头，走在青石板的弄堂时，萧师傅心里有一种说不清的难过。

那时老萧师傅还健在，萧师傅的唇边还刚刚长出毛茸茸的一点胡须，抽忙落空，他总要踏半个钟头的脚踏车，到娄江城书场去听听的。"唐瞎子"戴了副墨镜，要么是单档出场，要么和小焉来一段《杨乃武与小白菜·密室相会》。你别讲，这个"唐瞎子"一开腔来真是勾人魂魄，嗓音哑糯，行腔委婉，韵味醇厚。

> 我这里情切切
>
> 你那里么冷冰冰
>
> 我这虚名儿担得没来因
>
> 想是心如青竹蛇儿口
>
> 性比黄蜂尾上针
>
> 是我有眼无珠不识人
>
> 七尺昂藏头落地
>
> 杨乃武啊杨乃武
>
> 明日之死为些什么
>
> 说我为爱情而死
>
> 她负爱情
>
> 说我为知己而死
>
> 她不知己
>
> …………

他们的三弦、琵琶也弹得滚旋跳跃，如珠走玉盘，飞泉泄水，圆润悦耳。只有在这时，他们才是情人，是夫妻，才是那么心心相印、珠联璧合。高潮处，小焉只用一双清澈的大眼睛深深地瞅着"唐瞎子"。听客们总是忘了吃茶，扇着扇子，跟着这销魂的乐音摇头摆尾……

萧师傅是专门来送"唐瞎子"的那件新做的浅灰长衫的，转眼就要秋凉了，他提议小焉做一件丝绒提花旗袍，在灯光里，更是一种醉生梦死的颜色，和这弹词里的离奇故事是多么地般配啊！

萧师傅的店在九曲镇的西头，唐瞎子的"听橹斋"在东头，如果摇船过去的话要半个多钟头，走过去不消十五分钟。今朝散场得早，他们也回转得早。"唐瞎子"坐在一把花梨木镶象牙的太师椅里扇着折扇，小焉轻轻摘下他的墨镜，他的一双微闭的眼睛虽然只有光感，倒也不怒自威，似乎洞察了人间世事。平日里小焉还要看这双眼睛行事。

那件浅灰的长衫穿到"唐瞎子"身上，还是蛮有样的，尽管他的脸上、手上过早的有了不少老人斑。小焉擦了擦他爬满皱纹的额头，又牵着他上了趟马桶，递上一壶雨前的碧螺春，把他安顿好，方才跟着萧师傅去他的店里。

"阿是唐师傅唱吃力了，所以一句话都不和你讲啊?"萧师傅好奇地问还没来得及卸妆的小焉。

"哎，哪能不吃力啊，一天要唱三场，他又查出糖尿病，是蛮吃力的!"

"他的眼睛是天生的吗?"

"哎，不是的，也是糖尿病引起的，北京上海的，看了很多医生都没好，逐渐逐渐就看不见了!"

"他看见过你吗? 你那么漂亮。"

小焉的脸蓦地红了一下，好在她还有妆容。他是看见过她的，她的额头、她的眼睛、她的嘴唇，以及她乌发上闪烁的天光。在她十八岁生日的那夜，他还看到了这朵含苞待放的名贵的花……

"你怎么会跟他好呀，你们真的有……"

"你晓得个啥，小出棺材，换了别人这样讲，小心吃毛栗子！"

小焉白了他一眼，自顾朝前走。

八月半还没到，街边老宅里的桂花飘过阵阵的香味，小焉的蚌壳袖湖绿长旗袍的后背心，也汗湿了一片。萧师傅跟在她后面，被一种奇特的香味熏得晕晕乎乎，似乎是桂花香，又像是月季花的味道，中间还夹杂着一点淡淡的薄荷味。

小焉走路的样子很好看，她的胸部很丰满，只是臀部长得稍微有点下，每次萧师傅给她量胸围、臀围时，他的手总有点不听使唤。萧师傅正寻思着这薄荷味从哪来的，一眼看见小焉雪藕般的左臂膊内侧，有一块肿起的红疹。小焉忍不住就要蹭蹭她的胳膊，"吹到刺毛花了，搽了风油精还是没用，又疼又痒的难过煞了……"萧师傅有一种冲上去吮吸那块红疹的念头，他可以对天起誓，这里面没有丝毫的邪念，他咽了咽唾沫，说："先熬一下，我店里有氨水，一搽就好，就是味道呛人。"

二

萧师傅这个"小出棺材"也已经不小了，比小焉还要大上两三岁，他跟老萧师傅做旗袍已经八年了。他手脚快，又经常翻一些新花样，娄江城的细娘们都慕名而来，请他做衣裳，蛮欢喜这个爱听评弹、有点阴柔之气的萧师傅。他的手也长得不同一般，没有做过体力活，成天价摩挲着丝绸软缎，雪白细嫩，修长无骨，外加还有一双水汪汪的眼睛，真是生错了地方！

店里的巧英老是黏着这个萧哥哥，总是萧哥哥长萧哥哥短地喊着。这个巧英长相平平，但精于算计，店里进什么货，算什么账，她都捎在前八尺，很得老萧师傅欢心，一张樱桃小嘴巴也是蜜甜。反正只要萧哥哥开夜工，她就在一旁叽叽喳喳的忙着盘纽扣。

收音机里放的《空中书场》是"祁调"的开篇《秋思》：

　　银烛秋光冷画屏

　　碧天如水夜云轻

　　雁声远过潇湘去

　　十二楼中月自明

　　佳人是独对寒窗思往事

　　但见泪痕湿衣襟

　　…………

萧师傅一边飞针走线，一边一个字一个音的倾听着这幽怨婉转的唱腔，感觉这江南古镇之夜和几十、几百年前的一样，那么漫长又那么清冷。

评弹这个东西真怪，男人那么嗲地唱，却一点不叫人觉得娘娘腔。光舌尖音就可以把人迷倒，尤其是小焉唱的，真像一味勾魂摄魄的毒药，他愿意一干而尽。

"萧哥哥为啥喜欢听评弹啊，还有那个昆曲，咿咿呀呀的，慢透慢过，听得人肚肠瘙痒。"巧英"噗"地吐掉嘴里的线头，斜眼瞄了一下沉醉在才子佳人故事里的萧哥哥。

"恐怕哥哥的前世就是个戏子，今世罚你来做衣裳的……"

"小细娘懂个啥，要想做好旗袍，首先要学会听评弹，一个人心静不下来，会做出啥个好衣裳？"

"嗯，讨厌！"巧英倒上一茶盏茉莉花茶，送到萧哥哥的嘴边。

"哎哟，烫煞人咯！"

"那我帮你吹吹，哥哥，明朝我帮你带块猪油白糖糕来，开夜工，是要垫垫饥的！"

"你上门板吧，我马上收工，歇两日苏城评弹团就要来取货了！"萧师傅褪下那枚磨得发亮的铜顶针，拎起一件宝蓝色的长袖旗袍来，咯吱咯吱地踩着木梯往楼上走，那阁楼上挂满了几十件各式各样新做好的旗袍，等着被那些丰满香艳的身体穿上。

哎，这旗袍也看什么人穿啊，像小焉那样的极品女子，真是穿出了旗袍的魂灵啊！萧师傅用指尖轻轻摩挲那软缎面料，仿佛小焉柔滑的肌肤，他的鼻孔里又飘过夹杂着淡淡的薄荷味的香气来，不知怎么弄的，下面忽然有了反应。

"哥哥哎，哪能挂件衣裳要半半日日？"

巧英提着钥匙上来了，看见白炽灯下红着脸的萧哥哥，一双手还在搅着衣襟。

"手怎么啦，弄破啦？"巧英的手伸了过来。

只听当的一声，一串钥匙落在了木地板上。

"哥哥哎……"巧英一把抱住站着发呆的他，仰脸去寻他的嘴唇。萧师傅脑袋嗡的一声，他的鼻腔里又飘过那股奇异的芳香，他的喉间痛苦地呻吟了一声……

"哥哥难过啊？我不要你难过，我要……"这个巧英也是疯了，一下蹲下身子，拉开他的门襟，一口把他含在嘴里吸吮起来。那种熟门熟路，让萧师傅心惊。

萧师傅颤抖着身体，仰倒在春凳上。巧英的身体像白蛇精，柔软滑腻，充满魅惑。他眩晕起来，大口地喘气，耳边急急响起了琵琶声，由远到近，由缓到急，嘈嘈切切。

他看到的是小焉的嘴唇一张一翕。

他两瓣抽搐的薄唇被巧英含在了嘴里，一根纤细若子弦，一根粗野似缠弦，两弦绞和在了一起，弹挑、弹弹挑、弹挑弹、挑轮、勾轮、双轮、满轮，晕晕乎乎，跌跌撞撞，踉踉跄跄，不知归路，直到子弦怦然断裂……

他气若游丝，巧英还在亲他。

他第一次觉得，自己的灵魂已随着巧英摇摆的细腰袅袅升起，飘荡在挂满旗袍的阁楼里，他哎呀哎呀的呻吟，那些旗袍们也在窃窃私语……

第二天，萧师傅像丢了魂一样，只顾埋头做衣裳，连评弹也懒得听了，更懒得同巧英接嘴。晚上他索性扔掉顶针，跑到娄江城书场里待了一个晚上，听小焉唱《杜十娘》，听得泪流满面。

他又痴痴呆呆地跑到后台，找小焉说丝绒旗袍做好了，哪天来试一下，最好早点拿去，免得弄脏了。

"唐瞎子"摘下墨镜，喊了声小阿弟，并投来一束异样的眼光。

老萧师傅倒没觉察出什么来，他又要到湖州去挑选面料，临走叮嘱巧英多烧把米，小萧师傅的一日三顿就交给她了。

白天人来客去的倒也忙碌，到了掌灯时分，人们都忙起了夜饭。巧英一声不响地打开收音机，又拎了只篮子出去了。一会儿工夫端上两碗喷香的双凤羊肉面，一碗羊腿面给萧师傅，自己吃的是两块钱一碗的羊汤面，上面还飘着碧绿的蒜叶。

"赶紧吃，冷了就不好吃了，我同阿胡子讲好了，明天给你留几样好吃的，给你补身体。"

萧师傅依然不说话，巧英火了，"真是雌猫不发雄猫发，我是羊肉没吃倒惹了一身臊……"说罢呜呜呜哭开了。

萧师傅连忙关上店门，呼噜呼噜地吃完面。看着在灯下不像哭又不像笑的巧英，发现这个细娘还是蛮复得起眼的，虽说不上出客，倒长得很甜，眼前晃过那天夜里她的细腰来，说真的，他只是囫囵吞枣，还没来得及品匝出滋味来呢！

"巧英，我那夜没看清爽呢！"话音未落，这个细娘又吻上他的脸，一个劲的嗔骂他：

"死人、冤家、神经病、十三点……"

"哎呀，我还没刷牙呢！"

"是的，一口的羊臊味！"

....

他们斜着身子，脸贴着脸，咯吱咯吱地上楼，梯子太窄，几次差点滚下来，好不容易上去了，萧师傅在春凳上铺了层薄被，把巧英放在上面，轻手轻脚，一一剥开，楼下的收音机里放的是昆曲名角张继青的《牡丹亭·游院惊梦》中的"步步娇"：

袅晴丝吹来闲庭院

摇漾春如线

停半晌整花钿

没揣菱花偷人半面

迤逗的彩云偏

我步香闺怎便把全身现

巧英穿的不是旗袍，是一件樱桃红的薄羊毛背心，里面是一件白衬衫，再里面是一个纯棉的胸罩，兜着两只雪白溜圆的"小兔子"，有两点樱桃红随着"小兔子"的起伏而跳荡。他不禁把脸深埋进去，抽泣了起来……

三

自从唐瞎子连小焉的面影都看不清后，他的脾气是越加不好了。他这一辈子，该出风头时也出过，娄江城里的演出，他是响当当挂头牌的。年轻时也是一表人才，师妹师姐们都欢喜同他搭档，要不是文工团的小苏使劲追他，他是会和青梅竹马的小师妹成家的。

当年小苏下放到工厂参加了工宣队，她根正苗红，可他唐伯君是差点成了右派。他们十年的夫妻，有五年是分居的，而另五年，他们几乎是三天一小吵、五天一大闹的。他所有的工资每月都得如数上缴给小苏，而发的什么布票、肉票、粮票、糖票、烟票，甚至电影票都得由小苏保管、支配，她简直成了个不折不扣的票迷。

他完全没有料到那个靠在他肩头，可以陪着他在夜晚绕城走三圈的小苏，进入婚姻生活后会是这样一个小市民。尤其当她杏眼圆睁地"搜身"时，他都想哀号。最要命的是，有一次她一怒之下砸了他最心爱的一把三弦，要他学学缝纫和木工。他蒙被哭了一场，觉得自己被糟蹋了！

小苏也有小苏的委屈，当年若不是看上唐伯君的才华和风度，她是决计不会嫁给他的。他会编织才子佳人的故事，但生活毕竟不是唱戏啊！自从有了一双儿女后，他们的生活更是捉襟见肘。除了唱弹词外，他几乎什么都不会，肩不能挑担，手不能提篮，还常发牢骚："进了门就是床，上了床就是墙！"又嫌家里总有股糨糊的味道，这糊满墙的破布头、废报纸可都是她年过花甲的老娘从街上拣来，糊好做鞋底的，这样一个礼拜可以保证吃一趟荤，哪怕是买上一个肺头也好啊！他们一家四口挤在一张床上，就是过夫妻生活也是别扭急了，她的老娘就住在隔壁的小间，经常是黑灯瞎火的，三下五除二完成任务了事。

"十年动乱"结束，他们的婚姻也到了头。唐伯君方才明白原来两个人从相识、相知，到相恋、相厌、相憎、相弃只是一个过程，这个过程可以是三年五载，也可以是一辈子。

在单身过了十年后，在他清心寡欲到坐怀不乱的五十三岁，小焉的出现真让他心头一惊，眼前一亮。

要说带女徒弟，他不知带过多少，可这个周小焉，自他看到的第一眼起，就觉得她是属于评弹的。十二岁学评弹的确有点晚，但她眼角眉梢透出的灵气和古典的雅致，却是少见的。最关键的是她嗓音条件好，声音清丽幽美，非常适合唱俞调，记忆力也超群，一点就透。

这个唐伯君是的的刮刮科班出身，年轻时就深得因《珍珠塔》名噪一时的弹词大家周云瑞的真传，唱腔音高可超越两个八度以上，练就了"高则翻山越岭，低则一泻千里"的功夫。所以一开始，"唐瞎子"就对小焉的咬字、呼吸、吐音、运腔等方面，都进行了严格的训练。

谁人不晓唐伯君的厉害，他自己为了评弹几乎不近女色。哪一个徒弟一张口他就知道她这几晚放纵过了。小细娘的嗓音和女人的声音，他一听便知。

唐伯君的一把戒尺是不认人的，他见小焉的第一天起就说："以前的细娘都是要绕小脚的，要准备哭掉三缸眼泪水。你跟我说书，也准备好三缸吧！"

"好的，先生！"其他人都喊他唐师傅，而唯独小焉喊他先生。她的这个先生便一日一日的成了她的父母双亲，成了她的恩人。

小焉不想知道她的过去，是不是私生子，有没有爷娘都不重要了，只要琵琶声一响，她就进入了另一个世界。这个世界里，只有两个人，那就是先生和她。

娄江城评弹团是在娄东老街上的，街两边都是明清时期造的老式楼房，青砖、雕花木窗，剥落了油漆的厚重木门，半砖厚的木地板虽已被踏得伤痕累累，倒仍结实有弹性。由于街很窄，从二楼的木窗伸一根竹晾杆，就可以搭在对街的窗台上，行人的头顶上往往悬着一条花被头。

那时老楼里还没有抽水马桶，除了一个公用的厕所外，就只有用马桶了，所以沿街摆放的一溜马桶也蔚为壮观。一清早六点不到，环卫所倒马桶的阿姨，就喊："楼上拎马桶下来。"小焉起得早，咿咿呀呀的吊嗓，住在楼下的唐伯君的马桶，便是小焉帮忙轻手轻脚给拎出来，也只有小焉有唐伯君的钥匙。

先生的确没有打过小焉一戒尺，因为小焉太乖巧了，唐伯君实在喜欢这个像蒲公英般玲珑剔透的女孩，小焉平常日里话不多，但在先生面前，却是什么话都想说，甚至有时还要撒撒小娇。那时他的眼睛已经不太好了，所以出门走路，总是小焉牵着他的手。小焉唱好了，唐伯君一高兴还会伸出手去，摸摸她的小脸，叫声乖囡，甚至亲上一口。小焉像只小猫一样缠人，直到她十四岁上的一个黄昏。

那天娄江城的书场是有唐伯君的一出《三笑》的，结果小焉不知怎的就是磨蹭着不动，唐伯君有点恼了，说话的声音高了点，小焉竟哇地哭了起来，幸好她的一个师姐发现其中的原委，小焉来初潮了！

小焉就像一株植物一样，一夜之间就成熟了。

小焉一日日长大，也一日日的成了唐伯君难以割舍的左膀右臂。一开始师徒俩的双档演出，小焉不过弹弹琵琶，到了十六岁上，唐伯君觉得，该让小焉在他的肩头开花了！

杜十娘恨满腔

可恨终身误托薄情郎

说郎君啦

我只恨当初无主见

原来你是假心肠一片待红妆

可知晓十娘也有那金银宝

百宝原来有百宝箱

今朝当了你郎君的面

我把那一件件一桩桩

都是价值连城异寻常

何妨一起付汪洋

…………

这最见功力的一段《杜十娘》，小焉唱得九曲回肠，悱恻缠绵，转腔连绵，顿挫频繁，将高亢与低沉，委婉与平直，刚劲与柔和融为一体，听得台下一片唏嘘。

一次次的满堂彩，一场场的爆满，半年下来，《珍珠塔》《玉蜻蜓》《描金凤》《三笑》《啼笑因缘》《白蛇传》等都成了小焉的拿手好戏。小焉一日红似一日，而他唐伯君是要日薄西山了，他的眼睛也几乎失明了。

唐伯君真的累了、病了、老了，他开始拒绝吃那又苦又涩的中药，开始不练嗓了，一睡就是一个上午。他的房间，其他人是不好随便进出的，只有小焉例外。

朦胧中唐伯君感到身着旗袍、曲线毕露的小焉，轻手轻脚的进来，绞了把热毛巾轻轻擦他的脸，还用冰纱布敷他红肿的眼睛。他的心里漾起了一股无法言说的温柔，他只想让这一刻长点，再长点……

也许是一种本能，让他一把抓住了小焉不盈一握的皓腕，他把这双弹拨他心弦，如水草一样飘忽不定的嫩滑的小手放到了他干涸的唇上……

小焉没有挣脱，一动不动地坐在床沿，她甚至不敢转动脖子，怕发出声音，直到唐伯君发出均匀的鼾声。

小焉去唐伯君的房间次数越来越多，停留的时间越来越长，师兄妹们开始说闲话了。

"哦，原来是这样讨得头牌的呀！唐师傅要晚节不保了！"

"是呀，唱呀唱呀就唱到床上去了，假戏真做了！"

"这样下去，小焉是嫁不出去了，就是再红也没人要！"

"弄不好帮唐师傅生个老来子出来，到时喊唐师傅现在的孙子喊啥呀？"

小焉倒是非常大方，一次次地跑码头，公开场合照样在臂弯里挽着唐伯君，同进同出。她自小就是在口水的枪林弹雨里长大的，对于这一切，一概默默地承受下来，不做任何的反抗。在她纤柔顺从的外表下，包裹着的是一颗极其叛逆的心。

唐伯君的脸色一天天的好转,脚里也有了力气。要不是小焉偷偷拿了他痰盂里的尿去化验,他还真不知道自己得了很严重的糖尿病,怪不得吃了那么多苦药,眼睛仍不见好转。唯一值得庆幸的是,他二十年一贯的苦行僧生活,有了微妙的变化。他如一棵行将枯死的老树,得了雨露的滋润,慢慢地复苏,枝丫间居然爆出了嫩芽。他是舍不得把这嫩芽掐断的,那些嫩绿的梦境,他常常温习了一遍又一遍……

唐伯君嫌评弹团的住处太嘈杂,隔三岔五,就要回六华里外的九曲老宅。那套倚河而造的老房子,是他过世的娘留给他的,他自小就是头枕着九曲十八弯的河水,听着欸乃的桨声长大的。

自从有了小焉的细心照顾,他更是欢喜带她回那精致小巧的"听橹斋"了。他们欢喜在这水上人家练声,一个弹琵琶,一个弄三弦。

那剥落的马头墙,雕花的槅门槅扇,只要在窗口倒扣下一只提桶,就能拎上一桶清澈的水来。市河里划着木船的渔民,都是老熟客,关照好啥辰光送半斤带子的河虾、送一条鲫鱼来,一歇歇就听得桨声近了,再听的一声喊:"唐师傅,没事来哉……"送上来的都是活蹦乱跳的鱼虾。

要是吃得急,就让小焉用喷气的煤油炉爆炒,要是炖汤什么的,小焉就到隔壁窗口甜甜地叫一声阿婆,捧一块煤饼去接火。

视力只有光感的唐伯君,有时会暗自庆幸自己的眼疾,如果自己眼睛不瞎,恐怕就不会得到小焉贴心贴肺的关照了。

"一、二、三、四……先生记好这木楼梯是九级的就好办了!"卧室兼书房都在二楼,楼梯狭,两人不好并肩上,小焉就在后面扶着先生的腰上楼。

"哪能会不记得呢,从穿开裆裤起,就在这楼梯上爬上爬下,闭拢眼睛都晓得。"

小焉都是在楼下摊一张钢丝床困觉。

初冬的江南夜很有些潮湿的寒意了,小焉冲好了热水袋给他捂脚,唐伯君已经合衣躺下了,说:"我不怕冷的,你的小脚阿冷啊?"

"我的脚,一夜到天亮都像石头一样,你不要,我就不同你客气了!"

"那拿我柜子里的羊皮大衣去,压在脚跟头好点。"

小焉一双小手伸进被窝。"哎呀,先生的脚指甲太长了,要请修脚师傅修修了!"

"哎,我的一双脚难弄啊,是大象的脚,浴室的小师傅都不敢动的。"

说着说着,坐在他脚跟头的小焉来了个恶作剧,突然把一双没穿袜子的小脚,伸进唐伯君温暖的被窝里,惊得他打了个冷战。小焉咯咯地笑开了。她刚想把脚抽回,唐伯君一下把她捉牢,捂在了胸口。

"别动……"

小焉的一双脚被唐伯君抚摩着,像珍宝一样地抚摩着,直到她温热,他轻轻掀开一角被子,俯下身来亲了又亲。他曾亲过摇篮里女儿的一双小脚,但亲小焉的却不一样,有一点庄严,有一点冲动，还有一点甜蜜的痛楚……

"不要，先生，不可以这样的……"

"你的手心经常出汗，脚不会吧……"

小焉抱着个热水袋，不晓得怎么办好，只是一阵耳热心跳，腋下都冒出汗来。

"啊，你不可以招我脚底心的，我怕肉痒，快放手啊，先生……"

"傻囡，啥人同你招脚底啊，脚都热了，快滚走！"话音未落，唐伯君连打了三个喷嚏。

小焉哎哟了一声，赶紧把热水袋放进被窝，左脚猛一用力，突然抽筋起来："不行了，不行了，我的脚……"

"你看看，啥人叫你调皮！"唐伯君毕竟是个男人，一把将小焉搂到了热被窝里，小焉也痛得没有挣扎，顺汤下面一样，把脸埋进了唐伯君的胸前。唐伯君猛然想到了那句古话："软玉温香抱满怀。"他真想一辈子就这样抱紧她。

"怎么哭了？乖囡，脚还痛吗？"唐伯君用他温热的小腿夹住小焉的脚。他的全身被一股温热的香气所包裹，这一切就像在梦里一样……

小焉还穿着羊毛衫，浑身都在发抖，只是把脸更贴近他的胸口。

"别怕，我不会欺负你的……"他轻抚着她的脊背，不久，两人就像喝醉了酒一样，沉沉地进入了梦乡……

远远的有一只木船，划过他们耳畔的九曲河……

四

小焉长到十八岁上，却没有对任何同龄的男孩动过什么心。其实在她的心底里是有一种说不出的恐惧感。

在小焉还没拜唐伯君为师前，一心想收养她的一对中年夫妇，不止一次来福利院看过她，还经常带她回家过周末。那个瘦瘦的男人姓赵，是教书的，戴副金丝边眼镜，很斯文。那个姓季的女人，是医院的护士，长得很矮胖。

一次季阿姨在抱小焉的时候，小焉痛得叫出了声，季阿姨一摸，她的前胸长了两个硬块。他们夫妇俩赶紧把她带到外科，医生笑了，说不是什么病，是小女孩乳房发育的早期症状。

小焉好像犯了罪，走路都含着胸。那个赵老师倒非常喜欢小焉，带她到公园荡秋千、坐滑梯，还买小笼汤包、菜馄饨、萝卜丝饼给她吃。

他们住在教职工宿舍四楼，每回要上下那个没有路灯的长长的台阶，赵老师总喜欢从后面抱着她上楼梯，小焉的马尾巴总是扫在他的脸上、鼻孔里，弄得他很痒痒。赵老师的一双手，总是隔着衣服揉捏起小焉的前胸，小焉一开始下意识地把他大手推开，但这样他抱得更紧，小焉也不敢喊叫，只听到自己怦怦的心跳和他急促的呼吸，小焉几乎要吓晕了。但是第二天，赵老师依然像什么事都没发生一样，给她买蝴蝶结，买好吃的。到了夜里送她下楼，依然揉捏她，揉得小焉像踩在云朵里一样……后来她梦里还经常出现那黑咕隆咚的楼道，一双揉搓她前胸的手，还有她没法喊出的声音。这种莫名的恐惧感，直到她来到评弹团，拜唐伯君为师才逐渐消失。

而小焉的命运，在她十八岁生日的那个夜晚发生了改变。

那晚唱完一段《啼笑因缘》，他们就回九曲了，小焉把四只大闸蟹蒸上锅，又切了姜丝，配了调料，温了一壶花雕酒，听着弹词老艺人沈俭安和薛筱卿灌制的唱片《珍珠塔》。窗台上的菊花清香袭人。

"美酒、佳人、评弹、菊花，还有大闸蟹，人生夫复何求啊……"

唐伯君随口就用沈薛调唱了出来。

"美酒、佳人、评弹、菊花、螃蟹，这五样里，先生只能要一样，你要哪个？"

"当然是佳人！"

"啊，不要评弹啦？"

"最好两个都要。可佳人是千载难逢的呀？"

"先生啊，莫辜负了这良辰美景……"

"小焉请（先生请）……"

他们就这样酒酣耳热，一唱一和起来，感觉人生美好莫过如此了。

"小焉啊，我啥辰光能真真切切看到你，就死而无憾了！"

"先生啥时想看就看得见的呀！"

"让我摸摸你好吗？"

"先生眼睛不好，摸我就等于看我。"

"哎哟，脸这么烫呀！"

"我不会吃酒的，一调羹酒就要醉了……"

"我可怜的小家伙……"

"你说，我们会永远这样好吗？"

"难啊，你总是要嫁人的……"

"我一辈子跟先生，不嫁。"

"傻囡，我可以做你爷的，啥人让你这样小啊……"

"我再大十岁，你会娶我吗？"

"当然，我再年轻十岁，会把你从嫁船上抱到屋里厢的……"

"哈哈，先生抱不动的，我又胖了……"

"瞎讲，我来试试看……"

两个微醺的人，紧紧拥抱在一起。唐伯君的前胸，碰触到小焉穿着软缎旗袍的丰满乳房，唐伯君第一次流着泪，深深亲吻了她。

"我给你看……"小焉如赴死一样，一下脱掉了旗袍。

唐伯君只觉眼前一道白光，一刹那，他真的看到了小焉的胴体，他再也控制不了如火山喷发一样的激情，饥渴地吮吸着，像一个婴儿……

小焉搂着他的头，突然觉得唐伯君是一个无助的孩子，他是多么需要呵护需要爱啊！她把他的右手又向下挪，唐伯君突然停了下来，说："我这样做是对不起你的，你以后还会把我当作你的师傅，还会尊重我吗？"

"是的，先生！"

唐伯君弹拨三弦、琵琶的手指，第一次抚爱起他最心爱的女人。那是一片未被开垦的处女地，他像抚摩一个梦一样，若即若离地触摸着她，他这大半生的坎坷，小焉难言的苦楚，都因了这轻柔地抚摩而烟消云散。他指尖所到之处，都引得一阵悸动，小焉痛苦地呻吟着，他擒住那被泪水濡湿的睫毛，吻了又吻……

娄江城评弹团对他们师徒俩的亲密关系，也是睁一只眼闭一只眼。唐伯君是他们团的一块金字招牌，小焉更是台柱子，演出、拿奖都少不了他们，再说，他们都是单身，都是自由人，民不告官不究，他们是乐得看一出好戏。

倒是风声传到了唐伯君儿子唐明的耳朵里了，在娄江城他也算有头有脸的人物，一天夜里，都过了九点了，唐明带着一家三口，拎了两盒礼物突然来到小镇。

小焉刚给唐伯君吃好中药，正好在讲乾隆帝南巡，召姑苏弹词名家王周士说书的事，见唐明板着面孔，小焉很知趣地泡好茶要走。

"我说周小焉，你也老大不小了，天天黏着我老爸像啥？当然了，他身边是缺个保姆，我们做子女的会帮他寻，用不着你多管闲事。"

"小明，怎么可以这样同小焉讲话！这几年，你们都忙得不着家，半年也来不了一趟，连个电话都不晓得打，没有小焉体贴照顾，你爷老早不在世了！"

"老爸，你要啥跟我讲呀，阿晓得外头人的闲话难听得来，讲你到了晚年还要轧个小戏子做姘头，你们无所谓，叫我们的脸往哪里放啊？"

砰的一声，一把唐家祖传的宜兴的紫砂茶壶被摔得粉碎，溅出滚烫的茶水烫了唐明的脚背。从小到大，他还没见老爸这样发火，他涨红着脸，骑上摩托就走了。

"生儿育女是一场误会啊！"唐伯君微睁着一双眼睛，摇头叹气。

小焉边扫着碎片边落眼泪。

"你不要气啊，浑小子不懂事啊！"

"我回城去了，省得毁了你的清誉。"

"不要走，求你！你走了，我啥都没有，只有黑暗……"

第二天，他们去领了结婚证。

五

萧师傅的生意越来越冷清了，除了来定做毛料西服能挣一点外，其他都是薄利。（二十世纪）九十年代的娄江城已经开了不少服装店，连小菜场里都是星罗棋布卖服装的。那种时尚款式，化纤或牛仔面料，做工粗糙的货色，大多是从广州批发过来，价钱也很便宜。

老萧师傅眼睛生了白内障，手术也没动好，就把这个店丢给儿子和巧英，自己到乡下种菜、钓鱼去了。

巧英自打和萧师傅好上后，俨然是这个店的女老板，索性把被头铺盖、锅碗瓢勺都搬了来。两个人一道开火仓，还是蛮合算的，蔬菜乡下地里有的是，只要买点鱼荤。小日子过得还算滋润。

萧师傅比半年前净重了十斤，只怪巧英水食调匀，养得好。

今朝的夜饭就有腌笃鲜，还有一条葱烤鲫鱼。

"到了十月份，我去喊我表哥，弄几只阳澄湖大闸蟹来吃吃，我还会做蟹羹芯馄饨呢！"

"好的！"

"服装厂又在招人了，现在生意这样冷清，我想去试试看，听说都订劳动局合同的，以后有劳保咯。"

"好的！"

"只要不加班，我就来帮你。你可不许花心啊，我可是连头带尾巴一道给你的哦！"

"我要吃头！"

巧英一筷子把鱼头搛到自己碗里，夹了块鱼子塞到他的嘴里说："我这是在养儿子呢！"

萧师傅使劲捏了一把她的大腿。

巧英骨子里是个很多情的女人，她初中一毕业就到娄江城了，端过盘子，扫过地，到了二十岁上感觉还是学门手艺牢靠点，就拜了老萧师傅为师。

巧英是乡下出身，做事又快又狠又准，她六七岁上爷就生腰子病死了，还有一个姐妹，都是娘把她们拖大的。穷人的孩子早当家，地里的农活一半要靠巧英的，只是碰着割稻割麦，就苦了。从田里挑到队里的打谷场，起码要三里路，巧英娘仨经常要忙通宵。

队里的阿生哥会来出手帮个忙。有时鱼枪上还会挑一条三四斤重的胖头鱼过来，够她们吃几顿的。

队里所有的轧稻轧麦，都在打谷场上。男男女女忙完，到了吃点心的时候，总有几个新妇，被力气大的男人摁倒在草垛上，打闹一番。他们一双干农活的手，也顾不上到河浜里洗一洗，就伸进那些女人的衣裳里周身捣，男人总是能吃到女人的"豆腐"，啥人家娘子的奶大，啥人家娘子的奶软得像棉絮，男人们是一清二爽的。

也有闹过头的，被新妇狠咬了一口，有的女人裤腰上的纽扣被拽脱了，顺手就扯过几根碧青的稻草，"呸呸"往手心里吐几口唾沫，三下两下，就搓好了一根结实的稻草绳，拦腰一系，就开始加入如打仗一样的脱粒大军。

大队里放电影《红色娘子军》时，巧英被阿生哥偷偷摸了。她以为阿生哥会同队里的其他男客客一样，不过摸摸而已，也就没有激烈地反抗。她还指望着收麦时他来帮忙呢！

阿生哥是很出力地来帮她挑麦，他一肩就能挑起三百斤，走上三里地，还一路同那些男客客"好呦……噢呦……"地喊着歌。可是挑到巧英娘回去烧夜饭时，他放下扁担就把她抱到麦垛上，撩开她汗湿的衣裳，说要摸个够。巧英也依了他，没想到他摸了上头，还要下头。

她正来月经，又吓又痛，只感觉阿生哥粗壮的胳膊，把她箍得紧紧的，底下的东西像石头一样，抢掠了她的缝隙……

麦秸上都是血，她拉起裤子就想跳河。

"我会来招你的，收好麦，我就挽媒人来提亲！"阿生哥死活都不放她，"你投河，我要去吃官司的，我喜欢你呀，傻瓜！"

麦收后媒人没有来，倒是阿生哥夜夜来缠她。

只要没有人，他就把巧英压在身下。

"痛呀，痛煞了！"

"哦，我轻点，一歇歇就不痛了……"

"不可以，不可以，我会怀孕的……"

"不会的，我熬牢……"

巧英逐渐适应了这种方式，在有着虫叫蛙鸣的田野里，漫天的星星，一个男人在奋力耕耘着他的土地……这是他们又苦又累的乡村生活唯一的乐趣。

当这块地丰腴了，耕作她的男人到山西当兵去了。

手术台上的巧英血流成了小溪……

萧师傅虽说觉得巧英不太像小细娘，但也不好说什么。巧英几趟都催他送几个提篮给她家的长辈，村里的细娘都行送八样的，什么鸡、鸭、鱼、蹄髈、米面等等，办几桌酒席也算宴出客了。但萧师傅一听要结婚就有些发毛，总觉得自己还没有持家的本事。

"阿是觉得我是农业户口的，不要我啊？"

"现在居民户有啥用啊，粮店的米都卖到七八角一斤了，房租也在涨，居民户现在要喊救命了……"

"哦，那你嫌我长得丑，没有那个说书的狐狸精漂亮。"

"不要瞎讲，我看你才像只骚狐狸！"

巧英放下活上来就拧他耳朵。"你要死快了，看我怎么收拾你！"

巧英的一双手伸进了他的腋下，这种场景颇似当年打谷场上男女的调情，只不过现在倒了个个，是男人在求饶了。

萧师傅已经离不开巧英了，如果说小焉带给他，云一样摸不着够不到的神秘、神圣，而巧英给他的是干旱的庄稼地上，一场酣畅淋漓的大雨。他在一片汪洋里浮沉，漂流……最高潮处，他会哭出声来，而巧英在骂他蟨出棺材。

萧师傅已经有一个多月没见着小焉了，他们的"听橹斋"也是铁将军把门。他跑到书场一看，吓了一跳，文化馆正在大兴土木，说是要把书场改造成歌舞厅，评弹团也等着解散。他问原来卖戏票的小汤："阿晓得周小焉去了哪里？"

小汤提了提石磨蓝的牛仔裤，哈哈一笑："周小焉一走，半城男人要失恋了！"

萧师傅失魂落魄地沿街一路走来，发现一切都在一夜之间变了！大街小巷都有城建局的人挥着朱红的大刷子，在民房、店铺、桥头，甚至公共厕所上写着"拆"字，周围还圈上个红圆圈。

只听几个老头老太在说："老城区要分片分区改造，武陵街、马桶街、剪刀弄全部要拆光，连河都要填没呢……"

挖掘机开来开去，古老的娄江城在被肢解。几百年的旧梦，几百年的苦辣酸甜，都在顷刻间化为尘埃。萧师傅突然觉得失去了依傍，失去了夹杂着几许衰朽而又亲切之气的老祖母的胸膛。

他骑车恍惚地回到店里，见巧英在哭："你的爷，老萧师傅没有了……脑溢血……送医院来不及了……"

六

唐伯君和小焉的好日子没过多久，评弹团就要作鸟兽散了。

团长下海去深圳经商，副团长想留几个年轻、漂亮可打造的加盟歌舞厅，他们希望人气较旺的小焉，能走甜妹杨钰莹的路，她的嗓子唱唱通俗歌曲，还是游刃有余的。除了几个有编制的外，其余的都是合同工，工作一年给一个月的工资，就一脚踢了。

团里凡是能拿得走、拆得跑的都被洗劫一空，连演出用的凳子、台子、搁脚都被扛走了。女演员们倒也因地制宜，上午宣布下岗，下午就在文化馆门口摆起了摊头，三四十就可以拿走一件真丝旗袍。而那些长衫们的下场更惨，都是全棉的料，要么改成小孩的尿布，要么给家主婆拿去做拖把。也有的一狠心，抱了琵琶、三弦到中学门口叫卖，结果几个男孩子过来看看，说不是吉他啊，扭头就走了。

评弹团解散前文化局是开了个欢送会的，汪局长还做了言简意赅的发言。

"一切都要顺应形势发展嘛，我们要为百姓创造更生动、更活泼、更贴近生活的艺术。评弹艺术是一门高雅艺术，已有四百年的历史了，被誉为我们江南的奇葩，但曲高和寡啊，难以生存，这不要紧，我们可以创造新的艺术门类嘛，比如说模特表演、比如说歌舞表演等等，这些都是老百姓喜闻乐见的……天下没有不散的筵席，而今迈步从头越……"

会议结束前汪局长还邀请著名弹词艺术家、国家一级演员唐伯君和评弹团当家花旦周小焉，表演一段《梁祝·送兄》。只听唐伯君一声唱叹：

> 我是有兴而来败兴回
>
> 想我来时欢喜我去时哀
>
> …………

这婉曲动人的声音，如一缕气若游丝的香魂，飘荡在断头折脚的青石板小巷，很快就被强劲的摇滚乐所淹没……

小焉把他们的"吃饭家什"分装了几个箱子，真丝旗袍是不能放在樟木箱里的，先生一共有三把欢喜的三弦，她也有两张弹得顺手的琵琶。先生的几个学生帮忙，送上了开往省城的火车，一同带去的，还有小焉养了两个月的波斯猫"蓝眼睛"。

唐伯君省城的朋友有开酒店的，有做茶楼的，还有在省艺术学院当院长的。单靠他一个月一千三百多元提前退休的工资，是捉襟见肘的。小焉临走时，也只拿到三个月的工资和一点失业补贴，拢共一万多点。他们先在望月楼老板李晓雨借给他们的五十平方米的筒子楼里落了脚。

这是一小套一室一厅、铺着芦席花木地板的老式套房，除了两个壁橱、一个书橱、一张高低床外，几乎没有什么家具。房子的窗户全是木框镶玻璃的，卧室的一扇窗还关不上，一个小水泥阳台上还有几盆行将枯死的吊兰，由于楼间距太近，十一月份的天，他们二楼几乎晒不到太阳，小客厅里白天都要点灯。

李晓雨的太太是个五十岁左右、长得很清爽的小儿科的医生，她对小焉还是蛮热情的，说这套房子刚让租房的人搬走，还来不及打扫，虽然小了点倒还实用，是他们医院分配给她的房子，离市医院、商场、菜场、邮电局都很近，就是采光不太好，下水道容易堵塞，请人疏通一下要二十元。她还拍拍小焉的肩膀："你还年轻，等安定下来，可以考虑要个小孩。"

"蓝眼睛"一到这个新家，就一头钻进了床肚。猫是恋旧的，小焉把它平时吃食用的盘子、喝水的小碗都带来了。唐伯君是非常反对小焉挤占时间、空间养猫的，临走时还想把它送给一个学生，小焉抱牢不放，又流了不少眼泪，唐伯君这才同意带走。

本来唐伯君是想和小焉在九曲过过安宁、平淡的日子，可是自己一离开了舞台，一离开了评弹，便啥都不是了，他只不过是一个处处需要人照顾的瞎眼老头，身边还有这么一个如花似玉的细娘，在陪他苦度光阴，真真罪过。他们结婚没有办一桌喜酒，省城的一些朋友也没见过小焉，他带小焉出来，一是开开眼界，再是省城的几家中档饭店、茶楼还有说书的，尽管评弹已经衰落到小妾、奴婢的地位，但总不能就此成了绝响啊！

小焉自从脱下旗袍后，就成了地道的家庭主妇。她拉着唐伯君一一熟悉这套房子，从客厅到卧室有四步，客厅右转弯到卫生间是两步，卫生间的对面是一个小厨房，可是有一次她买菜回来，还是发现唐伯君一个人站在厨房里发呆，说是找了半天，也没找到抽水马桶，他急着尿尿。唐伯君的方向感越来越差，一天不肯走上一百米，这可把小焉急煞了。

"我们出去转转吧，先生！"

"有啥好转的，我一个瞎子！"

"出去晒晒太阳也好啊！"

"我不要阳光！"

虽说菜场离小焉的住处不到两站路，可来去总得花时间，每回她给先生安排停当出门买菜，唐伯君就像小孩一样噘起嘴巴："啥辰光回来啊？"

小焉一路小跑去菜场，又一路小跑着回来。只要她在厨房超过半个钟头，唐伯君就不耐烦地喊了："怎么进去了，就出不来啦，你看看，浪费了多少时间！"

饭菜端上来后，唐伯君是吃什么都不对胃口，说小焉尽给他做死鱼烂虾。菜场买来的鱼虾，岂能与九曲河刚上岸的同日而语呢！

"你等我一歇，我马上下来哉！"

"又在同啥人讲呢?！"唐伯君皱了皱眉问，"外头是啥人啊？"

"哎哟，是卖米的，你不是要吃无锡香粳米吗？人家推着板车送来哉……"

唐伯君除了听电视、听唱片外，就是让小焉读书、读报、念弹词，他们也时常操练一番功课，除了"蓝眼睛"外，没有第二个观众。时间一久，三弦、琵琶上都蒙了一层灰。

一个多月来，他们过着每天都一样的如死水般平静的日子。

到了夜里，唐伯君洗好脚，蒙头就睡。小焉一声不响地躺在他身边，在异乡的黑暗里，听不见桨声、虫鸣，两个沉默的人你不碰我，我不碰你，像是躺在一辆不知开往何方的卧铺车上的陌生旅客。唐伯君不想碰小焉的身体，是有一种深深的负罪感的，自己有心，却无力给予这么年轻美丽的身体以幸福，就索性不要再让她悸动难过了，灶膛里不添柴火，火就会慢慢熄灭，冷却到了冰点自然就麻木了，就像他多年过着独身生活一样，这也是他这个"瞎子阿炳"，在失去了他的舞台后唯一的自尊了。

小焉身体里的火苗，在与他热恋的那个秋天被点燃后，就没有尽情地燃烧过，他们结婚不到一年，她还没有品尝到新婚的甜蜜，命运的捉弄下，她又跟着他寄居在省城，每天忙碌着琐碎的生活。她突然有了一种深陷沼泽地的无助和恐惧，每到无边的黑暗将她包裹，她不再像新婚那样，依偎在他的胸前，倾听他的心跳。她只听得他一声高似一声的鼾声，她一闭上眼睛就做噩梦，仿佛又回到了福利院的那张小木床上……

总是有一条一人高的蛇在追逐她，她爬上树，蛇也上树；她攀上岩石，蛇也攀上岩石；她逃到哪儿，蛇就追到哪儿。她实在跑不动了，一回头，那条蛇正昂起头，冲她吐着红信子。她扑通一声，朝那条蛇跪了下来，她痛哭失声道："求你不要再追我了，好吗？我用我一辈子的眼泪，来供奉你好吗？"蛇微闭了一下眼睛，点了点头，可旋即一下扑了上来，盘在她的脖颈，居然像一条冬天的围巾一样温暖，她刚想舒一口气，那蛇的红信子舔起了她的脸，蛇的身体愈盘愈紧，她啊啊地喊着，却发不出一点声音，她快窒息了……

"啊啊……"

"怎么了，小焉，小焉……"

小焉醒来，发现唐伯君正拍着她。

"先生，你属蛇的吗?"

"是的，怎么了?"

"哦……"小焉擦了擦额头的汗。

七

自从老萧师傅过世，巧英一把手掌管起了这个裁缝店。

萧师傅恍惚了大半年，连和巧英亲热都没劲道，常不到十分钟就大汗淋漓，翻身落马。

"死出棺材，阿是几个月头没听那个狐狸精说书，就不行啦!"

萧师傅觉得自己被抽空了，每趟巧英趴在他身上，要梅开二度，他就带着哭腔讨饶。

"我们啥辰光办事啊，你家老头子已经过世半年多了，我这个月的老朋友，过了靠十日还没来，你想让我四只脚拜堂啊?"

巧英丰腴洁白的身体，像一床新棉絮，覆盖在萧师傅身上。

萧师傅有气无力的嗯嗯啊啊，巧英伸出手，就在他的大腿上狠捏了一把："你是我的男人啊，有点火势好不好！"

三天后，巧英一早去了九曲卫生院，带回来一张写着"+"号的化验报告单。

萧师傅一跺脚，去居委会开了证明，又买了几包阿尔卑斯奶糖，一条红塔山，托了娄江城民政局的熟人，领回了结婚证。按照当地的规矩，萧师傅给女方行了衣服、布料、皮箱等小盘礼，又行了金银首饰的大盘礼。巧英娘提出两头住，在上场酒前专门陪了两桌酒，祭了双方祖宗。男方也给阿伯、夫夫、娘舅、舅妈，送了放有高档香烟、老酒、红枣、补品的六十礼提篮。写得一手好毛笔字的娘舅，负责在喜簿上记账。

巧英姐妹已经出嫁，巧英娘一手操持了整场婚礼。巧英租了一套略嫌小的鸡罩裙，乘着新买的雅马哈摩托车，绕了九曲街一周，又一路风尘到了乡下，大摆了三天流水席。萧师傅面上的亲亲眷眷也去了，女人杀鸡宰鹅，男人忙着搭棚子、挨家挨户借八仙台和长凳。从上场、正日到落场，每顿都是六盆八碗六汤六炒，全鸡、全鸭、全鱼、全蹄髈。负责他们好日的茶担师傅，是当年那个阿生哥的堂弟，他带了个小徒弟派碗碟，温黄酒，给吃喜酒的人一席绞上两把热毛巾揩面孔。私下里他也跷起大拇指，说吃得出客透出客过（苏州方言，漂亮的意思），连讨饭的高卫兴都分得了一大碗笋干走油肉。

萧师傅像个木偶，巧英怎么说，他就怎么做。全小队上至七八十岁的老头老太，下至拖鼻涕的小囡全来了！各家养的狗也闻风而来，在八仙台下兴高采烈地啃食、追逐。

正日那天，巧英身上穿的云纹龙凤织锦缎大红旗袍是他做的。巧英那天显得特别漂亮，陪酒的小姐妹们眼热不已，说好以后的嫁衣裳要请姐夫定做。

巧英的左手无名指上，添了一只笨笨实实的方戒，那是老萧师傅传下来的老黄货。她的颈脖上的金链条，是萧师傅花了四千多块，到上海老庙黄金店买的。巧英喜滋滋的一连戴了三个礼拜，才把项链摘下来，因为是七月的盛夏了。

巧英仍旧人前人后的忙碌，身段也没见大变。到了夜里，依然要和萧师傅亲热，萧师傅熬了一个多月没敢碰巧英了，经不起她一双手的撩拨，他的心弦又荡漾开来，琴声淙淙，琴声锵锵，金蛇狂舞，电闪雷鸣，直到两个赤裸的身体都筋疲力尽……

早上醒来，巧英大哭起来。床单上都是鲜血。

八

妇保所医生说，巧英是习惯性流产。做了清宫术，以后也难说会不会得胎。

萧师傅只是一声不吭地伺候巧英，又是炖鸡汤，又是做巧英最喜欢吃的葱烤鲫鱼，豆腐衣包肉。他决心一辈子对巧英好，哪怕以后怀不上孩子。他在手术室外，是听到巧英撕心裂肺的痛哭声的，他晓得巧英很吃疼，很要强的。

巧英的脸一直惨白了两个月，才泛出来点红晕。她变得爱发火了，稍有不称心就掷家掼什。一吃罢夜饭她就坐不住了，和街上几个要好的姐妹，踏着脚踏车到城里去。她们一律把辫子剪了，烫起了卷发，在舞厅光怪陆离的灯光下，突然变得妖魅起来。一屋子的男男女女，也不管能不能跟上节拍，都扭动起四肢，尽情释放无处发泄的荷尔蒙。一个穿牛仔裤的女人，在舞厅中央疯狂地摆动着屁股，像个子了。突然一片漆黑，如同大仓库一样的舞厅里，传出的是衣服的窸窣声，和如同婴儿吃奶的声音。在灯光大亮的一瞬，一对对衣衫不整的男女还来不及分开。巧英简直是大开了眼界。

每次她半夜三更回来，每根血管神经都无法安静，难免要和萧师傅拌嘴。

"又跟谁去嘣嚓嚓了！这样下去我们要散的！"

"滑稽，只许你听书，不许我跳舞啊！告诉你，时代不同了，你总不能再让我去绕小脚吧！"

她执意要进娄江城温州人来开的服装厂，萧师傅依了她。

萧师傅依是习惯性地打开收音机，空中书场也不知什么时候停播了，换成了千篇一律的点歌台，港台流行歌曲不歇不罢地从早唱到夜。萧师傅觉得孤单了很多，便收养了一只被打折了一只脚的土狗阿黄。

每天一早，他赶紧起来给巧英做早饭和中饭，中饭是装在保温桶里的，又骑着摩托车把巧英送到厂门口。

他的摩托车几次经过听橹斋，看到唐伯君的儿子唐明进进出出忙碌，门口摆着几个纸箱子。

"进来坐坐啊，萧师傅！"唐明招呼他。

"你住这个地方啊?"

"老头子带着那个小货色到省城了，房子也是空关着。这是我们的祖屋，×那娘，凭啥不给我用！我开个茶叶店，进来吃杯茶啊！"

萧师傅尴尬地笑笑。

"我也是双休日才回来看看，平常都交给小姨子管。你讲那个小货色啥人不好嫁，非要嫁给我老爸，×那娘，我老妈都气煞了！"

萧师傅踩响了摩托车。

"哎，我这里有黄山毛峰、安溪铁观音，红的绿的全有，给你打八折啊！"

"好好好，我改日来！"

"王八蛋！"萧师傅在心里骂了一句。

半年后在娄江城新华书店，萧师傅惊喜万分地发现，一盒上海音像出版社出版的《弹词精品》磁带，里面有唐伯君、周小焉的《莺莺操琴》。他一下子买了三盒，只要巧英不在，就反反复复地放。他和阿黄听得津津有味。

九

望月楼的李老板，是个理工科出身精明的生意人，戴了副眼镜，见了谁都是笑眯眯的。唐伯君来省城的第三天，他请他们夫妇在望月楼接风洗尘，说让他们好好歇歇，这一歇就是一个多月，直等到唐伯君坐不住，准备回九曲，他的电话来了，约好第二日早上八点开车来接他们，望月楼在高新区的分店就要破土动工了，请他们去捧场。

第二日刚好落着倾盆大雨，李老板的黑色别克开在顶前头，紧跟着的商务面包车里有电视台、报社的记者，还有唐伯君夫妇。

姜友平是省城日报社有名的一支笔，是个嗜酒如命的家伙，他说话的语速是正常人的两倍，别人有事打电话给他，千万不能超过五句话，往往听到第四句他就嚷嚷："晓得了！"啪地挂断。他人长得猴瘦细长，走路谁都跟不上，报社的电梯他很少乘，说是死慢，他常以秋风扫落叶之势，席卷而下，比滚下来的速度还快。他节约下来的时间都用在写稿和喝酒上了。有人开玩笑说他要么在喝酒，要么在通往酒桌的路上。

在距离彩旗飘扬的工地不到三百米处，一辆大货车掉头时，一只车轮陷进了路旁的水沟里，横在了路中央。

雨依然下得急，李老板的车子，倒是在大货车前开走了。

"这位女士，借下你的伞！"姜友平操起小焉一把湖绿色的阳伞，拉开车门就出去了。十分钟后，他淋得像落汤鸡样地回到车里。

"哎，到那里也是等，还是在车里等好点！"

"老姜，全落湿了吧？"电视台胖胖的小汪笑道，"除了肚肠没湿！"

"急啥，酒总归有得吃的！老姜，这两位是弹词大家，我劝你还是听听弹词，培养点耐性。"晚报社的虞记者边翻着报纸边调侃。

"哦呦，失敬了！"姜友平赶紧从上衣兜里，摸出两张湿答答的名片。

小焉"扑哧"笑了。

大货车终于开走了，李老板兄弟俩早在工地恭候多时了。

"有财有水，有财有水！"大家向李老板道贺。工地上还没有遮风挡雨的地方，除了武装齐备的电视台小汪，扛了机子冲出去外，其余的都被李老板要求留在车里。

"不好意思，唐先生、周女士，让你们淋雨了！"李老板的镜片只看到小焉模糊的影子，"回去再请你们唱噢！今朝来的都是我的贵客！"

唐伯君礼貌地双手合十。

由于落大雨，放爆竹的人，只好成捆成扎地把爆竹堆到一块放，一霎时震天响，烟雾腾腾，火星点点，实足放了半个多钟头才算完事，据说这一炸就炸掉了一万多元。

"真舍得啊！"小焉叹了口气。

"有啥，许老板开业时买了四万块的爆竹呢，从凌晨四点开始放起，足足炸了四个多钟头，要开门红嘛！"汪记擦了擦被雨淋湿的摄像机。

一队人马又驱车直奔市中心的望月楼。

这望月楼位于省城繁华的步行街，主营苏菜和浙菜，除了三楼几个包厢外，其余都是开放式的大厅，青砖铺地，苏州园林的布局，室内有假山、小溪，有九曲回廊，还有几垄湘妃竹。今朝的一楼大厅，都是前来祝贺的客人。

小焉一脱下罩在长袖藏青缎面旗袍外面的黑呢大衣，立马像换了个人。

他们的舞台是悬空的，在一楼和二楼的中间，红木屏风上镶嵌着一幅苏绣荷花图，铺着苏绣的桌上放着一壶碧螺春，亭亭玉立的小焉亦是一朵出水芙蓉，她怀抱琵琶，漾动了一池春水，一口吴侬软语，轻柔缥缈地飘荡开来：

　　香莲碧水动风凉

　　水动风凉夏日长

　　长日夏碧莲香

　　莺莺小姐她唤红娘

　　红娘啊

　　闷坐兰房嫌寂寞

　　何不消愁解闷进园坊

　　…………

"好!"

不知谁打头喊了声好，客人们纷纷停箸鼓掌。汪记弓腰撅背的推拉摇移，姜友平也跑到跟前一个劲地摁快门。第二日，他的一篇文化报道《望月楼里的琵琶声》登在了日报头条。

＋

望月楼的生意越加好了。唐伯君和小焉每个中午十二点、晚

223

上七点都会在觥筹交错、熙熙攘攘的酒席宴间，弹唱一番。很多吃客都没听清一句唱词，也不想听清，朦朦胧胧，似有似无，更助他们的酒兴。有的喝高兴了，会跑到悬空的舞台边，喷着满口的酒气喊："小妹妹下来唱啊，离得太远了，没法给你小费啊！"有的更放肆，拿起酒桌上的塑料花扔了上去。服务生马上把他们客气地请开。

唐伯君连眉头都没皱一下，以前的"堂会"他都唱过，红头发、绿眼睛的，他看得多了！他听出小焉的声音里有些憋屈，他怀里那把琴头镶嵌如意骨饰，蟒皮鼓面的花梨木三弦，弹拨得激越了三分，双弹、双挑、滚、分、扫、砸、搓，如一场压倒一切、吞没一切的急雨，铺天盖地而下，哪怕坐在最角落的吃客，都被这声势惊呆了……

每回都是李老板叫出租车送他们回去，这次是他自己开车送。

"不要见怪啊，周老师，我们做服务行业的，不敢得罪他们啊！两位不晓得，我开个酒楼，黑道、白道上一年要缴多少'保护费'，否则有这样太平啊！"

"哎，这年头啥人都不容易！"小焉叹了口气说。

唐伯君坐在车上一言不发。

自从他们在望月楼开唱，日子又过得滋润一点。唐伯君心疼小焉一双日渐粗糙的纤手，就请了个钟点工，是个安徽姑娘，每个礼拜来搞半天卫生，给她三十元钱。又经日报社姜友平引见，找了个名老中医调理，每副苦药里都放了三片生姜、三枚大枣，一熬起药来，满屋子的药香。唐伯君的脸色开始红润起来，一夜起来两次小便，倒也吃得香，睡得好，也肯跟着小焉到处走走了。一些媒体记者也像觅宝一样找到他们，他们更关心的不是评弹，而是他们的忘年恋，唐伯君都礼貌地接待了，但没同意报道。

风声传到李老板耳朵里，一次他们刚唱完一段《珍珠塔·寻子》，省电视台记者突然出现在望月楼，举着话筒，要请唐伯君谈谈高雅艺术的评弹，走进酒楼是喜还是忧？还有他和女弟子之间，有着什么样的传奇故事？唐伯君一句无可奉告，就要摔琴而去。小焉看到李老板笑眯眯的面孔一下子僵住了，忙打圆场说："我们从剧场走进酒楼，可以说是幸，也可以说是不幸，评弹艺术需要观众，更需要知音。"记者忙问："那你和唐先生是知音吗？"唐伯君接过话说："人生难得一知己！"说完站起来就要下楼，不小心踢翻了搁脚。小焉连忙挽着唐伯君下楼，酒席宴间有人不满地嚷嚷："怎么走了，才听了一段就没啦！我们还没听够呢！我们是出了钱的！老板在哪里啊，搞什么名堂，今天这顿饭，我们不付了！"

他们自己打的回到住处，唐伯君长衫没脱就倒在床上，连声对小焉说明早搬家。小焉不由得抽泣了起来："先生说得轻巧，在省城，你不就是靠这几个老朋友嘛，你就不能应付一下记者吗？"

"我就讨厌被人利用，被人炒作！现在一切都是商业，商业！商业已经成为商害啦！"

"没有李老板搭这个台，我们恐怕只有到街上说书了！"

"我的退休金不够我们吃用吗？我们有这么下贱吗？"唐伯君几乎坐起来冲小焉嚷道。

"我不要用你的钱，你不高兴去，我一个人下贱去！哪怕去唱卡拉 OK，哪怕去酒吧！"

"混账，这就是我调教出来的学生吗?!"

"那我就去讨饭，不行就去当服务员，洗碗，端菜！"

"我还没有死，等我死了，随便你去做啥！"

小焉万分委屈地失声痛哭，这是先生第一次这样骂她。

这一夜，她搂着"蓝眼睛"蜷缩在客厅的沙发上。

第二日一早，小焉红肿着眼睛还没来得及做早饭，门铃响了。李晓雨腋下夹着一条烟，笑眯眯地来了。小焉慌忙把他请进卧室。

"唐大才子啊，昨夜没等我送，你就走了，连夜宵都没吃。"

"哎，你是晓得我的脾气的，看看现在，哪里有我们说书人的立足之地啊！我们不想出什么名，只想太太平平在李老板手下混口饭吃吃。"

"老兄言重了！你们是望月楼的一道'招牌菜'，老兄嫌大厅人杂，我下周安排包厢，进我们包厢的都是有头有脸的人物，素质也高点，他们点唱，我们四六开怎样？"

唐伯君要支撑着起来，小焉连忙让他钩住自己的脖子，双手合抱住他的后背，把他抱起来。

李老板连声"啧啧啧"地感叹。

"让您见笑了，看他这几个月吃望月楼的菜，都胖了靠十斤！"

"让人感动啊，嫂夫人真贤惠！唐兄有福啊！"

"哎，让她跟我这又穷又瞎的老头，受委屈啦！为了小焉，我也得多唱几年！"

李晓雨没喝一口泡好的龙井，笑眯眯地走了。

十 一

巧英刚进温州人开的大阳服装公司时，不过剪剪线头、做做小烫，后来组长看她拎得清、手脚快，就让她上流水线、开马达车、上拉链、装领头。不到一个月，她已经和质检员混得很熟，线长和车间主任也蛮欢喜随叫随到、做事麻利的机动工巧英。

组长开子宫肌瘤请了两个月的病假，巧英临危受命，担任起了临时组长。那一个多月，正好在赶发往日本的一批货，长着张狭长面孔、戴了副金丝边眼睛的温州老板秦孟林，也时不时地到车间里转转。

在那么多忙得蓬头垢面的女工中，巧英的确鹤立鸡群，她的伶牙俐齿、眼观六路、耳听八方，乃至她对下的高压、对上的逢迎，都让这个秦老板高兴。

很多人在背地里喊秦孟林秦扒皮，做死做活，一个月到手的工资，总是薄薄的几张钞票，每个月还要截留三分之一的薪水，到年底作为奖金发放。

一天快下班时，他招了招手让巧英出来，说晚上在马路对面的朱老庄等她。

巧英在卫生间里认真地洗了洗手，又扑了粉，抹了点劣质的口红。

朱老庄究竟是哪家饭店，巧英也不敢多问。她一家家店面地打听，都说不晓得，这就更让巧英觉得那是个神秘的所在。

七拐八拐，居然在一个乌漆墨黑的小弄堂里，有一家用竹篾搭成的简易房，外面挂了个木牌，上书朱老庄。

更没有想到秦孟林从他的尼桑车边闪了出来。

"老板，给我来份牛肉炒饭，多少钱一份啊？什么五块五，上个礼拜不是五块钱吗？"

巧英一下子蒙了。这里桌子油腻腻的，板凳也是油腻腻的。像她这种乡下人，都不太愿意在这么腥臜的地方吃饭。

"来份什么，巧英小姐？"

"哦，来碗牛肉粉丝汤吧，给我多加点香菜！"

"我一看巧英小姐是不娇气的，所以带你到这里来吃饭。我们做老板的，哪个不是从瘪三做起。不瞒你讲吧，我妈妈是地道的上海人！她在时，经常跟我说，吃不穷，穿不穷，不会算计一世穷。"

"嗯，有钱用在刀口上，秦老板真是没有一点架子，看不出来啊！"

"入乡随俗，入乡随俗，巧英小姐，我是不会亏待你的，放心！"

秦老板摸出十元五角来付了账，让巧英小姐坐上他的尼桑车兜了一圈。

巧英暗中嘀咕，来这么个破地方吃，还要撑什么门面，开什么车子，踏踏黄鱼车好了！

车子在一幢公寓楼前停了下来。巧英的心"怦怦"跳了起来。

"上去喝杯茶吧！"

这个秦孟林租了向阳路上一个三室一厅，也不开火仓，定时请阿姨来打扫下卫生，屋子里倒还蛮干净。

他殷勤地给巧英泡了杯铁观音，说："能上楼来的女性，全公司你是第一个。"

他打开 VCD 机，居然咿咿呀呀放起了昆曲。

"秦总怎么也喜欢听这种土得掉渣的东西，我还是喜欢听听校园歌曲、流行歌曲。"

"哦，你不觉得这百戏之祖是最动人的?!"

"秦总这么有文化啊！"

"文化不都在你们这里吗？包括在你身上。"

"瞎讲，我一个乡下人。"

"知道我为什么喜欢你吗？有一天，在你还没换工作服前，我看到你穿了件金黄色的旗袍，像棵散发着泥土香味的油菜花，还带点淳朴的野性，所以嘛，我想和你合作。"

"怎么个合作……"巧英的话还没说完。秦孟林一把把她拉到怀里说："就是来和我一道听昆曲。"说罢撩开她的衣裳就疯狂地亲吻起来。

脱下西服的秦孟林，如一条丧家之犬，一头扎进巧英的身体。

十　二

那天巧英回去，说是在楼梯上跌了一跤，害得萧师傅心疼地亲了她半天，又买红花油，又炖蹄髈汤。

秦孟林多少有点喜欢这个用一碗牛肉粉丝汤搞定的巧英。

这样，巧英又去了他那里"喝了几次茶"，领受他别样的表达。她真弄不懂，一个有文化的男人有时会这样下作。她更弄不懂，一个有钱的老板会这样抠。

一个月后，巧英当上了车间副主任，不过是只升官不发财。

秦孟林说，真正的好男人，不是送汽车送洋房给女人，而是培养她，让她成功，送事业给她！说这是他在一次音乐会上，亲耳听小提琴演奏家盛中国说的。

巧英的腰杆一下挺直了！她觉得男人嘛，就要有志向，守着个小作坊到老死，和老萧师傅一样过一世，真得很可怜。

只要拿到新的订单，秦孟林就会请巧英去"喝茶"。有一次还真让秦老板破费了，他们去了趟同里古镇，因为周庄要收门票，而同里，除了去退思园外，是不需要交什么费用的。在河沿边上一个小菜馆里，他们要了几个菜，一个是巧英坚持要的清炒虾仁，一个是草头烧蚌肉。咀嚼着鲜嫩的蚌肉，秦孟林坐立不安起来。

只逛了半条街，他就要求上车。

"怎么搞的，一吃那东西，就想到你……"

巧英用手掐了他一把，放肆地笑了起来。"今天可没门啊，老板！"

秦孟林加大油门，说要找个地方。

巧英以为他要找个厕所，谁知他直奔一个僻静的地方，在路边停下车，就命令她睡到车后座上。

"不行，会有人看见的，丢死人的！"

"有人来看更好……"秦孟林气喘吁吁地把她压在身下。

"不可以啊，我那个东西来了……"

"那就下车！"秦孟林几乎不由分说地把她抱到路边一滩枯黄的草地上，就在光天化日下，开始了他疯狂的"表达"。

秦孟林扭曲狭长的脸，让她想起在麦田里的第一次……

巧英渐渐迷上了这种古怪的做爱方式。

有时上了一半班，她就被秦孟林喊到办公室，在他那狭窄的、散发着尿骚味的马桶上，她都要接受这种无法抗拒的"爱"，半个钟头后，她再蜡黄着脸出去。

有一次，快吃中饭的时候，她又被"请"了去。

"快点，宝贝！"他把她推进厕所，就扒她的牛仔裤。

"好的，但今天你得先答应我一件事。"

"什么事？"

"知道这是多少回了吗？是第二十八次了！老板，你得给我一套房子！"

"什么？"

"得给我写下书面的，三室一厅的，房产证要写我的名字！"

"这……"

"那我要出去吃饭了！"

秦孟林用身体堵住了门。

一分钟不到，他就拿便笺纸写好了一份保证书，保证在一个月内，给朱巧英一套三室一厅的住房，房产归朱巧英所有。

十　三

两年多的省城生活，让小焉渐渐喜欢上了这个古城。这个显得老旧，甚至凌乱的城，有的血管和神经似乎还沉浸在六朝的旧梦中，没有醒转来。不过，它是有贵族气的，有点落魄的贵族气。他们偶尔也相携着，沿着梧桐树的浓荫，穿过车如流水的马路，去夫子庙、中山陵走走。唐伯君的脚力只能走走，停停，坐坐。在莫愁湖畔的水榭，他们一坐就是半天。

在这个古老的怀抱里，谁也不会在意，一个盲人身边有个年轻绢秀的女人，他们漂泊到这里，权借这里的清风、花木，乃至倏忽即逝的露珠，滋润一下干涸的心田。如同他们的评弹，他们的语言，在这里都让人似懂非懂，不会被强烈的排斥，也同样不会被真正喜欢。

唐伯君和小焉以评弹的方式生活着。不紧不慢，有点不食人间烟火。小焉毕竟还是凡人，评弹并非让她体内的荷尔蒙减少几分。有时兴致来了，她会好奇地追问唐伯君年轻时的生活。唐伯君总是含糊其词，说连前夫人长得啥样都没看清。

小焉叹口气说："先生不是连我长得啥样也没看清嘛！你没爱过她吗？没爱过怎么会跟她生孩子！"

"傻瓜，连动物在一起都会生孩子！"

"我想要个孩子，先生……"她忍不住会趴在他的身上请求。

"我托人问过计生办，说这是高压线，我是离异的，已经有两个孩子了，前妻还健在，我们是不能要孩子的，我又是党员……"

"可是，难道连我做母亲的权利，也要被剥夺吗?！这是什么政策，这人道吗?"

"我晓得，你对我恩重如山、情重如山，评弹就是我们的孩子……"

"不，我就要个我们的孩子，哪怕逃到天涯海角，哪怕报不上户口，哪怕他和我有一样的命运……"小焉不禁蒙被痛哭起来。

"就是有，我们也养不起啊，生活这样动荡……"

唐伯君隔着被子，拍拍她颤抖的肩膀。

十 四

小焉依然是急匆匆地出去买菜，离他们住处两站路，常有郊区农民挑担出来卖菜，又新鲜又便宜，路边还有家生意不冷不热的何师傅布店，玻璃门口挂了件电力纺面料做的旗袍。

老板是个穿着背带裤，戴副眼睛，胖胖的五六十岁的男人，操着上海口音。他鼓着双金鱼眼，盯牢小焉身上全手工做的缎面旗袍，嘿嘿笑着说："刚来了新料作，进来试试看！"他拿了匹藏青色底，上有赭黄色钟鼎文的棉麻料，对着一面落地镜，贴紧小焉的身体比画着。"侬看，侬皮肤老白个，穿上去又有书卷气，瞎嗲（上海方言，很好）！"

"多少钱一米？"

"便宜来西（方言，很），五十块一米，侬老漂亮，给侬四十五块吧！"

"做一件滴水领的旗袍，要多少手工费？"

"长点的旗袍六十块，膝盖以上的四十块。"

老板的啤酒肚几乎贴到小焉的后背，隔着布料的一双手，不怀好意地碰触着小焉的前胸。小焉一开始还没在意，谁知老板的咸猪手，居然开始摁压她的乳房，嘴里念叨："老漂亮的小姑娘，阿拉可以便宜点……"

"我不做了！"小焉猛地推开他的手，拎起地上的菜扭头就走。

"不要走啊，阿拉可以再便宜点……"老板追出玻璃门，站在街口冲她喊。

小焉叹了口气，又想起九曲街上那个白白净净、规规矩矩的萧师傅来。他给她量过多少趟尺寸，每趟都小心翼翼，哪怕只有他们俩，他都没有丝毫轻佻的举动。

小焉寻思着回一趟九曲，让萧师傅赶几个黄昏，做两件旗袍。她有点发胖了，几件旗袍的腰身都要改改。她和唐伯君商量，能否让安徽的小保姆来照顾一下，她快去快回，如果旗袍来不及做好，可以请萧师傅寄来。

"不好，你走了，啥人帮我汰浴，啥人帮我读报，我没有后方，你到哪儿，我就到哪儿！"唐伯君微闭着眼睛，吸着烟说。

"蓝眼睛"最讨厌男主人吸烟，远远地蜷卧在一把竹椅子里，看着唐伯君有点盛气凌人的高鼻梁。

"我一早走，第二日下午就回来了，这里做价钱又贵，做得又不好，连做旗袍的师傅都不像好人……"

"唔，当然不能和小萧比喽，人家又年轻又崇拜你……"

"你想到哪儿去了，我是这样轻浮的人吗？如果我随便一点，就不会等到先生来娶我了！"小焉真得有点动气了。

"又要耍小孩子脾气了！听话，等到中秋，我们一道回去一趟，住几日，让你笃笃定定做几套像样的旗袍，可以了吗？"

小焉没作声，唐伯君有点急了，"怎么不说话了，过来，犟囡！"

唐伯君伸出一只手来，小焉只好走到他身边。小焉怕压痛先生，不敢坐在他腿上，只好站着，他把头倚靠在她的怀里，小焉俯身亲了亲他湿润的眼睛，又去吻还有股淡淡烟草味的他的嘴唇。唐伯君轻轻把她推开了。

十　五

李晓雨出差美国一个月，回来时带了他在美国读高中的宝贝儿子来。

他的儿子李昊，眉骨凸起，是个标准的落雨不湿眼，一双眼睛像他父亲一样机灵、精明。

他一进门，就惊讶地打量着唐伯君夫妇。小焉穿的是墨绿色的乔其立绒旗袍。

"爸爸，怎么阿姨像画里的人一样！"

"我说今天带你来见见高人，听听我们中国最好听的声音！"

唐伯君也难得这样有兴致，吩咐小焉泡了壶碧螺春，又坚持去换上水灰色的长衫。小焉从卧室抱了三弦、琵琶出来。两人弹唱起来：

香莲碧水动风凉

水动风凉夏日长

长日夏碧莲香

莺莺小姐她唤红娘

红娘啊

闷坐兰房嫌寂寞

何不消愁解闷进园坊

…………

炉内焚了香

瑶琴脱了囊

莺莺坐下按宫商

先抚一支《湘妃怨》

后弹一曲《凤求凰》

《思归引》弹出倍凄凉

…………

李昊用他的数码相机录了下来，并让老爸拍了几张与小焉他们的合影。

"来，儿子，也给我们来几张！"李晓雨站到了怀抱三弦、琵琶的唐伯君夫妇身后。

"我要带到美国去，让老外们见识见识！唐伯伯肯收洋徒弟吗？"李昊说。

"当然要收，学费高高的！"李晓雨笑说。他递了根红中华给唐伯君："今朝我来是和两位道别的，望月楼已经盘出去了，为了儿子的发展，我让内人提前退休，我们在美国开了家中餐馆。"

唐伯君夹烟的手抖了一下，烟灰落在胳膊上。

小焉眼疾手快地擦去，道："不是开得好好的吗？为啥要盘出去啊！"

"两位不晓得我这两年也是赔钱赚吆喝！高新区的分店刚刚落成，光修路就投了五百万，不知猴年马月才能赚回来，还不如盘掉。考虑到犬子还小，一人在美国总有点不放心，特别是他妈妈，一天要打好几只越洋电话，还是让她去伴读为好。望月楼的新老板是做西餐的，估计会全面装修。很对不住两位了，我会向其他餐馆的老板力荐你们的。这里是一点薪水，可以过渡一下，房子你们照住，租给别人也没几个钱，我还不放心。每年我都会回来的，等那边做红火了，欢迎两位到美国一唱评弹！"

唐伯君没有说话，小焉坚持要付房租，一个月给三百。

"那请周老师先保管一下，等到我们李昊结婚，给他包个红包吧！来，和伯伯阿姨告别！"李昊抱了抱唐伯君，又拥抱了下小焉，一脸严肃，举起右手道："我郑重起誓，我以后就要找像阿姨一样古典的中国女孩，坚决不娶洋妞！"说得大家都乐了。

李晓雨留了个电话，放下一个大信封，走了。

两人相对无言。

一月突然少了两千元的收入倒在其次，重要的是，那个可怜的、卑微的小小的舞台也在顷刻间消失了！他们找不出还在这座城里逗留的理由。

窗外远远响起了几声闷雷，小焉觉得连气都透不过来，起身去开窗。突然身后响起激越愤懑的金石声，回头见先生不知何时抱了琵琶，四根弦线在他干枯的指间翻滚跳跃，拍音、滑音、洒音、长滚音，如乱云飞渡，如疾风暴雨，如野马狂奔，由于用力过猛，一根尼龙弦线被拉断。一段《霸王卸甲》弹得撕肝裂胆，天地变色。

> 力拔山兮气盖世。
>
> 时不利兮骓不逝。
>
> 骓不逝兮可奈何！
>
> 虞兮虞兮奈若何！

吟罢，唐伯君举起琵琶就砸。

小焉惊呼了一声："先——生！"扑通跪了下来！

两行老泪从唐伯君干涸的眼眶流了下来。

狂风挟带着尘埃，砰的一声吹开了门，瓢泼大雨从天而降。

蹲在一旁的"蓝眼睛"，一动不动地看着这一幕，它蔚蓝的眼睛里，滚下了泪珠……

十 六

到了一个月的最后一天，秦孟林下班前就关照巧英晚上请她喝茶。

"总不能空着肚皮喝茶吧！"巧英是盘算好了，这回是不见兔子不撒鹰。

两个人去了娄江城郊的一家湘菜馆。

"今天请你吃大餐，庆祝一下！"秦孟林诡异地朝她眨眨眼。

公司中午的工作餐是四元一顿的，一荤两素一汤，也没多少油水，巧英早就饿了，再加上一个礼拜，总要为秦孟林消耗掉很多体能，她的嘴更馋了。

"汽油又涨了，车都供不起了！"秦孟林翻着菜单，嘴里不停地嘀咕。

"是啊，什么都涨了，连我们家门口理发店的'特殊'服务，也涨了二十元，就是工资不涨啊！"巧英一边吃着小菜馆赠送的茶水、瓜子，一边斜眼看着秦孟林。

"服务员，来一个剁椒鱼头，一份梅菜扣肉，一个西红柿鸡蛋汤……"秦孟林招呼穿着碎花布褂的服务员。

"剁椒鱼头有一个的，有半个的，先生。"

"来半个吧，这种东西辣死人了！"

"我要份水煮鱼片！"巧英心里一股火往上蹿。

"已经点过鱼头了，还要什么鱼片，一个鱼头就三十八块了，你吃得了吗？"

"那就要水煮腰花！总不能把我水煮了给你吃吧！"巧英不客气地瞪了秦孟林一眼。

"哎，惹不起哦，我看你不像江南女子，倒像个湖南妹子，辣手啊！"

"哼，辣的还在后头呢！再加一瓶张裕干红。"

"九十八元一瓶。"服务员看着秦孟林狭长的面孔，怯怯地说。

"多少？九十八，超市里只有三四十块，这是在抢钱啊！"秦孟林啪地把菜单扔在桌上。

"酒钱我来出！"巧英下定决心，从今天起就要让秦扒皮出点血，她已经交了半年学费了。

酒足饭饱之后，秦孟林拎着吃剩下来的小半个鱼头、半瓶红酒，把她带到城郊接合部的一个居民区，扔了串钥匙给她，说上去看看吧！

巧英像是做梦一样，被秦孟林牵着手，打开一套装潢着实木红地板，有着全套家具、家电，三室一厅的房子。

"真的是给我的吗?"巧英醉意朦胧,半信半疑地看着秦孟林猪肝样的红脸。

秦孟林一声不响地打开手提包,掏出一本崭新的房产证,往她怀里一塞。

房屋所有权人一项里写着秦孟林。

"你耍我啊!这不是你的房产嘛!"巧英气急败坏地叫了起来。

"当然现在是我的,等你乖乖地陪我一年,我们再到公证处公证,我把房子转到你的名下。"秦孟林得意地扯开真丝领带,露出通红而细长的脖子,拦腰把她往卫生间里抱。

"不干,我不干……"

"你真不懂得爱,不会享受新鲜的爱!"

一眨眼巧英被剥得精光,在滚烫的浴缸里,他们像两条被炙烤的蛇。

十 七

每次做得翻天覆地后,秦孟林又恢复了他的人性,总爱听巧英讲故事。她把九曲街上稀奇古怪的故事都讲给他听,包括周小焉和"唐瞎子"。

她对秦孟林说,小焉这个女人肯定是有点问题的,要不怎么肯嫁给一个"瞎子"老头,台上都这么骚的女人,平常日里怎么熬得牢?红杏不出墙才怪呢!

秦孟林问小焉嘴巴有多大？眼睛是单眼皮还是双眼皮，胸脯、屁股大不大？还半开玩笑说要巧英牵线搭桥，把她弄到手。

巧英也不手软，逮到哪儿就掐。说别癞蛤蟆想吃天鹅肉了，我还不能满足你吗？再说人家早就去了省城了，还等你去采这朵花啊！

秦孟林还要巧英带他去九曲，看看她的老公，还有他的手艺。他们公司还真缺一个能做手工精品的老师傅呢。

巧英说你闲得没事做，搭错神经啦，我会陪我的野男人，回去看我的丈夫吗？白痴才会这样做。再说做旗袍的功夫，是他们萧家三代祖传下来的，你偷了他的女人，还要偷他的看家本事吗？

巧英以为秦孟林只是在床上随便说说的，没想到，他还真的一个人开车去了九曲。

沿着一条乌油滴水的青石板路，他找到了那个倚水而建，只有一开间门面的萧师傅裁缝店。裁缝店的门口放了两个没有头的模特，一个穿着刮挺的枪领格子毛呢西服，一个是绣着金凤的黑丝绒旗袍。一看就知道做工不错。

一个面如璞玉的男人，手里的一把大黑剪刀，在一块红布上行云流水地游走，录音机里在放着珠落玉盘的唱叹。

秦孟林心里有点发虚，觉得费了汽油来回一趟，不进去看看有点亏。

见店里来了生客，萧师傅还是礼貌地停下手里的生活，和客人点头打了个招呼。

秦孟林尴尬地笑笑，摸摸挂在墙上的几种涤纶面料，看到一匹玫瑰红的重磅真丝，问："多少钱一米？"

"算五十块一米吧，正宗的湖州货。"萧师傅的眼睛扫到这张狭长的脸，感觉这个人目光游移不定，好像是来看脚路的。

"你这里旗袍的样式多吗？"秦孟林环顾着四壁问。

"要做旗袍啊，料头和衣裳全在阁楼上，看看也没关系。"

秦孟林的鼻子，开始搜索他熟悉的气息，好像在木楼梯脚，有一股巧英脚丫子的味道，在把手上，有她搽脸的玉兰油的味道，越到楼上她下体的气味越重。

上得楼来，秦孟林一下子晕了！

沿着一面墙，一溜挂着二十多件色彩款式各异的旗袍。有的巧笑倩兮，有的美目盼兮，有的吹弹即破，有的杨柳纤腰，有的玉骨冰肌，有的丰乳肥臀……

十　八

街上的梧桐树，一夜之间落尽了叶子。

踩着一地的落叶，却像踩在棉花堆里一样绵软，唐伯君突然觉得自己真的老了！

吐气若兰的小焉，似乎依然是少年不识愁滋味。一段时间里，她都想加入街头表演的残疾人艺术团，据说一天也能挣个四五十块。

他没有答应。那个临时组成的团队，有耍猴的，有变魔术的，更有唱着荒腔走板的流行歌曲的，与之为伍，实在斯文扫地。

他还是登门去找了已经贵为省艺术学院副院长的老同学王永芳。

这个曾经是四个中山装口袋里，装了不同四种烟的老同学倒一点不见老。留着长发，蓄着八字须，穿着背带裤，说有多洋气就多洋气。在他们家铺着新西兰澳毛毯的红木椅子上，小焉小心翼翼地盯着唐伯君的烟头，生怕烟灰弄脏了洁白的毛毯。

这个王永芳是唐伯君很少往来的同门师弟。（二十世纪）七十年代末就离团混迹于省城。他的四个口袋里装着四种不同的武器，什么牡丹、凤凰、红双喜，什么最紧俏的烟他都能搞到。烟分高中低，人分三六九，王永芳绝对不会给错烟、发错牌的。

他敬了唐伯君一支红中华，上下打量着这位年轻的嫂夫人。一口应承下来聘请唐伯君为艺术学院顾问，有什么大型的活动，一定请唐兄捧场。

唐伯君说，自己已是秋后的蚂蚱了，就是小焉有些可惜！

王永芳连忙说自己收藏了几把琵琶，让嫂夫人试一下音。

唐伯君虽看不见，但从小焉定弦校音的弹拨中，就知道是张音色坚实、有金石声的老琵琶了。

小焉心领神会，拿出一般弹词艺人没有的本事，行云流水地弹了一段《阳春白雪》，弹、挑、夹弹、滚、双弹、双挑、剔、抚、飞、双飞、四指轮、五指轮，各种指法都用得娴熟精准。一曲终了，她又启朱唇，露皓齿，斜抱琵琶唱道：

窈窕风流杜十娘

自怜身落在平康

落花无主随风舞

飞絮飘零泪数行

…………

伴着那委婉缠绵的唱腔，琵琶声若隐若现，丝丝入扣，烘云托月。

小焉只弹唱了一段，就被王院长的喝彩声打断。

"哎呀！没想到嫂夫人还工于琵琶，真是名师出高徒啊！明天就向我们一把手汇报，带带民乐班的学生，是没有任何问题的！"

唐伯君没想到王永芳这样仗义。中午，三人还在附近的餐馆，咪了点花雕酒，吃了大闸蟹。

不到半个月，小焉就被安排给几个艺考辅导班教琵琶。一不占学校编制，二来钱也比较容易。小焉教一节课得八十元，比起钢琴班来，这不过是毛毛雨。

王永芳对小焉特别关照，一个礼拜给她安排了四节，这样也不耽误她照顾唐伯君。

王永芳的家就在学院里，王夫人去加拿大探望儿子了，家里请了个钟点工。

他时不时的会去小焉上课的班上转转，弄得小焉受宠若惊，有时会带点自己的拿手菜，放他办公室。

王永芳和小焉说话时，总欢喜目不转睛地看着她的眼睛，这样总让她不好意思地低下头。

一次，小焉一下课就见王永芳在教室门外踱步，说单位里发了很多野生的鲫鱼，自己也不会弄，请她帮下忙。

屋子里开着暖气，空气里飘着香水百合的味道。

换了拖鞋，王永芳说不忙，先喝杯咖啡，就端了自己研磨的咖啡来，问小焉要不要加奶和糖。小焉不知所措，只有点头。她喝了一口就要进厨房，王永芳说："先去看看我的书房吧，里面有很多我收藏的乐器，弄了鱼会很腥气的。"

王永芳的书房，一般是不给别人进来的，连揩台抹凳都是自己动手。红木的书橱，红木的博古架，只见沿墙的红木架上，放着一溜琴盒，一垄湘妃竹边，还放了张古琴。他从一个锦盒里取出一张紫檀木背料，琴头镶嵌着翡翠的曲颈琵琶。也许是激动，他捧着琵琶的手都有些发抖。

"这是我花高价买来的，据说是平湖派代表吴梦飞钟爱的琵琶。"王永芳盯着她雪白的颈项说："听听看，这把琵琶，尖、堂、松、脆、爆五种音色俱全，少说也有一百岁了，越老，木料中的脂肪就越少，更容易共鸣，音量越大，音色也越好。这种琵琶一弹，两三里外都听得见的，你欢喜，以后可以经常来弹。其实琵琶也像女人一样的呀，需要有人殷勤侍弄啊……"

王永芳说着说着眼神就迷离起来，习惯性地捋了捋八字须。说还没见过小焉穿旗袍呢，我这里有一段好料子，你拿去做旗袍吧！小焉连忙推辞，一头钻进厨房埋头杀鱼。王永芳站在一边，有一搭没一搭地和她闲聊，临走还硬是让她带几条鲫鱼回去，给唐伯君下酒。

十　九

自从离开了望月楼，唐伯君几乎是大病了一场。血糖居高不下，以前吃的国产药根本解决不了问题，而进口药是昂贵的。

一两个礼拜，王永芳总要请他们夫妇小酌一次，小焉都要在吃饭前让唐伯君吃药，唐伯君总是老大的不高兴，说花了那么多冤枉钱，买这种瑞士进口的劳什子，吃不好，也吃不死，你说我们有着千年历史的中药都怎么了，传到我们这代人手里，怎么就不行了呢？是泥土变了呢？还是人心变了！

王永芳总是安慰老兄几句，说总的来说医药是进步的，以前得了肺结核就完蛋了，现在得了癌症都能治好。一个糖尿病算什么啊，你看你是身在福中不知福，身边有这么个知音、娇妻陪着你，人生夫复何求啊！

几天后的一个中午，王永芳交给小焉一马甲袋药，正是唐伯君吃的那种高价进口药。王永芳解释说他是正高职称，医药费都报销的，以后不要再到医院买了。小焉鼻子一酸，别过头去抹眼泪。他拍了拍她的肩膀说："回去不要跟他说，唐兄的脾气我晓得。"

一段时间里，王永芳成了他们经常要说起的名字，自从李晓雨去了美国，在省城他也只有这个老朋友了！

小焉去学院上了一个礼拜课，都没见着王永芳，回家后让唐伯君打电话过去，也没人接听。第二天上课前，小焉带着自己织的两双毛线袜，去院长室找他，有人告诉她王院长到北京出差了，这两天就回来。

小焉还没下课，王永芳就在教室门口出现了。一个礼拜没见，小焉还真得很牵挂。王永芳说他坐了一夜火车，给唐兄带了两只北京烤鸭。小焉跟着他一路小跑到了他家，又忙着帮他烧开水，打扫卫生。

"也不知道王夫人穿几码的鞋，不过绒线是松紧的，穿穿就大了，她什么时候回国啊？"

"她不回来啦！"

"什么，她为什么不回来啊？"

"加拿大好呗，她都改国籍了！"

"那您为什么还留这儿？"

"我们过不到一块去，她是教钢琴的，只知道弹她的钢琴……哎……"王永芳说着说着唏嘘了起来。

小焉愣在了那里。

王永芳泪眼蒙胧地朝她招了招手，让她坐在他的边上。

"我们分居两年了，早就没有那种事了！你和唐兄做那种事吗？"

"什么事？"小焉一下子糊涂了。

王永芳颤抖着八字须说："傻丫头，就是那种事啊，我看你虽然年轻漂亮，但怎么就不靓呢？是不是唐兄不行了，我问过医生的，说是糖尿病人，多半做不了那种事了！"

小焉惊愕地瞪着他。

"这样好吗，你每个礼拜来我这里一次，我想和你做，我爱你……"说着说着，他猛地把她搂到怀里。

小焉万万没有想到，这个文质彬彬的院长，居然有那么大的手劲，若不是门铃声突然响起，真不知道会发生什么。

小焉夺门而去。

王永芳冲着送快递的大骂："你个王八蛋！"

二　十

唐伯君死活要去找王永芳理论，小焉说千万使不得，他有权有势，我们是寄人篱下，再说又没有留下什么证据，弄不好他还会倒打一耙。唐伯君气得直揪自己的头发。

眼看着先生日渐的消瘦、烦躁，积蓄也越来越少，小焉想到了日报社的姜友平。

这回是她瞒着唐伯君自己找到了报社，巧的是在楼道里，她与姜友平狭路相逢。姜友平"哎哟"了一声，连忙收住脚步，仰脸看着憔悴了很多的小焉。

姜友平得知情况，拍了下胸脯说："马上带你去个地方，是我拖鼻涕兄弟开的，保准不亏待你！"

由于是下午，原始人酒吧还没营业。姜友平拉着小焉，借着幽暗的灯光，穿过那些设计古怪的包厢和长廊，在一个半圆形的舞台旁，酒吧老板姚卫东，正忙着调试他的音响。

姜友平介绍："这是著名评弹演员周小焉老师，借你们酒吧来练练嗓子，费用嘛，老兄看着给。我会派人来写些文章，帮老兄做些软广告。"

留着大胡子、一年四季都戴着鸭舌帽的姚卫东，打了个响指，一个服务生托着托盘过来了。

"你喜欢的朗姆酒，加冰块吧！"

"知我者姚兄！"姜友平一饮而尽。

姚卫东给小焉也倒了小半杯说："小心呛，在我们这里就要学会喝各种洋酒，不过周老师可以例外。在这儿不是要歌唱得怎样专业，而是要你和客人打成一片。来泡吧的都是有点钱有点情调的主，他们愿意这样买醉，看歌舞、听音乐、扎堆聊天，玩到尽兴。这里周一到周五生意比较好，星期六、星期天要冷清些，因为来的大都是男士，他们那两天都要回家陪老婆。姚卫东又仔细打量了下小焉说，我们这里的工作服不适合周老师，周老师还是穿自己的衣裳吧。"

小焉回家和唐伯君说，她找了一份家教，不过时间比较晚，路也比较远，每晚八点到九点教弹琵琶，晚上七点多出门，到家恐怕要十点了，不过报酬很可观。唐伯君非常不乐意，他没法放心小焉一个人赶夜路。小焉说，那是家有钱人，他们会派车接送的。唐伯君说那不如请学生到我们这里来。小焉笑了，说人家是千金小姐，我们这里冬天没暖气，夏天又闷热，地方又小，我就先带一阵试试看，这样整个白天我都在你跟前，晚上也不耽误休息。

唐伯君说："这个世道不太平啊，刚碰到一个王永芳，还有张永芳、李永芳，你要多个心眼啊，我对不住你，让你冒这样的风险。"

小焉说："先生放心，我已经不是小孩子了！我们的日子一定会好起来的，为了我，你得好好吃药，把身体养好。"

"现在咱们的报纸媒体，有很多的'名记'，其中有很多的'女记'，我这个大字不识一箩筐的人，也会收到女记的约稿信，信上说：大哥你好，欢迎来搞（稿）……"

有点公鸭嗓的主持人，一开场就让混合着各种酒气烟味的酒吧，爆发出阵阵尖叫、怪笑。舞台上灯光闪烁，又是劲歌又是狂舞。吧台边、包厢里，都有穿着半裸的陪酒女郎与男人们碰杯。这里的一瓶普通香槟酒都要卖到三百元。

"劲歌过后，让我们慢慢摇起来！现在有请江南丝竹之乡第一美女周小姐，她将为我们带来一枝清香袭人的夜—来—香！"

着一袭旗袍的小焉还没唱罢，就有人送上一个大花篮，里面有一个红包。

远远的，姜友平坐在角落里，品着他的朗姆酒。

二 十 一

巧英最近不知怎么搞的，一个月要来两次月经，人也瘦了一圈。她怕秦孟林熬不住，在外面找女人，所以只要精气神好点，就陪他过夜，对萧师傅说是加通宵班。

女人和女人有很多不同，男人与男人也有天壤之别。这个秦孟林虽然猴瘦，却是厉害得不得了，三天没有女人，要上房揭瓦。萧师傅呢，结婚三四年，好像越来越不想要了，一个礼拜也难得有一趟，还是完成任务了事。

秦孟林对巧英说要出去几天，谈一笔生意。巧英问他去哪里，他说是省城，和一个朋友谈产品全国代理的事。

巧英说，不要谈啊谈的谈到床上去！秦孟林说，那是个男的，我难道同性恋不成！你随时来查岗好了！

和秦孟林谈生意的陈老板，确实是个男的，他最大的嗜好就是泡吧，他的生意一般也是在酒吧、咖啡馆里谈出来的。他们进了这家原始人酒吧。

酒吧里一波又一波的声浪，震得耳膜嗡嗡作响，所有的血管神经都弹跳起来，目眩五色的城市，需要这种节奏，这种刺激，这种疯狂。

猛然一切戛然而止，一缕乳白的追光下，一个女声在幽幽唱。

"我醉了，因为我寂寞，我寂寞，有谁来伴我……"

那歌声，如猫之舌轻舔人心。更让人心惊的是，这个女人身上一袭银色的高衩旗袍，那种纯银的光泽，迷人的线条，婉约的气息，让全场的男女都有隔世的恍惚。

一曲终了，秦孟林大梦方醒。

他招了招手，摸出五十块钱，放在服务生的托盘里，点了首《何日君再来》。他好奇地问服务生，这个歌手叫什么名字？

服务生说，她原是唱评弹的，姓周吧！

叫周小焉吗？秦孟林说出来，都把自己吓了一跳！

服务生点了点头。

秦孟林心里莫名有了些慰安。

二 十 二

秦孟林一回来，巧英就迫不及待地回到那栋城郊接合部的套房。让她生疑的是秦孟林只顾看他的足球赛，没有一点小别的热情。

巧英气鼓鼓地站在电视机前，一件一件的脱衣裳，嘟囔着："哼，哪家的野猫都吃腥，谁知道谈什么鸟毛生意去了！"

秦孟林一把拽过巧英白嫩的胳膊，把脱了半裸的巧英往席梦思上一扔，说："天地良心，我都寡睡了三夜了！省城的女人再好，也没你的那股劲。"

"什么叫再好？就是你比较过了！老实讲，你又去闻哪个女人的骚味了？"

"告诉你，我见到了一个人！"秦孟林得意的一笑，神秘分分地说。

"谁？"

"你猜猜！猜对了有奖！提示一下，是你们娄江城的人。"

"是谁啊？猜不出！"

"再提示一下，是个唱评弹的美女！哈哈，没想到，真没想到！"

"是周小焉?！原来你是去找她的啊！……"巧英话音未落，拳头就上去了。

　　秦孟林也恼了，抓住巧英的手腕，顺势把她压在身下，抡起巴掌就抽她的肥臀。只穿着三角裤的巧英，哎哟哎哟地叫着，两条雪白的腿直蹬着床。

　　他们的动静，惹毛了楼下的邻居丁美娥。她原本就看不入眼楼上这对男女，要么是男人吃饱了老酒，半夜三更"砰砰"敲门，要么是这个女人，日日朝朝，拿湿短裤晾在他们的头顶上。他们肆无忌惮地做爱、叫床更惹得她心烦。她本来也是这景园小区的狠客，谁见了她都要让三分，拳头上立得起人，臂膊上跑得起马的。是可忍孰不可忍，就跑到阳台上喊起来："楼上做啥啊，大清白日的，就鬼哭狼嚎地鬼混！再闹我就打110了！"

　　巧英本来心里窝火，一骨碌爬起来，冲到窗口嚷："呸，又不是和你的老公操，管你什么鸟毛事！有本事你也叫啊！"

　　"操你千人，不要面孔的，九曲街上怎么出你这种贱坯！"女人拍着大腿骂道。

　　巧英不甘示弱，披了件睡衣，赤脚跑到阳台骂："你才贱坯呢！一个没人要的贱坯！笨B！"

　　楼下的女人火了，操起晾衣竿就去捅他们的玻璃。"操你个千人，下头张B被野男人操得像个城门……"

　　秦孟林急了，一把头发把巧英拖了进来，把她摁进被窝，用嘴堵上了巧英的回骂。两个女人赤裸裸的对骂，倒激起了他的欲望来。

强烈的高潮后，巧英第一次委屈地哭了。

秦孟林拍着她汗湿的背，柔声说："干吗要同这样的泼妇一般见识，真是掉价！我是撞见周小焉了，她居然在酒吧卖唱！这个世道啊，什么都可以买卖。"

二 十 三

巧英接连三夜没有回家了，打电话来说今夜八月半不加班了，他们发了盒杏花楼的月饼，要萧师傅买点皮子，包蟹羹馅馄饨。

以往她没到门口，阿黄就候了出来。今朝也不晓得怎么回事，远望望屋里连日光灯都没开。阿萧，阿萧，她喊了几声也没人应。歇好车子，开亮电灯，只见萧师傅坐在缝纫机边，一动不动，录音机里放着评弹。

"发啥痴，赶紧包馄饨啊！"巧英扔下月饼说。

他一把拉过巧英，也不说话，"咯吱咯吱"往楼上走。

"神经病、十三点，做啥呀！"巧英以为他好久没碰她了，要上楼亲热一番。

墙上的十几套旗袍都不见了，一张老式的架子床上放满了旗袍，如玉女横陈。

"你拣一条！"萧师傅哑着嗓子说。

"八月半送我礼物啊，这些旗袍的纽襻都是我做的呢！"

"拣一条去，留个纪念，也算我们夫妻一场……"

"啥意思……"巧英拿旗袍的手僵住了，望着萧师傅悲伤欲绝的眼睛，她的心"咯噔"了一下。

"我都晓得了，景园新村十八幢三〇二室……"

"什么景园新村……"

"你不用瞒我了，那个秦老板我看见过……"

"那都是玩玩的呀！你怎么能当真呢！"

"拣一条走吧……"

"你不要发神经噢！"

"把你的东西统统搬走，现在就搬，我帮你搬！"萧师傅一抹眼泪，突然斩钉截铁地说。

阁楼上的气氛僵住了，他们的呼吸在刹那间停顿，九曲河水也停止了流淌，只有中秋的晚风夹杂着一丝暑热，轻抚着一床华丽的旗袍。

"姓萧的，你以为你是谁！不是我朱巧英给你撑这个家，你会有今朝嘛！"巧英指着他的鼻子，一字一顿地说。

"你为什么不爱惜这个家，还爱惜你自己，还爱惜我们做的旗袍啊……"萧师傅倒先哭出了声。

"好，好，什么鬼旗袍，你不是想留给那个说书的野鸡穿吗？做梦！"巧英咬牙切齿地说着就扑到床上去撕。

萧师傅连忙去抢她手里的旗袍，这个巧英也发了疯，哧啦哧啦地撕了几条。

啪的一声，一记响亮的耳光扇得巧英眼冒金星。巧英也火了，咆哮着："姓萧的，老实告诉你，我就是和那个老板睡了，怎么样！那个周小焉在省城是公开卖的，不知道被多少男人睡了呢！"

"你瞎讲，你给我滚！"

"姓萧的，你会后悔的！"

巧英噔噔噔地走了。

屋里一片静寂，评弹的磁带已经唱到了头。萧师傅的脸深埋在旗袍里，他从没感到，丝绸竟是这样蚀骨的冰凉。

二 十 四

第一个月，小焉拿到了一千二百元，陪酒女郎是她的三倍。酒吧里有不少人说她傻，哪有这样抱着金饭碗要饭的人的。吃点花酒有啥关系，到包厢里玩玩又有什么了不起。恐怕是说书说坏的，这个世界上要面子的人，往往全要被人撕掉的！

有一次小焉到包厢里拿话筒，远远就听到，令人心惊肉跳的女人的尖叫声。那种声音不像哭不像笑，也不像是呻吟。那些半裸着背，来回穿梭在各个包厢里的女人，脸色格外的惨白，嘴唇也格外的猩红鬼魅。她们来回的飘荡着，摇摆着，让酒吧里的空气变得原始和血腥。她有时觉得那是另一个世界，她对那个世界里正在进行的事，有点恶心，也有点好奇，她真想哪天进去看看。

姜友平难得来一趟酒吧，因为他觉着自己是乡下人，大碗喝酒、大块吃肉才有劲。只是最近，他进入醉酒状态比以往要快

257

了，醉酒的分水岭就是，他会重复清醒的最后一刻的某句话。比方说在醉酒的前一秒钟，他说了："你没事吧？"那么醉酒后，他逢着谁都说："你没事吧？你没事吧？"上至酒友、老婆，下至门童、出租车司机，直到他昏然睡去。

酒吧里的人都管姜友平喊姜哥。姜哥来了，老板要陪他喝一杯。他这时说话更是无法无天了。说姜哥哥想死小焉了，想听她唱几句评弹了，小焉的声音和模样一样的水灵。大伙真的把小焉喊到他跟前了，他就像不认识她一样，只顾一个劲地叹气。唯独一次，在半醉半醒之间，他看着小焉，眼泪就下来了！大着舌头念叨："别人都可以……只有你不可以……因为……你是穿旗袍的！"

"因为你是穿旗袍的！"在这一晚被重复了百遍。

小焉一拿到工资，就给先生买了他最爱吃的松仁粽子糖，还有几串扦光荸荠。粽子糖，是为了让他喝完药后，甜甜嘴的，每次只能吃半颗。荸荠嘛，是他以前在娄江城里，经常要买给她吃的，还有草头饼、甜酒酿。到了省城这些东西都不太看见了。小焉总是看着他慢慢地吃，那时候的唐伯君才像一个小囡，有时吃得鼻涕都流出来了，小焉就给他擦。他吃剩的东西，她是舍不得倒掉的，"蓝眼睛"吃一半，她吃一半。

刨开每个月的吃穿用度，还有很大一笔开销，是给唐伯君买保健品的，什么蜂胶、螺旋藻，都是对糖尿病有用的。后来她发现，一种散装的国产螺旋藻价格便宜，效果还不错，只是要把这种腥气的蓝色粉末，装进一个个空心胶囊，颇费点手脚。经常是唐伯君闭目听着电视，她小心翼翼地装，"蓝眼睛"坐在旁边看她忙，等到她装完最后一粒，"蓝眼睛"就上来舔她的手，连带沾满螺旋藻粉的保鲜袋，都舔得一干二净。它粉红的小鼻子小嘴巴，还有长胡须都是蓝莹莹一片。

一夜，小焉搭同事的车回转得早，身上还有一股烟酒味。见唐伯君面沉似水地坐在藤椅上，一支接一支地抽烟。

"课上好啦！"

"是的，先生。"

"今朝教了点啥呀？"

"哦，教了她《阳春白雪》。"

"怎么不教《下里巴人》啊！"

小焉以为先生在和他开玩笑，抬眼一看先生的神色不对。

"怎么啦，哪里又得罪你了？"

"你为啥要去做这种见不得人的事！你真会欺负我这个瞎子啊，别人欺负我眼瞎，居然连你都这个样子……"

"什么见不得人的事？怎么欺负你了，先生！"

"我唐伯君的女人在坐台……"

"我没有坐台，听谁在瞎讲，要雷劈的！"

"闲话都传到娄江城里去了！有人亲眼看见的，说你在一个叫原始人的酒吧里！"

二 十 五

小焉没有在酒吧里唱多久。唐伯君病得很沉重，他几乎一分钟都离不了小焉。

他们经常一动不动地坐着，只要这样坐着，只要有小焉在身旁，唐伯君就一点都不害怕，不觉得孤单。

"我想回九曲了。"唐伯君半晌说出了一句话。

小焉说："好啊，等天气好点，我们就回去看看。"

唐伯君说："什么回去看看啊，我想住到听橹斋里不回来了。这里没有我的战场啦，我闯荡了大半辈子，不知我的灵魂安放在哪里？"

娄江城的拆迁，陆陆续续地拆了三年，那条横贯小城东西，有着两千多年历史的河，也被填没了。西部试点的几条街都鸟枪换炮，一律都建成了中西合璧的小高层。

东门老街上的一些居民有些眼热了，他们做梦都想用上抽水马桶，洗上莲蓬头的热水澡。他们住的屋，比祖父母的年纪都大了，经常是外头落大雨，屋里厢落小雨。

一半同意拆，只要能分到三室一厅的大户。一半不同意，说自己的老宅是古董，是文物，要把真古董拆了造假古董，就是天皇老子来了，他们也不答应，再加上东郊一块风水宝地上有他们的祖坟。

园林局、规划局的一些童头齿豁的退休老人，一听说要动有着百年历史的东门老街，脑门发热起来，上访的上访，告状的告状。还有一个人大代表，提出要与一棵六百年的古黄杨共存亡，甚至在树边搭了帐篷，日夜保卫。

负责东门老街改造工程的开发商方向明，很不愉快，因为网上万民咒骂他掘祖坟发财，无异于自掘坟墓。他有什么方向啊，不就是以百米赛跑的速度，奔向他的坟墓。有人还爆料说，他是花了多少钱，从政府手里弄到地皮的，而政府给失地农民的补偿，又是多少多少……

娄江城的市委领导，也被弄得有些措手不及。他们一方面派人去调解"钉子户"，一方面请方老板吃了顿饭，因为他是娄江城购地、纳税的大户。方老板提了一个条件，让市委领导纳闷了半天。

二 十 六

一个浓雾的早晨。

娄江市文化局汪局打来电话，说应广大群众要求，请唐伯君和周小焉准备一下，他们马上派车子来，接他们回去说书。

"汪局啊，你不是在说书吧？你不要拿我'唐瞎子'开心了！"唐伯君真的不敢相信自己的耳朵。

"哎呀，唐大师，老太师呀！我们心心想念你们呀！这回，要到九曲河上去说，省委领导也要来呢！"

三个半钟头，他们就被接到了娄江城。

要听书的不是什么百姓，更不是什么省委领导，而是开发商方老板。他曾醉心于小焉说书，他的舅舅是省发改委的一把手。文化局刚好在筹备文化三下乡活动，这样顺水推舟了。

当夜，九曲老街沿岸挂起了大红的宫灯，两岸挤满了看热闹的娄江人，在一片欢声笑语夹杂的鞭炮声里，一艘闪烁着五彩灯的画舫缓缓驶来。在市长的陪同下，省发改委主任朱义真、开发商方向明，西服笔挺，坐在舱中，品尝娄城的特色佳肴，一路观赏两岸风景。

河面忽然响起琵琶声，但见唐伯君一袭水灰长衫，小焉着一黑底金凤软缎长袖旗袍坐在船头。他们先弹唱了一段《珍珠塔》，又来了一段《杨乃武和小白菜》《杜十娘》《梁山伯与祝英台》，这久违的声声弹唱，引得沿岸一片喝彩。朱义真频频与市长碰杯，方向明停箸热泪盈眶，九曲河水洋溢着甜蜜而忧愁的波光。九曲街上所有的声音都消失了，只有这美得不能再美的评弹……

萧师傅和阿黄也在人群之中，他不知道小焉怎么会突然出现！她还穿着旗袍，她还弹着琵琶呀！只是今天的小焉，比所有的女人都漂亮。

画舫在轻雾中绕镇三匝，又带着迷离的乐音，飘然而去……

方向明邀请唐伯君夫妇一起进舱，吃点热黄酒，河面起风了。

当夜，唐伯君夫妇被安排在娄江城最好的酒店。

尽管在雾湿楼台的冬夜唱了那么久，尽管唐伯君穿得那么单薄，可他神采奕奕，毫无倦容，还说今天一刹那间，他真切地看到了小焉怀抱琵琶的娇容。他真的想一直和她唱下去，唱一夜，原来观众还没有忘记他们，评弹有救了啊！

小焉吃了点黄酒，两颊绯红。她帮着先生宽衣解带，洗脚上床。连说先生今天显得那么年轻，唱得真是绝了。船过听橹斋时，她还看到墙基的青苔，墙头上悬垂下来的古藤。

小焉久久不能平静，对着卵圆形的镜子卸完妆，脱下旗袍，在雾气氤氲的浴室里沐浴，她觉得全身的每个毛孔都舒展了，她赤身钻进先生的被窝。

唐伯君的右手轻抚着她光滑的后背，指尖轻拢慢捻起来，感觉她背和臀就是一把手感极好的琵琶，只是琴弦无处不在。他不禁衔住了她的唇。

小焉深吻着他。

朦胧中，她梦见自己变成了一条鱼，欢快地游动在九曲的一江春水里……

二 十 七

大阳服装公司的元旦联欢会，开得蛮闹猛。秦孟林一改以往的吝啬，专门包了一个落乡的饭店，请了各车间班组的小头头，大吃了一顿。当夜三十多人住进了乡村别墅。

巧英今天穿的，是秦孟林帮她在上海定做的一套驼绒旗袍，领口袖口镶了一圈貉子毛。她本来喝得一脸酡红，这回更是发嗲，要秦孟林抱她上床。

自从和萧师傅办了离婚手续后，秦孟林倒是陪她去上海拣了几件好衣裳，还像模像样地拍了一沓婚纱照。今天在联欢会上，秦孟林得意地声称，大阳服装公司成功转制，五百多名员工购买的公司股份，将在春节前分红。秦孟林更是以老板的身份，把厂托付给巧英看管半个月，他明早就要飞马来西亚谈一笔生意。

秦孟林一早醒来，隔着衣裳捏了捏巧英的乳房，说你再睡一会儿，我去上海了，半个月后再见。

就在秦孟林出国的第二天，巧英左等右等都没他的电话，手机也是关机，发短信也不回。巧英有点急了，只怪自己太糊涂，没有问他要马来西亚的地址。想起他的办公室抽屉里，有不少他个人的资料，一打开发现抽屉是空的。

巧英眼皮直跳，想起最近两个多月来，秦孟林经常会跑到阳台上接电话，一追问，就说是温州的老婆打来的。原本巧英还想插手财务，可秦孟林就是不许，直到临走前，才把一些账本交给她保管。

她连忙把主办会计叫来，张会计说账上只有三千多元现金，联欢会的开销还是秦老板签字记账的，上个月刚贷的六百万，都给秦老板拿去买材料了。

她赶紧回他们住的景园新村，看看他的几件衣裳还在、房产证土地证还在。

也不知怎么搞的，财政局、工商局的人突然来了，查了一个上午，又闷声不响地回去了。下午公司里开来几部车，其中一辆是警车，巧英和其他几名公司高管都被刑拘了。

原来秦孟林伙同其他三人，转走了公司的巨额贷款，逃之夭夭。其中还包括他向很多代理商套取的资金，公司员工买下的股份。他欠下的两千三百万贷款，就是十个大阳公司都不够赔的，连同他名下的这套住房。更要命的是巧英与秦孟林有事实婚姻，有帮助秦孟林携款潜逃、转移赃款的嫌疑。

公司上下炸了锅，很多代理商闻讯赶来追讨资金。一个上嘴唇长了一颗大黑痣，模样颇似媒婆的代理商，更是急红了眼，说除了他自己的两百多万，他下面的二十多个客户，也有一百多万元被秦孟林卷走，很多客户给孩子交学费的钱都没了，准备跳楼，而和他一样的代理商，有的被下家追杀，有的被爆揍进了医院。

随后来了二十几个彪形大汉，见什么就搬什么。公司员工也不答应，秦孟林也欠了他们的血汗钱。双方动起手来，有人拨打了110。

二　十　八

唐伯君和小焉在娄江城逗留了两天，一些老朋友们都劝唐伯君回来，过过日脚。方向明更是丝毫没有董事长的架子，鞍前马后地殷勤接待，一口一个唐老师。酒席宴间，他更是夸下海口，为了感恩娄江，表达他对评弹艺术的一点崇敬，他要出资，成立一个新娄江评弹艺术团，地点就设在九曲镇，希望唐老师、周老师出山，他要把九曲老街重新包装一下，打造成第二个周庄。

他还让司机开着自己的奥迪车，亲自带着唐伯君夫妇，在娄江城的新区兜了一圈。真是三年不见大变样了！这次的文化三下乡活动，都是方向明赞助的，包括给唐伯君和小焉一人一千的出场费。文化局高主任是个明白人，一看方老板虽然在和唐伯君说话，但目光总是飘忽游移到小焉身上。

唐伯君私下里也问过小焉，这个过分热情的方向明长得怎样，听他说话的腔调，好像不太像个生意人啊。

小焉说，看上去有点文化，人蛮厚道的，特别是一张大嘴，嘴唇厚得切切一盆子。

最后一顿午宴设在原来的评弹团旧址，现在的公爵大酒店。方向明一杯又一杯地给唐伯君夫妇敬酒，唐伯君是糖尿病不能喝酒的，小焉是一闻到酒味就晕，架不住高主任、方向明的劝酒，她代先生喝了一杯干红，人便像踩在云朵里了。

下午，原本方向明的司机要送唐伯君夫妇回省城的。高主任说喝了酒坐车会不舒服的，就在边上为他们开了个标间，稍事休息。

高主任趴在喝得满面通红的方向明耳边说："撑死胆大的，饿死胆小的，要让这种骨子里风骚的女人臣服，只有一种办法，先下手为强。"

方向明说："这样不太好吧。"

高主任神秘地说："不试，怎么晓得好坏。你看她的皮肤嫩得掐得出水来，那个温柔乡会更绝妙吧……"两个人大笑不止。

晕晕乎乎的小焉刚安顿好先生躺下，高主任一个电话打了过来，说文化局想和两位老师商量一下重组评弹团的事，就在隔壁的会议室。

唐伯君说："你去吧，先听听他们怎么说。"

隔壁的会议室，实际上是一间总统套房，眼见着小焉一个人进来，高主任笑得更加得意。

刚说了几句，高主任拿起手机说："对不住，市领导突然来检查，我得马上赶回局里。"偌大的一个总统套房，只剩下方向明和小焉。

方向明借着给小焉倒茶的机会，坐到她边上的沙发，说："周老师啊，现在的家长动不动就让小囡学什么钢琴、小提琴，真是崇洋媚外，我们的琵琶、二胡才是好东西啊！我想请两位老师回来，发扬光大我们的评弹事业，你们在九曲街上唱一转，就是卖点啊！"

小焉轻轻一笑，说实话她只迷迷糊糊地看到，那张厚嘴唇在翻动，听不清楚他在说些什么。

方向明说："小焉老师，我比你虚长几岁，我活到四十岁，全国各地的到处跑，也算见过世面，但从没见过小焉老师这样的真正的美人。该是清代张潮说的：'以花为貌，以鸟为声，以月为神，以柳为态，以秋水为姿，以诗词为心！'而小焉老师还有种凄然之美，那是一种甘于牺牲自己的美啊！"

方向明吊起书袋来还一套一套的，借着酒劲，去抚摸小焉身上穿的长袖墨绿丝绒旗袍。边嘟着肥厚的嘴唇说："哎呀，这种旗袍真是看了就有想抚摸的欲望，摸了就想要拥抱。小焉小姐，我能抱一下你的旗袍吗？"

小焉的酒突然醒了。还没等她回答，就被方向明酒气扑鼻的厚嘴唇堵住了，他像铁塔一样，把小焉压得动弹不得，甚至无法呼吸。

高主任其实没有走开，他正在走廊上望风，听见屋子里有一

267

点挣扎的响动，嘿嘿笑了。

这时门突然开了，居然是唐伯君，他像一头愤怒的狮子，跌跌撞撞地闯了进来，连高主任也没法拦住。

"小焉……小焉……"唐伯君被一把靠背凳绊了一下，一个跟跄跌倒在地，头重重地撞到一张红木茶几上。

"先生——"小焉奔过去，一把抱住唐伯君，哭喊道："我没事啊先生！"

方向明乘机溜走，高主任慌忙上前说："哎呀呀，怎么发生了这种事啊，周老师你没事吧，唐老师，我马上送你们回省城，离开这是非之地。"

唐伯君握紧小焉的手，半天都没说出一个字来。

在车上，唐伯君缓过气来，借了高主任的手机，一个电话拨通了娄江市委领导，说："这个电话本来应该打给 110 的，但还是直接打给你们——娄江城的父母官。方向明酷爱评弹是件好事，但他的举动实在令人震惊！像他这样的人根本不配听什么评弹！你们要成立新评弹团我举双手赞成，但只要这个团里藏污纳垢，我就死也不回娄江城。另外，我保留对方向明人身侵犯的诉讼权！"

文化局的车子在通往省城的路上奔驰。唐伯君斜靠在小焉怀里，一阵又一阵的头痛眩晕，让他几欲呕吐。

小焉急了，催着司机加大马力直奔省立医院。

唐伯君微微地睁开眼睛，断断续续地说："不晓得……那个世界里……有没有说书的……记得……给我放一把……三弦啊……"

"不会的，先生，你不会有事的，我们马上到医院了，一定要坚持住啊！"小焉边哭边一个劲地掐他的人中。车子出了高速公路，驶往就近的医院。

高主任也傻眼了，打电话给方老板，他的手机却已经关机。

这是一家县级医院，他们做了个简单的检查处理后，说病人可能是颅内出血，只有大医院才能动手术，要他们马上转院。

就在小焉忙着办理转院手续时，发现高主任不见了，留下了司机，把他们的两张琴和随身物品丢在了医院大门口。司机说市委有紧急会议，高主任开车回去了。

二 十 九

在唐伯君被推进重症监护室的刹那，小焉突然觉得，再也无法帮先生一把了，生命是如此脆弱，人生是这样孤独，他只能一个人去面对死亡的威胁、病痛的折磨。这一天，她没喝口水，没吃一口东西。

好心的姜友平赶来，把她搀扶到焦急等候亲人生死的接待室，这里甚至比重症监护室门口的空气还要沉重、绝望。到处是婆娑的泪眼、低声的抽泣、焦急的踱步，还有漠然的呆坐。

医生说唐伯君是因为高血压而引起的脑溢血，小焉根本不相信，她把在娄江城发生的事，一五一十地告诉姜友平。姜友平说一派记者来采访报道，二马上请律师介入收集重要证据。

唐明也从外地赶来，他一见到小焉就火了，说："老爸就是为你周小焉才跑去说什么书的，老爸有高血压，你怎么可以不知道，要不是因为你，他也不会摔跤！老爸有什么闪失，你要负起全部责任。"

小焉欲哭无泪，她现在百口莫辩。

重症监护室的医生第二次通知唐伯君抢救无效时，小焉抱着布包进去了。

唐伯君脸色蜡黄，已经停止了呼吸心跳。他微张着嘴，一双失明的眼睛睁着，正朝对着监护室的门口。

"先生，你怎么可以这样扔下我走呢，是我没有照看好你！是我害了你呀……"

小焉颤抖着打了盆热水，边擦边亲吻唐伯君的脸，滂沱的眼泪滴落在他尚有余温的身上。

她从布包里取出新的内衣内裤，还有那件先生最爱穿的水灰色长衫，这是他们在九曲河上最后一次珠联璧合弹唱时穿的。

别说天上无管弦，别说人生如戏，上穷碧落下黄泉，他们还要唱下去，唱下去……

唐伯君的遗体直接送到了殡仪馆，三天后火化。唐明他们连夜赶回娄江城布置灵堂。

小焉抱着带到娄江城的琵琶三弦，像游魂一样回到家里，已经是凌晨。

这间他们寄居的屋子，还留着唐伯君的气息，他日日捧着的茶壶，还在那儿放着。她从琴盒里取出随身带的那把蟒皮鼓面花梨木三弦，挂在她的香红木琵琶边，小焉感觉先生的灵魂是跟着她回家了！

晨光似乎刚把它们唤醒，它们祥和幸福地沐浴在晨光里，像一对扣心扣肺的情侣。它们身上散发的幽光，让她渐渐安静，攫住她的悔恨悲伤渐渐散去，她的耳边恍惚响起叮咚的琴声，这是唐伯君在弹，只有她的先生才能弹出这样的味道。

她换上那件在九曲河上穿的黑底金凤软缎旗袍，理云鬓，施薄粉，撕开了一条床单，挂到了房间的气窗上。

这时，"蓝眼睛"不知从哪里钻了出来，抱住她的脚"喵喵喵"叫个不停。小焉俯身抱起它，亲了亲，从冰箱里拿出一袋先生没吃完的肉松，全部倒在盘子里。瘦了一圈的"蓝眼睛"一口没吃，用惊恐忧虑的眼神盯着她看，小焉到哪里它就跟到哪里。

小焉决绝地关上房门，喊了声"先生等我"！踢掉了方凳……

三　十

唐伯君的死讯很快在娄江城传开了，有人自发地在九曲老街的树上挂起了小白花、千纸鹤。三天后，唐明和他的儿子抱着骨灰回来了，就是没见着小焉的影子。

有人说小焉和他们唐家人闹翻了，上吊死了。也有人说小焉上了九华山，还有人说小焉出国，投奔了李晓雨。开发商方向明被刑事拘留，高主任也被撤了职，娄江城又恢复了平静。

萧师傅问唐明要到了小焉的住处，赶到省城，但是大门紧闭。萧师傅甚至去了报社、电视台登寻人启事，都没有小焉的音讯。

小焉没有死，是"蓝眼睛"翻出窗户，拼命抓开三楼邻居的门。但她不能说话，不能发音，只用一双失神的眼睛看着周遭的一切。

一个薄雾的早上，她失踪了。

一年后一个初秋的夜晚，九曲河依然婵媛着流淌，河面上泛着迷离恍惚的波光。萧师傅的 DVD 机子里播放着一张弹词精品，一切都像十年、二十年前一样平静。

阿黄听着蛐蛐叫，竖起了耳朵，喉咙里发出呜呜的声音。

"怎么了，好好地闹什么呀！"萧师傅嘴里衔着线头，瞄了眼阿黄。阿黄喉咙里哼哼了两下，把两条不一样长的前腿伸了伸直，耷拉下耳朵。

> 冰簟银床梦不成
>
> 碧天如水夜云轻
>
> 雁声远过潇湘去
>
> 十二楼中月自明
>
> …………

阿黄听了会儿，又不耐烦地呜呜起来，也不听萧师傅的呵斥，呼哧呼哧地开了门出去，萧师傅刚推开虚掩的门，大吃一惊。

一个穿着身雪白旗袍的女人站在了门口。她的长发遮住了半张脸，这人正是周小焉。

三 十 一

小焉只拿一双眼睛深情地看了他一眼，这双原本美丽水灵的大眼睛有点失神，她手里的包掉在了地上。这身旗袍是他一年前寄给小焉的，他没有做黑色的丧服，而是用了雪白的真丝软缎，滚了黑边，下摆绣了唐草。萧师傅只想拥抱这可以穿越一切时空阻隔的旗袍，张开了臂膀，只觉得肩头一热，她呜咽起来，萧师傅用右手轻抚她的背。他们俩就这样一脚门里、一脚门外，相拥着站了很久。他轻轻把她抱起，上了四壁都挂着旗袍的阁楼。

小焉惊讶地看着满墙的旗袍，又看看萧师傅，想骂声"小出棺材"，却发不出声。她苦笑地指了指自己的喉咙，又摆了摆手。

萧师傅的眼泪唰地下来了："不要这样难过，不能说书没啥了不起的，以后我们在一起，我能养活你……"他轻柔地抚摩着小焉的额头，把她轻轻捧起放到自己温润的唇边，一种温柔，一种如水的温柔，一种近似于疼痛的温柔将他深深包裹。

小焉一双含泪的眼睛，幽怨地看着他。他发出长长的一声哀鸣，掀开绣着唐草的旗袍下摆。他跪了下来，深情地亲吻着这片神秘而神圣的所在。

他唇齿间碰触到的是一股浓烈的奇香，是桂花香，又像是月季的味道，轻拢慢捻抹复挑，琵琶声在他的指尖、唇间流淌，如丝如缕，如泣如诉，如怨如慕，四壁的旗袍也跟着轻轻飞舞……

小焉只觉得自己的一生如薛派的"支声复调"，被一段段"分解"开来，化成了细碎的音符，又被一段段细细粘合，小心翼翼地托在云间，和音、滑音、拍音、洒音、长滚音，丝丝入扣，跌宕起伏。

　　绕指琴音，飘向天际，舞云弄水，不知人间花开几度。

　　小焉呢喃的舌尖倾吐出一个音符又一个音符，那是她生平唱的最美的评弹。

后　记

依稀是个梦。梦中走来的人，清一色的是缪泾人，他们是我的左邻右舍，有的还是我的家人。这些平凡的小人物，在伟大变革的时代风云里，正是他们的奋斗，创造了奇迹，他们是历史的主人。可是在奋斗中的喜怒哀乐、酸甜苦辣有谁知？现在人们关心的是明星，可是和他们同饮缪泾水长大的我，却忘不了他们，乡情驱使我时时刻刻关注着他们的人生。努力想为他们立传，历时五年，终于完成了《缪泾人》的创作。

《缪泾人》是一个时代的记录和声音，他们或悲或喜的人生，都印着家乡的胎记，是一曲吴地渐行渐远的田园牧歌。匆匆记录几笔，给自己一个交代，也给故乡一个叩首！

《缪泾人》的创作和出版端赖苏州市文联、太仓市委宣传部的大力支持，分别入选 2020 年度苏州市文学艺术界联合会优秀文艺人才资助引导项目、2015年度太仓市宣传文化人才项目。尤其感谢为《缪泾人》作序的苏州大学博士生导师范培松教授，以及给予我帮助的文朋诗友！在此一并感恩、感谢！

2020 年 12 月 25 日